SONATA DEL OLVIDO

Roberto Ampuero

SONATA DEL OLVIDO

SUDAMERICANA

Sonata del olvido

Primera edición: noviembre de 2016
Tercera edición: marzo de 2017

© 2016, Roberto Ampuero
c/o Ana Rivera Schwarz
riverayampuero@gmail.com
© 2016, Penguin Random House Grupo Editorial, S.A.
Merced 280, piso 6, Santiago de Chile
Teléfono: 22782 8200
www.megustaleer.cl

Printed in Chile – Impreso en Chile

ISBN: 978-956-262-489-3
RPI: A-269930

Diseño de portada: Amalia Ruiz Jeria
Ilustración de portada: Anna Parini
Composición: Alexei Alikin
Impreso en CyC Impresores Ltda.

Penguin
Random House
Grupo Editorial

A John y Virginia Stamler
por su amistad infinita

¡Quiero ser yo, ser yo!,
¡quiero vivir! —y le lloraba la voz.

De *Niebla*
Miguel de Unamuno

El demonio a mi lado acecha en tentaciones;
como un aire impalpable lo siento en torno mío;
lo respiro, lo siento quemando mis pulmones
de un culpable deseo con que, en vano, porfío.

De *La destrucción*
Charles Baudelaire

Pleased to meet you
Hope you guess my name
But what's puzzling you
Is the nature of my game.

De *Simpathy for the Devil*
Mick Jagger

ÍNDICE

JUNTO AL RÍO

Primera parte

1

Al regresar a casa una mañana descubrí que mi mujer dormía en nuestro lecho con un desconocido.

Soy músico, por eso suelo viajar parte del año tocando el saxofón en The Shades, una banda ambulante, que me brinda libertad y un pasar bastante digno. En verano recorremos el norte y en invierno, el sur del país. Esa vez llegué desde Nueva Orleans a la terminal de autobuses Greyhound. Tomé un taxi y me dirigí a mi casa junto al río: techo asfáltico, dos pisos pintados de blanco, postigos verde botella. Hacía calor y estaba húmedo, y de un roble gorjeaba un cardenal.

Volver a casa me alegró como siempre. Abrí la puerta, caminé en puntillas hacia la cocina y al cabo de unos minutos tenía sobre la bandeja un latte con aroma a chicorea y unas *beignets* espolvoreadas con azúcar flor que compré en el legendario Café du Monde, a orillas del Misisipi. Seleccioné en el iPad «You belong to me», de Patsy Cline, y subí al segundo piso.

Al comienzo no reparé en nada inusual, puesto que las venecianas del cuarto mitigaban la claridad del día, y el monótono rumor del aire acondicionado contagiaba al hogar de tranquilidad.

Con la bandeja entre las manos, a dos pasos de la cama y aún emocionado por el retorno tras un mes de gira, caí en la cuenta de que alguien dormía junto a Samanta ocupando, por cierto, mi lado predilecto. Del radio del velador llegaba una sonata de Beethoven, mientras ambos —me refiero a mi mujer y a su acompañante— dormían en la postura de cuchara, es decir, él con su vientre adosado al estupendo culo de Samanta y un brazo sobre su cadera, ella ajena al estupor que me causaba.

—¿Samanta? —susurré a su oído para no despertar al joven bronceado y barbudo que la acompañaba.

Mi mujer abrió lentamente los párpados, fijó sus ojos verdes en el radio como intentando identificar el concierto, luego se liberó con delicadeza del brazo del melenudo y, al percatarse de mi presencia, sin ningún miramiento, pudor ni turbación, se llevó un índice a los labios. Sí, tal como lo dije. Me conminó a mantenerme callado.

Y yo la obedecí. Su esbelto cuerpo de bailarina emergió desnudo de entre las sábanas como la Venus de Botticelli de las aguas y me condujo, con leve bamboleo de sus nalgas de más de cuatro décadas, al pasillo, donde se envolvió en un mantel de algodón que extrajo del armario.

2

Bajamos a la cocina, colé más café y lo vertí en la leche caliente como en un domingo cualquiera, como si estuviésemos a punto de comenzar a leer, ella el diario de Wartburg City, yo *The New York Times*, y no hubiese alguien roncando en nuestro dormitorio.

Samanta asumió la posición del loto sobre una silla y acogió la jarra entre las palmas con la solemnidad de quien bebe una pócima sagrada. Llevaba las uñas de los pies y las manos pintadas de negro, y a través de los pliegues del mantel pude atisbar, sin que ella se percatara, su otro magnífico par de labios, difuminados en la sombra triangular.

Me acodé en la mesa cuya ventana mira al río que serpentea por la ciudad, y esperé a que mi mujer dijera algo.

—Se va a quedar —fue cuanto dijo al rato, y apartó con una mano su cabellera para dejar al descubierto ese aguzado rostro de ojos claros que me encanta.

—¿Cómo? —fingí no haber escuchado.

—Que se va a quedar.

—¿Ese tipo?

—Tiene nombre.

—No me digas.

—Se llama León.

—Me da lo mismo. ¿Cómo que se va a quedar?

—Se va a quedar.

—¿Ah, sí? ¿Y yo?

—Tú te marchas.

Lo dijo tal como aquí lo relato, y luego sorbió el latte de la jarra de Barnes & Noble, que le obsequié hace años, cuando la librería recién abrió en la ciudad, y aún no existían los libros electrónicos.

—No puedes echarme —alegué.

—Te equivocas. Puedo hacerlo. Es mi casa.

—Pero es injusto. La amoblamos a medias.

—Está a mi nombre, me pertenece, así que quien se va eres tú.

—¿Por qué esta locura? —reclamé—. ¿Quién es él? ¿A qué se dedica?

—¿Vas a dártelas de mi confesor?

—No me digas que te enamoraste de un joven que podría ser tu hijo.

—Eso ya no es de tu incumbencia.

—¿Cómo que no? Estamos juntos desde hace casi veinte años.

—Como si fuesen cuarenta.

—Tu hijo es de su edad.

—¿Por qué solo los hombres tienen derecho a escoger a alguien más joven como pareja?

Revolví el latte mientras pensaba, no sin inquietud, que mi mujer, o quien había sido mi mujer hasta ese instante, siempre ha sido de armas tomar. Cuando la conocí era de las estudiantes que por la noche eran capaces de agradecerle a su pareja ocasional el orgasmo que había experimentado, para marcharse al día siguiente para siempre, sin decir adiós ni dejar nota alguna. No lo traigo a colación por despecho. Ella misma me lo contó alguna vez.

Es una mujer moderna e independiente, de ese tipo escaso que en materia sexual se asemeja al hombre, y al cual tememos porque se vale de nuestras claves para asumir un papel que la historia le acepta a regañadientes.

—Hubo una época, en la sociedad primitiva, en que los dioses eran todas diosas, y la línea de descendencia se establecía a través de las mujeres, porque en la poliandria no había forma de saber quién era el padre de los bebés —me comentó una vez—. Lee a Engels.

—La promiscuidad de las cavernas —reclamé—. ¿A esa etapa te gustaría regresar?

—No es mala idea.

En fin. Volvamos a lo esencial: la casa estaba en efecto a su nombre, y si las cosas iban a ser como pintaban, no tendría más remedio que emprender la retirada.

Un desenlace de este tipo debí haberlo imaginado desde que la conocí en San Francisco. Tocábamos en el downtown, los transeúntes pasaban sin mostrarse altruistas, aunque disfrutaban ciertamente de nuestra música, y Samanta nos cautivó porque depositó un billete de cinco dólares en mi sombrero puesto en la vereda. ¡Cinco dólares, y estoy hablando de hace veinte años!

Y eso no fue todo: también compró un cd que grabamos en un garaje de Los Ángeles y, como si no bastara, esperó a que termináramos de tocar para decirnos:

—Me gustaría unirme a ustedes. Sé cocinar vegetariano.

Sus ojos incendiaron mi alma. Me aceptó una cerveza en el barrio de Castro, allá en San Francisco, y esa noche terminamos encatrados en Mar Iguana, una residencial de mala muerte donde solíamos alojarnos con The Shade.

Así comenzó esto. Como en una película de Woody Allen. Y ahora Samanta me sorprende vertiendo —perdonen lo siútico— hiel en mi boca. En rigor, Chet me lo advirtió entonces.

Chet es nuestro cantante, un calvo de Oregón, un sesentón de voz ronca y melodiosa como la de John Fogerty y una sabiduría que cosechó en la universidad de la vida. Entonces lo vaticinó: «Te sacará de la calle para echarte a la calle de nuevo». Dicho y hecho. Chet era nuestra Casandra, un Kohelet, el Mister Doom de la banda. Pronosticaba azotes para la humanidad y, en mi caso al menos, y en el de parte de la humanidad, no erraba.

«¿Adónde iré?», me pregunté mientras recordaba la historia de Jan Stirlitz, un poeta mayor, nacido en Lituania, maestro del *community college* de Wartburg City, al cual un día su mujer, una polaca mucho menor que él, lo puso de patitas en la calle. Fue un drama. Nadie se apiadó de él ni le ofreció techo, excepto mi mujer y yo. Steve —el hijo que Samanta tuvo con un compañero de estudios— cedió a Stirlitz su cuartito junto a la cocina, y pasó a ocupar uno en el segundo piso.

Nos llevó semanas convencer al poeta de que tenía que marcharse, porque se sentía demasiado a gusto entre nosotros. No le quedó otra que largarse con sus pilchas y un atado de manuscritos a un motel de la carretera. Vivió allí hasta que tuvo la suerte de conseguir un carromato en el parque de tráileres a orillas del río, donde hoy vegeta entre desempleados, alcohólicos e inmigrantes, y escribe sonetos nada malos, por cierto.

Entonces pensé que la suerte de Stirlitz podía presagiar algo semejante para mí. Si Samanta me lanzaba a la calle, no era improbable que terminara en un tráiler, afrenta dolorosa para cualquiera.

—¿Y si no me marcho? —pregunté, sin afán de provocarla.

Samanta colocó el tazón sobre la mesa, alisó el mantel que la envolvía y subió al segundo piso sin decir palabra.

Afuera el sol comenzaba a afincarse con autoridad en el cielo azul de Wartburg City.

3

Esa misma noche le avisé a Jan Stirlitz que necesitaba conversar con él. Fui a verle al carromato.

El poeta está más viejo, olvidadizo y ególatra que nunca. En rigor, con los años Stirlitz se ha convertido en un megalómano. A lo mejor era un mecanismo de defensa, porque su joven y bella mujer lo había dejado por un siniestro inversionista ruso de cincuenta. Stirlitz, en cambio, rondaba entonces los setenta; daba manotazos de ahogado entre deudas y manuscritos inéditos, y de su atractivo solo sobrevivían sus ojos azules, que en otra época —según algunas mujeres— fueron seductores, pero que ahora contemplaban el mundo extenuados y sin brillo.

Subí los tres peldaños del carromato y el poeta me recibió bajo el alero de su vivienda, que constaba de dos habitaciones: una que le servía de dormitorio, con baño incluido, y otra que era todo lo demás, vale decir, comedor y living, estudio y cocina.

Stirlitz había recalentado una sopa Campbell de pollo con arroz, y unas Frankfurter a las que agregó mostaza y pepinos. Como rara vez bebía alcohol, tomamos agua de la llave. Le conté lo que me había pasado.

—Las mujeres son implacables —sentenció el poeta al final de mi relato.

Conversábamos bajo el alero; al frente casi todos los tráileres estaban a oscuras. De algunos llegaba música: una ranchera o una cítara aguda; de otros, disputas a gritos; y hasta me pareció escuchar el orgasmo de una mujer que despertó mis celos.

—Te lo dije, Clem. Todas son feroces. La mía no me permitió ni sacar los manuscritos de casa, y hasta cambió la chapa de la puerta. Dime, ¿de qué le sirve a una enfermera como ella quedarse con los poemas en barbecho de un poeta de mi talla?

Lo dejé maldecir a la ex mujer mientras pensaba que mi drama pasaba a un tercer plano para el poeta.

Al fondo, el río fluía rápido, cosa extraña, pues aquí la corriente se desplaza lenta y maciza, entreverando destellos con las luciérnagas.

—Al menos Samanta me permitirá dormir en la pieza que ocupaste cuando ocurrió lo tuyo —le dije, mientras el poeta se examinaba unas manchas blancas en las uñas.

—Ni que fueras ama de llaves.

—Al menos no tengo que alojar en un motel de carretera.

—Tal vez eso sería más digno de tu parte. Yo aquí, por desgracia, no puedo ofrecerte asilo para devolverte la mano.

—No te preocupes —repuse, echándole una mirada al interior del inmundo carromato.

—¿Por cuánto tiempo te aguantará en casa?

—Todo el tiempo que quiera.

—Ya verás que estas jodidas mujeres son todas iguales —farfulló Stirlitz—. Comenzará por cambiar las cerraduras de las puertas.

—No creo.

—Y después, a la calle. Sin contemplaciones. Te habla la voz de la experiencia.

—Sería una vil traición.

—¿Y tirar con otro tipo en tu propia cama no es una traición acaso?

—Es infidelidad.

—¿Te contó al menos por qué prefiere al otro tipo?

—Se niega a hablar sobre él. Me dice que no actúe como si yo fuese su padre, y que no quiere escándalo. «Años viviendo en ese barrio tan bueno y jamás hemos tenido un sí ni un no con un vecino», me recordó.

—La muy perra se deshace del marido, mete al amante en su lecho y de paso no quiere comentarios en el vecindario. —Los dientes de Stirlitz me parecieron más amarillentos que nunca.

Conviene que pronto me chequee los míos.

—¿Y es verdad que tu mujer nunca te devolvió los manuscritos? —pregunté acobardado por la posibilidad de que Samanta se apodere de mis composiciones.

—Lo peor es que eran inéditos —advirtió Stirlitz—. Si los escondió o los quemó, lo ignoro. Da lo mismo. Están irremediablemente perdidos y no hay forma de recuperarlos. Yo escribo los poemas que me dan vueltas en la cabeza para olvidarme de ellos. Los olvido para siempre. Al final de cuentas es la poesía mundial la que pierde…

Me encanta su megalomanía. Supongo que sus aseveraciones no son de confiar ciento por ciento. Años atrás me contó que su esposa lo había abandonado porque él le había sido infiel con otras mujeres. Al principio se lo creí completamente. Me narró con lujo de detalles infinidad de proezas eróticas con estudiantes de la ciudad, de otros estados y otros países. ¿Por qué iba a dudar de su relato?

Fue Samanta, sin embargo, quien derribó el mito del poeta: cierto día, después de que yo le comentara sus aventuras y las presentara como la causa del fracaso matrimonial, alegó que no podían ser cierto.

—¿Cómo no? —reclamé.

—Él tenía más de sesenta y su mujer treinta cuando ella lo echó de la casa. ¿Crees realmente que a él le quedaba energía para cumplir con sus deberes conyugales en casa y mantener al mismo tiempo tanta tienda abierta afuera? Por favor, no seas ingenuo.

—Es que las menudencias que narra solo pueden venir de la realidad.

—Puro verso, como su poesía. Bocanadas de aire convertidas en ruido. Lo sé por su mujer, que me lo contó todo.

—¿Qué dices?

Su afirmación me indignó. Revelaba que ambas mujeres se conocían y reunían a espaldas nuestras a chismear incluso sobre nosotros.

—Ella lo dejó porque él era puro verso. ¿Te das cuenta?

—Es la clásica treta que emplean las mujeres para desprestigiar a un hombre.

—¿Y cómo sabes tú que no es cierto?

—Es la forma en que tu amiga justifica ante los demás haberse ido con un tipo joven y además, rico.

—Bueno, si tú sigues creyendo en la existencia de esas mujeres que él nunca pudo presentarte y en el cuento de que a los setenta era capaz de servir a varias, es que crees en Santa Claus.

En esa espesa noche de junio en que el río fluía como sobre ejes lubricados, resonaban aún en mi cabeza las palabras de Samanta. «Deberes conyugales», dijo esa vez. Elegante forma de referirse a un músculo que se va deteriorando con los años.

En honor a la verdad, solo con el tiempo fui convenciéndome de que los episodios sobre infidelidad y conquistas que relataba Stirlitz eran falsos. Es cierto, nunca pudo presentarme, peor aún, ni siquiera mostrarme de lejos a una sola de las supuestas amantes que venían a verlo a Wartburg City.

—Cuando mi mujer se enteró de la secuencia de engaños, me mandó al carajo —insistió Stirlitz.

Si sus relatos eran pura farsa, entonces su poesía amorosa se alimentaba de mujeres de fantasía y buscaba crear una leyenda en torno a sus supuestos prodigios amatorios. Me defrauda que las mujeres y aventuras a las que se refieren los poemas de Stirlitz sean simple fruto de su imaginación, proyecciones de deseos insatisfechos, mentiras burdas y no cosechas de su historia.

Esa noche me sugirió que aprovechara las buenas relaciones con Samanta para poner a salvo mis manuscritos y partituras de canciones.

—Te habla la voz de la experiencia —insistió desde el corredor de su carromato mientras se alejaba—. Todo lo demás puedes comprarlo en eBay, muchacho. Los manuscritos, la virginidad y la vida son lo único que se pierde para siempre.

Volví a casa acortando camino entre los abedules de la ribera del río y permanecí largo rato junto a la puerta de mi antiguo hogar. Estaba triste y herido, porque amaba a Samanta y hubiese preferido mil veces, pese a todo, volver con ella. No podía evitarlo: Samanta era la mujer de mi vida y me había acostumbrado a la idea de que lo nuestro iba para largo.

4

—¿Clemente?

Cuando abrí los ojos me encontré con un joven de melena negra, rematada en cola de caballo, anteojos de marcos oscuros y piyama. En una bandeja traía una taza de café y tostadas de centeno con mantequilla.

—Aquí tiene. Es para usted —me dijo con acento afrancesado—. Soy León.

Me senté en la cama para recibir la bandeja, cubierto apenas por la sábana. Hacía calor en el cuarto situado detrás de la cocina, donde no llega a plenitud el aire acondicionado.

—Gracias —fue todo cuanto pude decir.

El amante de mi mujer me miraba con cierta indiferencia. Tenía ojos café oscuros, nariz larga y las manos grandes y huesudas. Un treintañero alto, fuerte y atractivo.

—No me dé las gracias. Es de su cocina —repuso con una lógica tan elemental como honesta y, por lo mismo, apabullante.

Bebí el café, le di un mordisco sin ganas al pan y me limpié los labios con la sábana.

—No tiene necesidad de irse —agregó León—. Puede quedarse aquí todo el tiempo que guste. Esta, después de todo, sigue siendo su casa.

Que me podía quedar lo sabía por Samanta; así que me desconcertó el sosiego de León, su modo de ver las cosas, su lógica y magnanimidad, y también la naturalidad con que asumía la situación y disponía, no sin descaro, de mi propio hogar. El hecho de que me ofreciese alojamiento revelaba que estaba seguro de los sentimientos de mi mujer hacia él, lo que terminó por desalentarme.

—¿Ustedes se van? —atiné a preguntar.

—De ningún modo. Pero me interesa mantener buenas relaciones con el prójimo. Imparto clases privadas de pintura para reducir el estrés y encontrarse a sí mismo. Soy pintor, y usted un gran saxofonista. Qué casualidad: ambos somos artistas.

—Así veo. —El cabrón trataba de empalagarme con elogios.

—Prefiero el óleo para los paisajes, pero el carboncillo para retratos. Vendí muchos en el Montmartre. Usted se merece, por cierto, un retrato con su saxofón. Se lo hago gratis. Es cosa que me diga. Enseño también reflexión confuciana. Aspiro a que nos conozcamos mejor, pues vamos a vivir bajo el mismo techo.

—Me parece.

—Lo que no deseo, y se lo digo con toda franqueza, es que usted se tome lo acaecido en términos personales.

—¿A qué se refiere?

—A que la decisión de Samanta no está dirigida en contra suya, sino a favor de ella —afirmó León con un tonito de profeta iluminado, y a mí me pareció que dicha frase la había leído antes en una novela de un autor latinoamericano que ya no recuerdo, lo que no es grave, puesto que todo lo que uno lee, ve, come y conversa está destinado a ser olvidado.

—¿Puedo seguir aquí, entonces? —pregunté mirando al cielo del cuarto, donde vislumbré el porfiado retorno de las manchas de humedad que repasé con pintura en el último invierno.

—Todo el tiempo que quiera. Y tómese el café, que se le enfría.

Su generosidad me conmovió. No soy resentido ni vengativo, y sé que todo amor se levanta sobre el dolor y el olvido de otros amores, y que al final cada amor tiene sus muertos ocultos en el sótano de la memoria.

Cuando terminé el desayuno, León volvió al cuarto para retirar la bandeja. Tiene manos bien cuidadas y resplandecientes uñas sin cutícula, que debe untar a diario con crema humectante. Las manos de un artista, concluí, sin poder apartar de mí la idea de que acariciaban a Samanta.

—¿Y mi mujer? —pregunté—. Perdón, Samanta. ¿Dónde está?

—Durmiendo. Usted sabe. Duerme mucho. Le llevaré ahora el desayuno. ¿Qué es lo que más le gusta a ella para desayunar en cama, Clemente?

Me arropé con la sábana, irritado por su pregunta y su aspecto de principito de cuentos. La melena trigueña se le desparramaba sobre el pálido rostro formando dos tenazas en torno a sus mejillas.

—Le gustan las tostadas como a mí —expliqué, intuyendo que no debía mostrar ofuscación—. Con mermelada de arándanos —agregué, impulsado por una nostalgia que me hizo cosquillas en el vientre.

—¿Y el café? ¿Cómo lo prefiere?

«Buena pregunta —me dije, pensativo—, porque a veces lo apetece a la americana y otras como espresso.»

—Me inclinaría a decir que le gusta el espresso cargado y amargo —respondí—. Ah, y el espresso debe servirlo en las tacitas que hay en el aparador. Entíbielas antes de verter el café.

—No sé cómo agradecerle —exclamó León con la bandeja en las manos—. Por fortuna, usted no se toma el asunto en términos personales. *Au revoir, Monsieur.*

5

A la mañana siguiente acudí al centro donde Samanta imparte clases de danza moderna.

Con otras instructoras, alquila un espacio magnífico por su luminosidad y ubicación central, que además tiene estacionamientos y restaurantes en los alrededores, entre ellos uno de comida del Medio Oriente —falafel, delicias del sultán, gyros—, considerado por algunos punto de reunión de los defensores de Israel y, por otros, centro de activistas palestinos.

La secretaria me anunció que tenía orden de no dejarme ingresar.

—Solo por unos minutos —imploré—. Necesito hablar con mi mujer.

—Las instrucciones son precisas: no quieren verlo ni en pintura.

—¿Qué le cuesta? Tres minutos. Necesito hablarle.

Un cancerbero imposible de conmover. Más fácil hablar con un frontón de tenis. Y eso que la conozco y siempre ha sido amable conmigo. Todo cambió, desde luego, y ahora se convirtió en otra mujer. Bueno, para eso Samanta y sus amigas le pagan: para matricular gente y mantener a raya a los indeseables, entre los cuales a estas alturas me encuentro yo. En un intento por mostrarse mínimamente comprensiva, o tal vez calculando que las aguas pueden volver a su antiguo cauce, me sugirió que le enviara un e-mail a Samanta.

—No lo leerá. Y si lo hace, no lo responderá —alegué.

—Es preferible abordarla en la calle —apuntó la mujer—. Pero no diga que yo se lo dije.

Me retiré desilusionado. La recepcionista confirmó lo que siempre he pensado: que los seres humanos son oportunistas por naturaleza. Samanta me ha dejado por otro y ahora se niega a dar explicaciones. Debo resignarme a que León se pasee en piyama por mi casa, se acueste con mi mujer y coma de mi despensa; sin embargo, Samanta no se digna a decirme si este deplorable espectáculo es definitivo. Pienso que en algún momento deberá al menos rendirle cuentas de todo esto a su hijo Steve, que estudia en el exclusivo Amherst College, en la Costa Este.

Entré al local de especialidades del Medio Oriente; ordené un café a la turca y un gyros de cordero, y me puse a leer el diario de la mañana, que traía noticias espantosas sobre las guerras y los próximos recortes en el presupuesto del college local.

«Solo ríe quien no ha leído las noticias», afirmó Bertolt Brecht en alguna parte, y tenía razón. Aunque fuera estalinista y comunista de salón, y se hubiera hecho ciudadano de la República Democrática Alemana conservando su pasaporte austríaco y su cuenta bancaria en Suiza, muchas de sus observaciones, leídas a distancia, resultan geniales. En verdad, me encantan los comunistas caviar. Son *bon vivants* y cínicos, pero simpáticos y más entretenidos que sus grises camaradas de extracción obrera, trajes opacos y añejas visiones sobre la vida.

Plegué el diario con un severo rictus brechtiano en el rostro. A este ritmo —pensé—, con el déficit presupuestario de la nación, que se agravó con el costo estratosférico de las guerras de Afganistán e Irak, terminarán por caer el empleo y los beneficios sociales, y los transeúntes se volverán más tacaños a la hora de arrojar un quarter al sombrero de un artista callejero.

Mientras el imperio va en declive, los lobistas diseñan en Washington políticas a la medida de los grandes intereses y todo sugiere que las cosas empeorarán. Estados Unidos ya no es lo que fue, pero tampoco se salvarán China, India ni Paquistán, porque el desastre del planeta es irreversible por culpa de la irresponsabilidad humana. Siempre lo he dicho: la gente confía en exceso en el ser humano. Brecht tenía razón: salí deprimido del local.

Pasé a la biblioteca pública para enviar un mensaje electrónico a Samanta. Me agrada esa biblioteca. Es moderna y luminosa, y su política de préstamo magnánima. Hace algunos años la comunidad fue convocada a un plebiscito para definir si quería conservar la biblioteca antigua o construir una nueva, adecuada a las exigencias de los tiempos. Un nuevo edificio implicaba elevar los impuestos, pero eso no arredró a la mayoría de Wartburg City, que optó por la segunda alternativa.

En fin, la biblioteca no solo tiene libros, dvds y cds, y salones y equipos de reproducción de sonido e imagen, sino que sirve también de refugio a los vagabundos que cada día se lavan en sus baños y hacen la siesta a pierna suelta en los sofás. Nadie se atreve, sin embargo, a expulsarlos, porque los habitantes del Medio Oeste son así: a nada temen tanto como al conflicto.

Me senté ante un pc y, después de varios intentos, redacté el siguiente mensaje para Samanta:

> *Necesito que hablemos y me expliques por qué diste este paso y qué te propones hacer. Dime dónde encontrarnos para hablar al respecto, y te prometo que te dejaré en paz junto a León por el resto de mi vida.*
>
> *C.*

6

Es hora de interrumpir mi práctica de saxofón, que inicié hace un rato frente al río, ejercicio que me sirve de relajación, y me presente ante ustedes, que han tenido la paciencia de seguirme en las minucias de mi vida privada, lo que me delata como exhibicionista y, a ustedes, disculpen que se los diga, como voyeristas.

Soy Clemente Fo, tengo cincuenta años y soy músico. Nací en América Latina, y en 1983 llegué, sobre los hombros de mis padres exiliados, al Estados Unidos profundo de la pradera, a esta ciudad dividida por un río sinuoso, manso y turbio, que cada veinte años, en una suerte de cruel y enigmática venganza, se desborda y siembra dolor y destrucción.

Pese a que el drama se repite, algunos vecinos reconstruyen sus casas en el mismo barrio, desafiando al río, ignorando su mensaje y el carácter cíclico de la vida. Igual reaccionamos nosotros —vale decir, Samanta y yo— hace tres años, cuando después de la última crecida de las aguas, que causó un desastre bíblico, decidimos quedarnos. Sí, quedarnos aquí mismo, a orillas del río.

En ese momento, el gobierno federal ofreció comprar las casas devastadas para convertir esa parte de la ciudad, la más bella por el río y los bosques que lo flanquean, por cierto, en un parque. La mayoría aceptó la indemnización fiscal y se marchó con lágrimas en los ojos a residir en otros barrios. Las retroexcavadoras no tardaron en derribar las viviendas y nivelar la tierra, y de inmediato los hombres del departamento de jardines desplegaron los rollos de chépica y borraron los últimos vestigios de lo que fue una alegre comunidad que los fines de semana preparaba asados al aire libre, mientras los chicos montaban bicicleta. En fin, fuimos pocos los que perseveramos aquí.

Hoy nuestro barrio-parque parece como si siempre hubiese albergado solo a las seis casas sobrevivientes, la nuestra entre ellas, reconstruidas sobre palafitos.

Vivo —o, mejor dicho, vivía— con Samanta Damon Armenteros, natural de Vero Beach, Florida, hija de cubana y estadounidense, bailarina, madre de Steve, hijo de un abogado especialista en inmigración. Steve —ya lo dije— estudia en un college de chicos ricos y malcriados de la Costa Este.

Samanta me recuerda a Angelika Domröse, una preciosa actriz nacida en el Berlín detrás del Muro de la Alemania comunista. Ella también tenía facciones finas y la mirada tierna e inteligente, un cuerpo menudo y buena figura, y movimientos gráciles. Descubrí a Angelika en el film que la hizo famosa: *Die Legende von Paul und Paula*, basado en la novela de Ulrich Plenzdorf. Bueno, Samanta es como la actriz en sus mejores años, lo que a mí me hechizó.

Yo, por mi parte, además de tocar en la calle, enseñé música en el *community college* de Wartburg City, cargo al que renuncié hace siete años, harto de la burocracia académica y las rencillas entre colegas. Preferí cantar en las calles y no tener ni jefe ni horario. Abandoné esa castrante vida de monje moderno, pues amo la libertad más que nada. Antes era un esclavo con jubilación garantizada, un buen seguro de salud y un ingreso fijo, y ahora soy un ser libre, dueño de un destino incierto, que trato de administrar con mis propias manos.

Nada como acomodarme por las mañanas mi sombrero de ala ancha, mi chaqueta de cuero, mi camiseta de cuello en V y mis botas tejanas, y salir a arrancarle notas al saxofón. Lo mío no es malgastar la vida en alumnos a menudo empeñosos, pero carentes de talento; ni en reuniones académicas destinadas a cebar nuestras adiposas asentaderas. Lo mío es la calle. Y la calle siempre es dura y aleccionadora.

Breve es la vida, extenso el arte. El tiempo huye. Esas expresiones de la Antigüedad son ciertas y por ello no despilfarro el tiempo. Mi pasión es tocar el saxofón con The Shade, escuchar jazz, leer ficción y ver cine, en especial películas de Lynch, Bertolucci, Coppola, Bergman, Wenders, Wolf y Wajda. ¿Por qué? Porque proyectan mundos que trascienden los corsés que nos impone este mundo real.

Bueno, ahora algo conmovedor: mis padres están sepultados en el cementerio de Wartburg City, bajo el cielo alto y limpio de la pradera, lejos de los montes andinos y el oleaje del Pacífico, lejos de la tierra donde nacieron y de la cual escaparon cuando yo era adolescente porque un general se instaló en el poder en medio del caos creado por políticos irresponsables.

Mis padres eran revolucionarios de tomo y lomo; el dictador de derecha. No hay nada más que explicar. El resto es historia conocida. Hay otros países donde los dictadores son de izquierda y los revolucionarios de derecha. Así es la vida, depende del cristal con que se la mire. Curioso, en todo caso: mis padres, que soñaron con construir el comunismo en su tierra natal, terminaron en calidad de cenizas en la tierra que representa la antípoda de su utopía política. Es como si un liberal terminara enterrado en Corea del Norte. Por eso digo que la vida es una reverenda tómbola. Con extrema crueldad se burla de nosotros. Le importamos un bledo.

Pese a todo, guardo gratos recuerdos de Valparaíso, mi ciudad natal, conservo algo de su idioma y en mi memoria sigue presente su cegadora luminosidad de noviembre, el ladrido de sus perros desperdigados en la ventolera, el rumor que antecede sus temblores de tierra y las perspectivas que brindan sus lomas, pasajes y ascensores, y el oleaje crispado que la azota en invierno. Pero todo eso es pasado y me alegra que así sea, porque no se puede habitar en dos mundos al mismo tiempo. En algún momento hay que optar por uno y guardar al otro en el baúl de los recuerdos o el olvido, que al final los primeros desembocan igual en el segundo.

Aquí, en la pradera, tengo amigos. En eso me parezco a un filósofo griego del siglo cuarto antes de nuestra era, llamado Epicuro de Samos. A su juicio, la felicidad consistía en pocas cosas: tener un jardín, queso, nueces, aceitunas, algo de vino y agua, y amigos, pero no muchos. Para Epicuro lo esencial era desaparecer de la polis y disfrutar la vida en su jardín.

En fin, tengo los amigos estrictamente necesarios y a cierta distancia para que no se vuelvan un tormento: Chet, de quien ya hablé; Orlando, un talentoso trompetista habanero, admirador de Paquito de Rivera y Coleman Hawkins; Cheíto, un portorriqueño a cargo de los timbales; Camila, la percusionista de San Francisco; y Janette, oriunda de San Diego, bajista y segunda vocalista de la banda. Y también está, por cierto, Stirlitz, el poeta.

He tenido amantes ocasionales durante el matrimonio, a Janette entre otras, aunque solo durante una noche de borrachera. Nada relevante. Hasta diría que no nos acordamos bien de lo que hicimos esa noche de ron y marihuana. Mis amantes han sido usualmente mujeres que conocí en las giras y que nos acompañaban por algunas ciudades ayudándonos a cargar los instrumentos, a pasar el sombrero y cocinar algo rápido. Siempre fueron experiencias sin mayor consecuencia, de esas que alivian más el cuerpo que el alma

Pese a mi vida itinirante, me aterran los cambios radicales. En ese sentido, soy un seguidor de Parménides, alguien que rechaza la eterna mutabilidad de las cosas, que postulaba Heráclito. Si mi casa representa a Parménides, a Heráclito lo representa el río, desde luego. Tengo conciencia de que no afirmo nada original: soy un parmenidiano que vive junto a un río.

Tal vez añoro la estabilidad porque mis padres nunca se recuperaron del dolor que les infligió vivir el exilio ni dejaron de soñar con el retorno a su Itaca. Quizás me seducen las giras musicales porque implican siempre el retorno.

Desconfío también de las revoluciones que destruyen la rutina de los individuos en nombre de un mundo mejor y solo crean incertidumbre. No, las revoluciones no son para mí. Prometen un paraíso que deviene pesadilla. Mi lema principal, basado en el quietismo de Kohelet, es: *El mundo no tiene remedio.*

Por eso mis antiguos colegas izquierdistas del college me consideran reaccionario. Se equivocan. Soy simplemente un músico realista y políticamente incorrecto, que toca una nota después de la otra. Ser de izquierda o derecha, progresista o conservador, puede significar cualquier cosa, basta con echarle un vistazo a Corea del Norte o Cuba: ¿quiénes son allí los progresistas y quiénes los conservadores, quiénes son de izquierda y quiénes de derecha?

Lo engañoso de estos conceptos lo vi en el mundo académico que abandoné: allí enseñan muchos revolucionarios latinoamericanos que jamás abandonarían la prosperidad y libertad de que disfrutan en el imperio. Son, sin embargo, quienes en sus clases y ensayos hacen uso de la retórica más radical de Estados Unidos.

Ponen los ojos en blanco al proclamar la lucha contra el imperialismo, el compromiso con sus pueblos y el advenimiento del socialismo. ¡Hipócritas! Hablan de la boca para afuera solo para calmar sus malas conciencias y alimentar ante sus alumnos estadounidenses la imagen de que se desvelan por los países de donde provienen y a los cuales nunca volverán.

De mí mismo sobre todo podría decir que amo a Samanta, o la amaba, o la sigo amando, pero ahora con una dosis de resentimiento y despecho, atribuible al jovenzuelo con el cual comparte el lecho. Aún confío en que ella supere esta etapa de inmadurez. ¿Le habrá confesado su aventura al hijo? ¿Lo habrá llamado para decirle que tiene a otro hombre en su cuarto, y a mí relegado detrás de la cocina?

Basta de presentación. Vuelvo mejor a ejercitar con mi saxofón. *Übung macht den Meister*, decía mi maestro de música, un alemán de Leipzig que escapó de Alemania del Este escalando el Muro de Berlín, pero eso es ya historia de otro costal.

En fin, esta mañana Samanta todavía no se dignaba a responderme. De hecho, me acerqué a la puerta de nuestro antiguo dormitorio, pero estaba cerrada. Toqué.

—¿Quién es? —preguntó Samanta con voz aguardentosa.

—Clemente.

—Dime.

Ahí mismo recapacité y me dije: lo mejor es irme a tocar el saxofón, porque sería indigno volver a rogarle que me escuche.

Terminé yéndome al café Java House, donde pedí un espresso y un croissant. Fue en eso que vi a Jan Stirlitz en la calle. Iba cargando una bolsa de plástico en cada mano. Sudaba. Le hice señas a través del cristal y él entró al café.

—Vengo de compras —anunció mientras dejaba las bolsas sobre una mesa—. ¿Cómo están las cosas en el frente?

—Igual.

—¿Aún no se va el susodicho?

—No.

—Despreocúpate —agregó mientras se sentaba frente a mí—. Hoy te sientes solo, igual que yo cuando mi mujer me abandonó por mis aventuras, pero todo cambia. No te das ni cuenta como todo cambia.

—Que Dios te escuche y el Diablo se haga el leso.

—Ten confianza y atiéndeme mejor —dijo tocándome el brazo—. Voy a aprovechar la pausa para contarte mi más reciente episodio de lujuria con una jovencita. Este, *dear* John Coltrane, es de no creerlo.

7

«Pésimas son las explicaciones que teje Jan Stirlitz para justificar su incapacidad para presentarme a sus supuestas amantes», pensé mientras simulaba escuchar su nuevo poema que me leía en el Java House. Según Samanta, sus poemas no surgían de sus experiencias amorosas, sino al revés.

—¿Cómo al revés? —le pregunté, mientras sustituíamos unos tablones apolillados de la terraza.

—Exactamente al revés. —Se pasó el dorso de la mano por la frente sudorosa. Llevaba bermudas y un peto negro que pendía de dos cordoncitos de sus hombros. Se veía bien. Muy bien. El verano estaba espléndido y faltaba para que el francesito apareciera en nuestra vida—. Sus poemas no son fruto de sus aventuras amorosas, sino de su anhelo por tenerlas.

—No entiendo.

Terminó de arrancar un clavo oxidado de un tablón, y explicó:

—Las estupendas chicas de las cuales habla en los poemas no inspiraron esos poemas. Por el contrario, ellas son fruto de esos poemas.

Me desconcertó la interpretación. Más que detenerme en las ideas envueltas en los versos de Stirlitz, atiendo a su melodía, los sentimientos que me despiertan, el modo en que calzan con mis propias experiencias. ¿Es que las sensuales muchachas que surcaron mi imaginación de la mano de la poesía de Stirlitz eran solo un producto de su fantasía? ¿Significaba que me había engañado con sus poemas y relatos y, lo que es peor, que toda su vida era una impostura, una farsa narrada en versos?

Arrodillada sobre el tablón ya limpio de clavos, Samanta agregó:

—¿No recuerdas el poema de Fernando Pessoa que dice que el poeta es un fingidor?

—Algo recuerdo.

He leído poco a Pessoa, y apenas recordaba el poema del que hablaba Samanta, que ahora sacaba un clavo de entre sus labios y decía:

—El poeta *finge tan completamente que hasta finge ser dolor*. Pues bien, yo estoy segura de que tu amigo finge hasta el amor.

Podía ser. *Las cosas son como son y no como uno quiere que sean*, ese es un dicho mío. Pero lo cierto es que ni los poemas de Stirlitz ni las historias eróticas que contaba habían despertado en mí suspicacia alguna; por el contrario, siempre me habían parecido verosímiles.

—A lo mejor Stirlitz es tan gran poeta como gran mitómano —apunté cogiendo el martillo, caliente por el sol.

—Es un poeta mentiroso o, mejor dicho, un mentiroso que escribe poemas —pontificó Samanta—. Yo no le creo nada. Nunca ha enamorado a ninguna de las muchachas de las que se ufana. Es unególatra, vive enamorado de su propia imagen. Un día te pedirá que compongas una sinfonía sobre él y su leyenda, esa que te ha ido contado todo el tiempo.

Tras escuchar declamar a Stirlitz el más reciente de sus poemas, le anuncié que debía continuar camino para cumplir trámites, y salí del Java House rumbo a la biblioteca municipal. Allá ingresé a mi correo electrónico en un computador confiando en hallar una respuesta de Samanta.

Pero solo había mensajes de otras personas e instituciones, entre ellos el de una mujer, sin duda fruto de una equivocación: «Necesito tiempo y distancia para encontrarme a mí misma y disponer de mi vida. No es una decisión en contra tuya, sino a favor mío. Por favor, no me llames ni me busques. Fabiana».

¿Quién sería Fabiana? ¿De dónde escribía, y a quién le escribía? ¿A un amante o a su esposo? El mensaje sugería que se trataba de una mujer corajuda que ponía fin a una relación amorosa. Me habría gustado conocerla.

Pero lo demás era *bull shit*: una petición para que The Shade se presentara en forma gratuita en Memphis a favor de la lucha del pueblo de Eritrea, del cual yo solo sabía que estaba en África; otro mensaje del dueño de una pensión de Nueva Orleans adjuntando copia de una factura del minibar que quedó impaga. «Que le pague quien consumió ese Bourbon», escribí, y la dirigí al resto de la banda. *Que cada uno se hunda y desprestigie como mejor pueda*, otro de mis lemas favoritos.

Jamás tocaríamos en ese acto humanitario. Los organizadores cubrían el alojamiento y la comida, pero no el traslado. Son los típicos cretinos que piensan que el artista no debe cobrar por su trabajo; que creen que uno debe donar su arte al mundo. Jamás ponen en tela de juicio el derecho a cobrar de un plomero, un mecánico, un dentista o un abogado, pero sí el de un artista, como si nos alimentáramos de aire. Además, no estaba para entregar ayuda, sino para recibirla.

Samanta me entendía al menos en esta materia: sabe que un artista profesional vive de lo que recolecta con su arte, sin importar si eso viene de una discográfica, conciertos o de pasar el sombrero. Como bailarina, sabe en qué mundo vivimos y me apoya.

Así que intenté llamar de nuevo a la secretaria de Samanta, pero esta vez engolé la voz y me presenté como un contador público, y le pedí el apellido de León.

8

El apellido es Dupuis.

Y lo bueno es que León Dupuis tenía Facebook. Lo reconocí por la foto del perfil, pero no logré entrar a su página. Le pedí amistad desde un hotmail en el que uso el nombre de Armando Guerra y me presento como fotógrafo. No era una mentira completa, porque en ocasiones salía a la calle solo para sacar fotos de algún callejón abandonado o una tienda antigua con el objetivo de compartirlas con los amigos. *En la vida no importa lo que eres, sino lo que los otros creen que eres.* Otro de mis lemas.

Era una forma de averiguar algo sobre Dupuis. Después ingresé al Facebook de Samanta y, tal como me lo imaginaba, entre sus amigos figuraba desde hacía tiempo este odioso personaje. He sido un ingenuo, ni siguiera había olido la traición.

Me detuve a examinar las fotos que mi mujer incluyó en sus álbumes. Abundaban los retratos en grupo: amistades, paseos, convenciones. En una descubrí a Dupuis. Fue tomada durante la cena de un foro sobre la relación entre el baile y la salud, en Los Ángeles, dos años atrás. Samanta aparece sentada a una mesa, rodeada de mujeres, y a su espalda, de pie, hay cinco hombres de traje y corbata. Uno de ellos es Dupuis.

Ahora recuerdo ese momento. Samanta había viajado sola, como solía hacerlo; yo permanecí en casa, porque acababa de regresar de un tour por Boston. Samanta venía entonces flirteando de aquella época con el franchute. Ni me había olido la traición.

No me quedaba más que esperar a que el tipejo me aceptara como amigo en Facebook y a que Samanta se dignara a reunirse conmigo.

Me dirigí a Nowhere, mi librería favorita. Su dueña, Antonella, es una afroamericana fornida, de dientes afilados, astuta y leída como pocos. Había conseguido la última biografía sobre Ben Webster que le encargué semanas antes. Iniciamos, como suele ocurrir, una conversación distendida, que se desbocó en cuanto Antonella me confesó que había roto con su pareja de años, una conductora de buses, dueña de un Doberman con bozal.

—Nuestra ruptura se veía venir —recapituló la librera, resentida, y agregó que no estaba en condiciones de asumir anímicamente el quiebre, por lo que necesitaba vacaciones, un lujo que no podía permitirse porque el negocio no daba para contratar sustitutos—. *The f... money!* —continuó—. Si no fuera por los viajes que le pagué, me habría ido hace rato a pasar las penas a Punta Cana.

De vuelta en casa, me llegó un mensaje de Samanta. Su contenido me desconcertó, pues me parecía haber escuchado sus pasos en el segundo piso:

Te espero hoy, a las nueve de la noche,
en el café de los Minusválidos.

S.

Eran las siete de la tarde. No me atreví a subir al dormitorio para confirmar la recepción del mensaje. Estoy recibiendo mails extraños: primero el de Fabiana, ahora el de Samanta. Algo ocurre, algo que me hace sentir que estoy perdiendo el control sobre mi vida, algo que me recuerda el pánico que se apodera de uno cuando tu auto resbala sobre el hielo y no obedece ni a tus frenos ni a las vueltas del manubrio.

En fin, me digo resignado, limpiándome las manos en el jeans. Alcanzaría al menos a ducharme para ir a la reunión.

9

Café de los Minusválidos. Nueve de la noche. Centro de la ciudad. Samanta entró al local con un cuarto de hora de retraso. Venía envuelta en una chaqueta beige y, a juzgar por su cabellera húmeda, recién duchada.

La besé en la mejilla. Olía a un perfume que le compré durante una gira por Francia a la que me invitó el Centro Bellas Letras Latinas de Lyon. Samanta se veía ahora más joven, diría que incluso más vital y feliz, lo que me defraudó.

—¿Qué necesitas decirme? —me preguntó al sentarse.

Me partió el alma su cruel indiferencia. No era la misma mujer con la cual viví durante años.

—Pienso que hay cosas de las cuales tenemos que hablar —dije para crear un mínimo de confianza.

—Ya no hay nada de qué hablar, Clemente. Lo nuestro se acabó, y ahora cada uno sigue su vida.

—Pero ¿por qué?

—Porque sí.

Una respuesta demoledora. La vida es lo que es, no lo que uno quiere que sea, pensé como si alguien me lo dictara. Pedimos café al mozo, que se acercó en silla de ruedas.

—Al menos me merezco una explicación —reclamé.

—¿Tú crees?

—Después de tantos años, claro que sí.

—Después de tus aventuras en los tours no mereces ni siquiera que te hable. Agradéceme que esté acá.

¿Quién le habrá llegado con el chisme? ¿Alguien de The Shade? Tal vez Ann Taylor, una muchacha que toca el banjo, con la cual tuve una aventura fugaz, y que nos dejó hace medio año. Porque algo de cierto hay en lo que afirma Samanta.

—No sé de qué hablas —mentí mirándola a los ojos—. Siempre te he sido fiel.

Me sostuvo la mirada unos instantes. En sus ojos anidaba el brillo metálico de alguien que disfruta hacer sentir su desprecio.

He sido reservado como un agente secreto, y casi todas las mujeres con las que tuve algo estaban casadas; eran, así, las primeras interesadas en que el rumor no se propagara. Tuve especial cuidado en que fueran discretas, y también poco propensas a enamorarse, a abandonar al marido o a arrojar por la borda a la familia. Busqué mujeres ardientes pero cerebrales, con las cuales pudiera cultivar un contacto ocasional. No soy el único que recurre a las escapadas para mantener viva la llama del amor matrimonial, pero siempre aclaré a mis amigas que se trataba solo de una aventura, puesto que era feliz con mi pareja.

—Da lo mismo —respondió Samanta, hastiada—. No vale la pena discutir el pasado. Decidí rehacer mi vida y mirar al futuro.

—¿Reharás tu vida con ese estudiante?

—Sé lo que insinúas —reaccionó ofendida.

—No insinúo nada. Hablo sin ambages: León podría ser tu hijo.

—Ya te dije que no es asunto tuyo. Por ahora me quedo con él, en mi casa y en mi lecho.

—Nuestro lecho.

—Es mi casa y mi lecho, aclaro. Mi territorio. Y ahí hago lo que me venga en gana.

—Así veo.

El dependiente nos sirvió el café con una sonrisa que no disipó la tensión, y se marchó imprimiéndole una alegre velocidad a su silla.

—Después veré cómo salgo de todo esto —continuó Samanta—. Veré si sigo sola, me busco otro hombre o sigo con él.

—¿Y yo?

—¿Tú, qué?

—Me pregunto si no piensas en mí. ¿Cuál es mi papel en esto, después de todo?

Sacudió la cabeza y se cruzó de brazos, apoyándose en la mesa, de modo que por el escote de su blusa entreabierta pude atisbar el canal de sus pechos y recordar su textura, y el sabor a veces levemente agrio de sus pezones, que ahora deleitaban a otro.

—Tu papel es un asunto tuyo y no quiero dramas —me advirtió con fiereza. Comenzó a revolver el café—. Lo nuestro se acabó, así que procura hallar otra vivienda cuanto antes.

—¿Me estás diciendo que me marche de casa?

—Sí.

—Pero León me dijo que podía quedarme —alegué.

—Solo por un tiempo, y no abuses. Sería desagradable que me acusaras de que te eché de mi casa de la noche a la mañana. ¿Hasta cuándo piensas quedarte?

—Todo esto por culpa de un estudiante —murmuré—. Tiene la edad de tu hijo.

—Es mucho mayor que Steve. Lo que pasa es que se conserva bien —aseveró—. No como tú: mírate la panza y esos brazos flácidos, y esa barba de meses y esa melena sebosa.

—No soy un muñeco como tu trofeo.

—Deberías prestar al menos atención a tu figura, aprender de León.

—Déjate de estupideces —alcé la voz. El mozo nos observó inquieto—. A ese cerdo yo lo estrangularía con mis propias manos.

—No es culpa de él. Lo nuestro se agotó, ya no funcionaba. Fatiga de material, dirían algunos. Pero no hay que llorar sobre la leche derramada, sino asumir y rehacer la vida con optimismo.

—Has cambiado tanto de carácter que ya ni te reconozco.

—Cambié por tu culpa. Me dejabas sola durante tus interminables giras. ¿Cómo crees que me sentía sin tener a nadie con quien conversar o dormir, botada como un neumático viejo?

—Pero si tú sabes que yo vivo de la música. Es así.

—Pero cambié —admitió, y se peinó hacia atrás la melena—, y tú no te percataste.

—No tienes corazón.

Se encogió de hombros. Miró hacia el mozo, que ahora leía en un iPad. Pensé en Steve, a quien la separación no iba a afectarlo en demasía. Hoy a los jóvenes solo parece afectarlos perder su iPhone.

—¿No sientes ya nada? —pregunté.

—Lo nuestro es un cadáver desde hace rato, Clemente. Ahora hiede.

—Yo, en cambio, sigo amándote —le dije, aferrado a mi taza y con la vista nublada de la emoción—. No puedo dejar de amarte de la noche a la mañana, Samanta.

—Por eso lo mejor es que te marches cuanto antes —respondió poniéndose de pie, dando por terminada la cita—. Así no seguirás sufriendo y yo podré rehacer mi vida. Y cuando digo «cuanto antes», quiero decir eso mismo: cuanto antes. Buenas noches, Clemente.

10

Al día siguiente fui a ver al poeta Stirlitz. Mientras cruzaba entre los árboles hacia su tráiler, recordé el extraño sueño que tuve la noche anterior.

Soñé que era una marioneta. Así mismo. Tal como lo digo y ustedes lo escuchan, si es que alguien me escucha, cosa que en rigor dudo. Lo cierto es que yo era una marioneta, pero la gente que me veía pensaba que yo era un sujeto normal que se manejaba por cuenta propia. Sin embargo, yo sabía que ni los movimientos que ejecutaba ni las palabras que pronunciaba, eran de mi cosecha. Es más, hasta sentía la tensión de las manos del titiritero que manipulaba mis cuerdas. Curioso: tenía conciencia de que hacía y decía cosas que no me proponía hacer ni decir, y que al mismo tiempo me sorprendían y dejaban satisfecho.

En el sueño escuché y atisbé como entre velos a personas que hablaban sobre mí en torno a una botella de cabernet sauvignon cn un dcpartamento de la Oderberger Strasse, en el Berlín reunificado. Nunca he estado en esa calle, pero comprobé en Google que existe. La voz cantante la llevaba un tipo de barba y espejuelos. Hablaba sobre mi futuro con una mujer que era su esposa, y con una pareja de traductores alemanes. De pronto, no me cupo duda: yo era una marioneta, y el tipo mi titiritero, y mi destino dependía de las opiniones que allí se vertían.

Manfred (así se llamaba el berlinés, hombre mayor y grueso, de aire retraído) opinó que yo debía encontrar primero el sentido a mi vida y luego avanzar hacia la muerte de forma gradual pero firme, como sugería un intelectual húngaro llamado György Lukács. Regina, su mujer, y Ana, la esposa del titiritero, parecían coincidir con Manfred, mientras el tipo de la barba y espejuelos escuchaba atento y con aire magnánimo.

Recordando y repasando cada detalle de ese sueño, llegué a la explanada junto al río, donde están los tráileres. Este es el primer sitio que se inunda cuando hay crecidas, lo que agrava la miseria de sus habitantes.

Stirlitz me esperaba en el portalito por el que se llega a su vivienda. Bebía de piernas cruzadas una copa de cabernet sauvignon del Concha y Toro que envasan en tetrapak, y saboreaba una galleta. El sol se derramaba entre los abedules calentando los carromatos.

—¿Y tu alumna rubia? —le pregunté en cuanto me llenó una copa de vino.

Stirlitz llevaba camisa hawaiana y bermudas, y su barriga prominente, con el ombligo a la vista, era un insulto soez al crepúsculo.

—Está donde sus padres —dijo jalando de la camisa para ocultar el ombligo—. Ignoro cuándo regresará. No me conviene que se sepa que anda conmigo. Sería mi fin como académico. Es demasiado joven.

—Me gustaría verla —comenté tras sorber el vino, que no estaba mal. Recordé el relato de un diplomático acreditado en la Albania de Enver Hodscha. Un empleado local de la embajada iba a casarse, pero no podía presentar a su mujer al embajador porque a los albaneses les estaba prohibido acercarse a los extranjeros. Por ello acordaron que el nativo pasara con su prometida a cierta hora frente a la embajada para que el embajador la viese al menos de lejos—. ¿No tienes una foto de tu nueva conquista?

—Tengo una foto de la escuela a la que asiste —dijo el poeta tras eructar.

—¿Foto oficial del college?

—Exactamente. —Volvió a sorber de su copa, satisfecho.

—Pero, Jan, una foto oficial no es lo mismo que una tomada por ti, o una en que aparezcan ambos.

—¿Cómo que no es lo mismo?

—No es lo mismo porque no prueba nada.

Stirlitz colocó la copa y la bolsa de galletas sobre el piso, entró a la vivienda y regresó al rato con un género negro y unas hojas de papel.

—Si tienes alguna duda sobre mis confesiones —dijo mirándome malhumorado—, aquí tienes el calzón que dejó la última vez que la arrullé entre mis brazos, aquí, en esta casa —precisó agitando la minúscula pieza de lencería—. ¿Qué te parece?

Se la llevó a la nariz y aspiró profundo, entornando los párpados con voluptuosidad, y luego lo acercó a mi rostro.

—¿No quieres oler la fragancia telúrica de una hembra portentosa?

Le dije que me bastaba con comprobar que se trataba de un calzón estimulante (apenas dos triángulos unidos por unas tiritas) que debía realzar el cuerpo de la joven, sobre todo si se tendía solo vestida con él sobre la sábana negra de la cual me habló.

Lo apartó de mi nariz.

—Y aquí está el nuevo poema que escribí en su honor —anunció Stirlitz con aire de fauno—. Lo hice esta mañana, en la cama, antes de que ella se levantara para ir a ver a sus padres. ¿Necesitas más pruebas de su existencia?

—Te creo, Jan, te creo.

—Y voy a leerte el poema para apagar hasta tu última duda.

Se titulaba «Llevas la soledad en tus pasos». Comenzó a leer, como siempre, con voz engolada y teatral, como un vate experimentado que recita a tablero vuelto en el Teatro Nacional de Buenos Aires.

El poema se refería al espacio que la muchacha inundaba con su «diáfana presencia» y al vacío que dejaba cada mañana cuando se iba al college. Eres «un sol al revés», decían más o menos los versos, que no eran del todo malos y que Stirlitz me repetía para que no se me escapara la multiplicidad —así decía él— de significados.

Desde la otra orilla llegaba el último canto de pájaros. Me correspondió primero celebrar, desde luego, su poema, y luego analizar cada uno de los versos mientras él volvía a escanciar el vino.

—Te felicito. Conozco a poca gente que tenga tanta capacidad para analizar en profundidad la poesía como tú —comentó serio.

—¿Se lo leíste a la estudiante?

—¿Cómo iba a leérselo si lo terminé hace poco? Ella ya se había marchado.

—Pudiste haberlo hecho por teléfono. Todos estos jóvenes andan con celular.

—Entonces no entiendes nada de poesía.

—Disculpa.

—Este poema, como los otros, se los debo a la muchacha —afirmó con la barbilla trémula—. Si no fuese por ella, el poema no existiría, y tú no lo habrías escuchado. La poesía más fina emerge en el fondo de la realidad más prosaica.

Guardamos silencio mientras la noche caía entre luciérnagas. Al rato volvimos a mi tema matrimonial, vale decir, al tema de mi mujer con su amante.

—Que no se entere nadie del college —me advirtió el poeta—. Si llegan a saberlo, serás el hazmerreír de nuestros colegas durante años, y no te contratarán ni para tocar en los recesos.

—A ti te pasó algo parecido.

—Pero yo me fui a tiempo de casa.

Tenía razón, después de todo. Yo debía dejar la casa e irme a otro sitio. No podía seguir tolerando que sobre mi cabeza alguien le hiciera el amor a mi mujer todas las noches, lo que quedaba de manifiesto con el chirrido en un inicio acompasado, finalmente enfático y frenético del viejo catre de bronce.

No fue necesario que le diera muchas vueltas al asunto. Días más tarde, cuando regresé a casa, descubrí que mi llave no encajaba en ninguna cerradura.

Golpeé la puerta trasera, luego la delantera y después la ventana de la cocina, pero nadie me abría. Estaba por retirarme cuando León se asomó por la ventana del baño del segundo piso. Andaba a torso descubierto.

—Abre —ordené, no sin una dosis de insolencia.

—No más —repuso, sacudiendo la cabeza.

—¿Qué dices?

—No más, *brother* —se limitó a repetir.

—¿Qué pasa? —alcé las llaves y las hice tintinear—. ¿Por qué me haces esto?

Era una noche clara, croaban las ranas y la luna resplandecía en los abedules. Desde una rama me lanzó un guiño una lechuza.

—No te voy a abrir —anunció León.

—¿Por qué?

—Samanta no quiere verte más.

—¿Qué he hecho?

—Se cansó, simplemente.

—Por lo menos déjame entrar esta noche para recoger mis pilchas —supliqué.

—No pierdas el tiempo, Clemente. Tus ruegos ya no le ablandarán el corazón. Mejor búscate alojamiento en otra parte. Me temo que lo de ustedes se acabó para siempre.

Y, dicho esto, cerró la ventana.

11

Me fui esa noche a The Club Car.

El pub pertenece a Barry King y queda frente a la antigua estación de trenes, ocupada hoy por oficinas de contabilidad que dan a los rieles de durmientes podridos, por los cuales no pasan trenes desde hace decenios.

A comienzos del siglo xx, lo frecuentaban los pasajeros en viaje de Chicago al Lejano Oeste, que hacían allí escala para comer y beber algo y enterarse de las últimas noticias. Ahora es un barrio olvidado y detenido en el tiempo, aunque en las noches de tormenta se escuchan aún pitazos de locomotora y portazos de carros, cuentan los borrachos.

—¿Lo de siempre? —me preguntó Barry, mientras escanciaba Guinness en mi jarra favorita.

Acodado en la barra, paseé la vista por el local. Allí estaban los parroquianos de costumbre escuchando música disco, que resonaba estupenda entre las paredes de madera y los asientos de cuero. Al fondo, junto a la ventana que mira a la estación, una pareja hispana conversaba ante sendos vasos de cerveza. Pensé que podía tratarse de amantes en una cita subrepticia.

—Vi una película que no puedes perderte —me dijo Barry mientras daba un vuelto—. Se llama *A Serious Man*, de los hermanos Cohen.

—¿De qué trata? —pregunté examinando la lista de sándwiches.

En rigor, tiendo a olvidar las películas que veo. No solo olvido de qué tratan, sino algo peor, olvido que las vi. A veces leo a un crítico de cine de un diario latinoamericano de nombre Héctor Garza. ¿Le fallará también a él la memoria o hay gente que muere con la memoria intacta como el Funes de Borges? Kohelet dice que, como uno todo lo olvida, de poco sirve aprender mucho.

—Pues se trata de un tipo al cual la mujer lo deja por otro —dijo Barry volviéndose hacia mí.

Comenzó a contarme la historia. Se parecía demasiado a la mía como para que me sedujera. Me hubiese gustado saber la opinión de Garza sobre ese film.

—¿Buena? —pregunté.

Las pantallas mudas transmitían simultáneamente partidos de fútbol americano, béisbol y básquetbol.

—Divertida —respondió Barry.

—¿Ah, sí?

—Imagínate: tu mujer se marcha con tu mejor amigo. ¿Qué harías? ¿Ah? ¿Qué harías?

Me quedó mirando con una ceja en alto. Alguien comenzó a tararear la canción que sonaba ahora, «In the air tonight», de Phil Collins, y el órgano hizo cimbrar The Club Car.

—Bueno, en ese caso yo mato al tipo y de paso a mi mujer —dije con la cerveza entre las manos—. Y después, que el mundo se venga abajo.

—Tienes que verla, entonces —insistió Barry, animado por mi intolerancia—. Fíjate que al cornudo de la película la situación lo toma tan por sorpresa que no sabe cómo reaccionar.

—¿Y qué hace? —La película comenzaba a interesarme.

—Se queda en casa.

—¿Con su mujer y el amante?

—Con su mujer y el amante —repitió abriendo mucho los ojos, y sus manazas se posaron en el mesón.

—Increíble —musité yo, con la cola entre las piernas.

—Y lo peor es el amigo. Bueno, el ex amigo, que lo abraza, le pide perdón y le dice que lo sigue queriendo, y que esas cosas pasan en la vida. Así que el tipo por un lado abrazando y por el otro con el mazo dando…

—Es solo una película…

—No, Clem, la película se basa en un hecho real. El amor es lo más complicado que hay.

Bebí un sorbo de cerveza. Sentí que el alcohol le prestaba un par de muletas a mi alma. Ordené la hamburguesa clásica del The Club Car y observé, a través de la puerta entreabierta de la cocina, cómo Barry, en camiseta y bermudas, de espaldas a mí, sacaba un sándwich preparado del refrigerador, lo despojaba del celofán y lo encerraba en el microondas.

—¿O crees que cosas como esas no pasan? —preguntó al regresar con la comida caliente.

Barry era de brazos gordos y fofos. Demasiadas hamburguesas, seguramente.

Le agregué mostaza, mayonesa y kétchup, y le di un mordisco que me reconfortó.

—De que pasan, pasan, Barry —admití—. Claro que ocurren cosas como esas y peores.

Un cliente se sumó repentinamente a la barra. Tendría setenta años, era espigado, de aspecto comedido y figura frágil. Puro esqueleto, en verdad. Llevaba un terno negro, corbata, sombrero y anteojos de marcos redondos, como John Lennon. En verdad, parecía un espantapájaros.

—Uno cree que en la realidad ocurren cosas peores solo porque no ha leído todos los libros escritos en el mundo —afirmó el espantapájaros.

—¿A qué se refiere? —preguntó el barman. Ahora Barry White cantaba algo que es como todo lo que canta y cantará siempre. Entonó la misma canción hasta que murió, al igual que los novelistas que hasta la muerte escriben la misma novela.

—¿Dónde creen ustedes que ocurren cosas más portentosas? —preguntó el espantapájaros—. ¿En la vida real o las novelas?

Su mirada inquisidora traspasó sus gafas. Tenía cejas como las mías: finas y breves, que ascienden por el lado interno, dotando al rostro de un gesto de eterna sorpresa o infinito azoro. Gente así parece triste o asustada o a punto de deprimirse, lo que en mi caso era cierto, al menos en estos días en que un francés endemoniado estropeaba mi vida.

—¿Dónde ocurren más cosas? ¿Dónde hay más variedad de vidas? —insistió el hombre del sombrero que, vestido como andaba, resistía bien el aire acondicionado de ese sitio, pero que afuera, donde el calor era infernal, se desmayaría de solo andar unas cuadras—. ¿Dónde hay más historias? ¿En la vida real o las librerías?

Da lo mismo lo que diga, pensé. El poeta Stirlitz demuestra que hay más historias en la ficción que en la vida real, y que la literatura no es un mero reflejo de la realidad, sino una representación multiplicada al infinito de sus posibilidades.

—En las librerías —me atreví a decir.

—Pues, no —opinó Barry, de pronto interesado en el tema—. En la vida real hay más historias. La vida real es una fuente inagotable de historias, y la literatura es incapaz de agotarla. Un barman y un taxista lo saben mejor que nadie.

El hombre del sombrero ordenó otra cerveza. Bebía solo Hefeweise, afirmó, y siempre y cuando fuese auténtica de Baviera. Esperó a que la espuma se acomodara en su vaso, y dijo:

—Hace años leí una novela en la que se afirma que nuestras vidas están escritas desde antes de nacer.

—Puro fatalismo musulmán —apunté.

—La novela dice que nuestra vida está anticipada en otra novela, en una gran novela original —repuso el hombre de negro—. Hablo de un relato, no de un libro sagrado. Los dioses no escriben libros. ¿Se da cuenta de la diferencia?

Me quedó mirando de hito en hito. Me llevé la jarra a los labios y bebí para esquivar el peso de sus ojos. Pensé en Epicuro, que decía que a los dioses les importábamos un rábano, que se habían olvidado de nosotros y que por eso éramos libres.

—Dice esa novela que nuestras vidas son apenas modestas variaciones, como las variaciones de Diabelli que compuso Mozart, de las historias de un texto original.

«Como teoría, suena atractiva», me dije.

—¿Usted es académico? —le pregunté.

—Lo intenté, pero me fue mal porque no tengo doctorado. Usted sabe —dijo inclinando la cabeza—, los académicos aman por sobre todo el papel sellado.

Me acordé de Stirlitz, que enseñaba por una miseria en el *community college*, y pensé en mí mismo, es decir, en el hecho lamentable de que no tenía dónde dormir y trataba de ignorar el drama participando en este debate literario que, como todo debate literario, no conducía a nada, menos a resolver mis carencias. Bebí otro sorbo de Guinness, mordí mi hamburguesa y pensé que, como en la canción de Roberto Carlos, soy el único culpable de mis desgracias, un experto en arruinar mi propia vida.

—¿Y dónde están esos libros? —preguntó Barry, azorado como si le hubiesen prometido la fórmula para la vida eterna.

—He ahí el problema —acotó el hombre del sombrero—. En alguna biblioteca, en algún idioma, en algún país desconocido.

—En internet, entonces, ha de estar —supuso Barry, que no era muy dado a la especulación poética.

—Es más complejo que eso —masculló el espantapájaros.

—Entonces esa teoría no sirve mucho —reclamó Barry.

—Que usted no tenga todas las cervezas del mundo no significa que no existan o que no haya gente que las esté disfrutando ahora en algún lugar del planeta.

Barry paseó alucinado sus ojos de un lugar a otro al escuchar esas palabras. De hecho, quedó mudo. Tenía gruesos labios rojos y una mirada llena de ternura que hacía olvidar su contextura de gladiador. Mucho músculo y poco seso, diría mi padre.

—¿Y usted de dónde es? —preguntó Barry recuperando el habla.

—De Portugal, como el autor de *Las Lusíadas*.

Barry no pudo colegir mucho de la respuesta, por lo que volvió al tema que lo mantenía en vilo.

—¿Y existe ese libro?

—Lo ignoro. Pero el asunto consiste en dar con el libro que cuenta la vida de uno. Si lo hallas, conocerás tu destino…

—¿Entonces hay que resignarse a lo que a uno le depara la existencia? —tercié yo.

El hombre de negro se acarició el bigote, apartó la cerveza y farfulló:

—No recuerdo qué decía al respecto la novela. Tendrán que disculparme —añadió examinando su reloj de cadena—, tengo una cita.

12

Esa noche, al acostarme sobre los durmientes de la línea del tren que cruza el río, pensé en lo que había dicho el portugués en The Club Car sobre nuestro destino individual.

No lograba olvidar el sosegado tono de sus palabras. Y ahora no solo me preocupaba la idea de que nuestro destino estuviera escrito en una novela, sino también su aseveración de que había hecho escala en Wartburg City para tomar el próximo tren.

El problema es que hace decenios que no pasa tren alguno por la estación.

A la intemperie, bajo el cielo estrellado, me emocionó constatar lo ínfimo que somos ante el universo. Pensé en la lucidez de los griegos antiguos, en el diálogo que mantuvieron con los dioses y en su gran imaginación para ver animales y seres mitológicos, allí donde el resto de los mortales solo vemos enjambres de estrellas.

En esos instantes en que era un náufrago sin techo ni pareja, un melancólico beduino solitario, me repetí y aferré a la frase del portugués de que en los libros anidan todas las historias humanas; y pensé que tal vez los sufrimientos que experimento están ya escritos, y que alguien pudiera estar leyéndolos con deleite.

¿Dónde dormiría en lo sucesivo y cómo explicaría mi condición cuando comenzara el otoño y con él las lecciones de música que planeaba impartir en la ciudad? Mi primera conclusión fue que debía volver a hablar con mi ex mujer.

Me despertaron la luz ocre del bosque y las trenzas oleaginosas del río fluyendo al Misisipi. Amanecía, cantaban los pájaros, resplandecía dorada la cúpula de la universidad y la vida parecía envidiablemente en orden. Me levanté y eché a caminar esquivando a los vagabundos que duermen con sus perros sobre el puente abandonado.

Desayuné en el Hamburger Inn y no pude retirar dinero de un cajero automático, pues Samanta se las arregló para cancelar la tarjeta, lo que me condenaba a hacer milagros con los treinta dólares que me quedaban. Llamé a casa desde un teléfono público.

—Necesito hablar con mi mujer —le dije a León.

—¿Con Samanta?

—Sí, con mi mujer.

—¿Es urgente? Mira que está durmiendo.

—¿Qué crees tú?

Cuando respondió la voz aguardentosa de Samanta, le dije que yo tenía todo el derecho a regresar a casa porque había vivido allí por años.

—Mira, Clemente, las cuentas claras conservan la amistad —dijo endilgándome ese refrán solo para ridiculizarme—. Los próximos pasos deben fijarlos nuestros abogados. El mío se llama Roger Sullivan y tiene buró en la calle Jefferson, esquina Clinton. Dile al tuyo que lo contacte. Así nos ahorramos conversaciones absurdas como estas. Que tengas un gran día.

13

Me juré no volver a dormir en la vía del tren. La razón: el gobernador anunció un plan para restablecer a la brevedad el servicio ferroviario de pasajeros que cruzaba el Medio Oeste, motivo por el cual un automotor recorre ya el trayecto para examinar su estado.

No me quedó más que despedirme de los durmientes. A partir de ahora necesito un lugar para pasar la noche de forma segura. Lo cierto es que no sé cómo regresé al cabo de unos días a mi antigua casa. Tal vez quería conversar con Samanta.

Logré entrar cuando el primer piso flotaba en penumbras. Arriba, en el dormitorio principal, estaban al parecer encendidas las lamparitas de los veladores. Entré sigiloso por la puerta corredora de la terraza, que en verano suele permanecer entornada porque Samanta riega los maceteros antes de acostarse y olvida echarle picaporte.

Me deslicé hasta la pieza ubicada detrás de la cocina y me recosté sobre el colchón desnudo. No me sentía bien. Llevaba días sin ducharme ni afeitarme y mi camisa hedía. A la mañana siguiente le pediría a Samanta que se apiadara de mí y me devolviera mi ropa, que colgaba en el clóset del segundo piso.

Pero esa noche no pude conciliar el sueño. Samanta y León conversaban en el dormitorio. Cuchicheaban y reían, divertidos por algo. Sospecho que habían bebido un par de copas. El tono festivo de sus voces, sus repentinas carcajadas y a veces los silencios me recordaban mi primera etapa con Samanta. En fin, traté de dormir, pero fue imposible.

Me levanté para ir por un vaso de leche a la cocina. Cuando me disponía a sacar la caja de cartón del refrigerador, sentí que Samanta y León bajaban las escaleras.

Me asomé con cuidado a la puerta. Samanta y León se habían sentado en un peldaño. Se besaban y acariciaban, desnudos.

León exploraba entre los muslos de Samanta, mientras ella lo masturbaba con delicadeza. Me impresionó ver a una Samanta tan desinhibida. La luz de la calle bañaba su cuerpo fino y lo tornaba terso y pródigo en sinuosidades.

Sin que mediaran palabras, Samanta se recostó de espaldas sobre el descanso de la escalera y alzó las piernas. León se arrodilló un peldaño más abajo y buceó en el triángulo oscuro de su vientre. Me aferré a los barrotes de la baranda sin saber si irme o quedarme a presenciar una escena que me repugnaba y excitaba a la vez.

De pronto, Samanta se incorporó y ordenó a su amante acostarse de espaldas en el suelo, mientras ella, de rodillas ante él, se dio a la tarea de atender su miembro con un empalago que me descuajeringó: combinaba rítmicas sacudidas manuales con una succión tan prolongada como voluptuosa, y solo interrumpía el ritual para aderezarlo con un pícaro y a la vez delicado besuqueo de huevos. Yo, dicho sea aquí de paso, jamás he sido premiado con tal enjundia por ella ni otra mujer, y León, justo es también reconocerlo, es dueño de una polla descomunal, que Samanta no cesaba de humedecer e introducir con fruición en su boca.

En fin, más me vale obviar los jugosos detalles adicionales de cuanto vi y limitarme a decir que León se retorcía de placer, que suspiraba, se estremecía y gemía y hasta maldecía en francés, mientras Samanta perseveraba en lo suyo con su bella grupa en ristre.

Me pareció que estaba soñando y escuchaba al barbudo de Berlín decir *es bueno que este tipo sufra en la vida, porque es unególatra insoportable.*

—Síngame —rogó de pronto Samanta.

—Como quieras —dijo León.

Ella adoptó la posición del perrito en la escalera, apuntó su trasero hacia mí y, con la frente adosada al suelo, ordenó enardecida:

—Dame por atrás, carajo.

León acercó con ambas manos su portento a la luna llena de su amante, lo azotó un par de veces contra una nalga, luego contra la otra, como queriendo cerciorarse de su consistencia, y al final apuntó con placentera morosidad al blanco que esperaba en los peldaños de la noche.

Ebrio de celos y excitación, trémulo y sudoroso, mareado por la cerveza de The Club Car y la escena que seguía atisbando en las penumbras, salí a la calle con la decisión de no regresar nunca más a una casa que ya no era mía.

14

De alguna manera me acompañaba la suerte en medio de tanta desventura: días más tarde logré instalarme en un *atomic ranch* al otro lado del río, en la parte este de la ciudad, desde donde podía espiar a la distancia mi antigua residencia.

Mi refugio era un bungalow de un piso y dos dormitorios, baño y cocina, un porche para un carro —que yo no tenía—, y un jardín que deslindaba con el río. Le pertenece a un profesor del college, ya retirado, que pasa parte del año en Santa Fe, Nuevo México. En lugar de cobrarme alquiler, se contenta con que le cuide el jardín, alimente una serpiente del maíz que vive en un terrario y ventile bien la casa para que no se llene de moho.

Percy Stürmer se llama el colega. Es ingeniero químico y ahora —dicen— se da la gran vida en compañía de su novio, un bailarín de flamenco, que ya no ejerce como tal a causa de un reumatismo.

El *atomic ranch* estaba magníficamente bien conservado: ventanales de marcos blancos, aire acondicionado silencioso, un jardín que no demandaba más que cortar el césped y regar unos matorrales. Mi ex casa se alzaba justo al frente, de modo que las viviendas se miraban a los ojos —o a las ventanas— desde la distancia.

Como me había quedado sin acceso a la cuenta bancaria bipersonal, ya que Samanta se las había ingeniado para pasarla a su nombre, me vi obligado a realizar una colecta. Resultado: Stirlitz me prestó trescientos dólares, que debía haber pedido prestados a un banco; The Shades, dos mil (ahora se había ido de gira otra vez, sustituyéndome al saxo un cubano); y Barry, el dueño del The Club Car, me abrió una línea de crédito por quinientos dólares para comer y beber, lo que me permitirá sobrevivir por un tiempo.

Desde el living-comedor del *atomic ranch* pude espiar mi antigua casa. Me valía para ello de unos binoculares que me permitían explorar incluso el interior de la vivienda cuando las ventanas y las puertas quedaban abiertas. Y en el momento en que el sol entraba en diagonal a las habitaciones, divisaba hasta los rincones, donde Samanta y León se sentían a salvo de las miradas impertinentes.

Los observé a escondidas. Comenzaba mi labor en las mañanas, cuando se asomaban a la terraza del segundo piso, y continuaba mientras Samanta asoleaba allí su cuerpo de bailarina. Y seguía por la noche, cuando veían televisión, se desvestían y leían algo a la luz de las lamparitas.

Era una forma de estar entre ellos sin estar con ellos. Lo prefería a dormir en el cuarto junto a la cocina de mi antigua vivienda, escuchando los chirridos de la cama o del grifo del baño. Desde aquí, en cambio, los veía reducidos a siluetas. Era un espectador anónimo ubicado en una platea remota; y ellos, actores en un escenario de dos pisos, junto al Misisipi, como en la película *Un tranvía llamado deseo*, de Elia Kazan.

¿Seguirían haciendo el amor de forma tan desenfrenada como en la escalera? ¿De dónde provendría esa calentura profunda y descontrolada de una Samanta que no reconocía? ¿Cómo había podido vivir tanto tiempo con ella sin llegar a conocerla? ¿Habría palpitado todo eso ya dentro de ella, soterrado y en ciernes, latente como una semilla que no había sabido hacer germinar, o era algo completamente nuevo? Tal vez Samanta sentía que a mi lado había desperdiciado su vida y ahora ardía en deseos de recuperar.

Pensaba en esto cuando me llamó Stirlitz por teléfono.

—Tengo otro poema —anunció con voz presuntuosa—. Me quedó simplemente espectacular.

—¿Sobre la misma mujer?

—¿Cuál?

—¿Esa que vivió contigo unos días y acaba de regresar donde sus padres? La estudiante rubia, carajo, la del calzón negro.

—Ni me acuerdo ya de esa ingrata —afirmó Stirlitz, campante—. Para mí, las mujeres pasan como las nubes por la pradera. Las veo venir como veleros impulsados por el viento, sin nombre ni forma definitiva, y cuando zarpan apenas me acuerdo de cómo eran. Esta, de la que te hablo, es una muchacha anterior, más bella y joven aún, sobre la cual no te he dicho nada. Es de Boston, hija de un siquiatra prestigioso.

—¿No me acabas de decir que no recuerdas a las mujeres con las cuales has estado?

—Es decir, me acuerdo de las que merecen ser recordadas, cosa que depende de ellas.

—¿Y también estuviste con esta que me mencionas ahora? Es decir, ¿te la tiraste?

—En Madrid. En un congreso. Solo un par de *quickies*. Estudia literatura en Notre Dame y quiere ser poeta. Se vino a mi hotel, el Puerta del Sol. Para ella fue una puerta a la luz, según me confidenció. Lo demás puedes imaginártelo.

—¿Y qué tal? —pregunté mirando hacia mi antigua casa. La noche reptaba silente por la ciudad, mientras en la otra orilla refulgían los rectángulos de las ventanas.

—Una bestia en la cama, mi amigo. Una bestia. No sé cómo estas niñas, con la edad que tengo, se enloquecen conmigo de ese modo. Por algo dicen que el mejor afrodisíaco es la fama. Les fascina acostarse con un poeta de mi rango. Creen que las instalaré en la posteridad. Asombroso cómo la gente anhela la inmortalidad que puede deparar un poema. Claro, yo siempre cargo con mi pastillita de Viagra en el bolsillo, por si las moscas.

Pienso en un poema de Fernando Pessoa que habla de una ventana encendida en medio de la noche. Dice que ese espectáculo constituye un elíxir para el alma, y que le resulta indiferente quién está en el cuarto. La clave, a su juicio, es gozar el misterio que representa el resplandor enmarcado en la oscuridad. Algo así me ocurre con las ventanas del otro lado del río: son mensajes enigmáticos, versos incompletos, SOS luminosos, tal vez de Samanta.

—Me salió un poema notable gracias al recuerdo de esta muchacha —insiste el poeta—. Atiende, por favor, Clemente, pues tendrás el privilegio de ser el primer ser humano en escuchar esta obra magna.

15

Salí del pub y me detuve bajo su letrero de neón, que chisporroteaba y esparcía el polvo de su fulgor sobre los muros de la estación y el techo de los autos mientras desde el local llegaba la voz de Elvis Presley cantando «Love me tender», que evocaba la película de David Lynch en que actúa Nicolás Cage: *Wild at heart*.

¡Qué notable la escena en que Cage canta a lo Elvis a su amada! ¡Qué vitalidad emerge allí, qué ganas de ser ese personaje, y de cantar y bailar así! ¡Qué ganas de dejar de ser quien soy y ponerme en los zapatos de otro! Por eso, me fascina la pintura de Van Gogh donde aparecen los zuecos de un campesino. ¡Son una invitación a ser otro, a despojarse de la piel de uno mismo, a comenzar la vida de nuevo!

Caminé a lo largo de la vía férrea con un sentimiento de satisfacción por dos razones. La primera: por fin me había atrevido a escribirle a Fabiana, la persona que por error me envió un mensaje cuando me encontraba hundido en la miseria del resentimiento. Sin rodeos le dije que me había llegado un mensaje suyo por equivocación, y que a pesar de ello me gustaría reunirme con ella, que me había tocado la fibra de músico. Mencioné que a lo mejor un dios travieso nos había puesto en contacto y que debíamos aprovechar la ocasión para vernos.

La segunda razón por la cual me sentía bien esa noche era porque paseaba en compañía de Susan a lo largo de la línea férrea. La acababa de conocer en The Club Car. Era una maestra de matemáticas de un high school local que estaba necesitada de unas copas, porque su novio la había dejado por otra. Esa noche a Susan le daba lo mismo beber con quien fuera, solo necesitaba un compañero en medio de su inmensa soledad. Que ya estaba borracha lo deduje de sus palabras:

—Quizás fue mejor que Dave me dejara. Es alumno mío.

—¿Fue tu amante? —pregunté.

—Pero me abandonó. Rompió conmigo —sollozó Susan.

—¿Qué edad tiene?

—Diecisiete.

Sentí un escalofrío. Si un apoderado de la escuela se enteraba de su confesión, Susan pararía en la cárcel. Así de simple. Pasaría años detrás de barrotes por haberse acostado con un menor de edad.

La miré de reojo. Sobre su cabeza, en la distancia, brillaba el neón del The Club Car. Seguimos caminando. Nos apartamos de la vía para sumergirnos en la humedad de la noche salpicada de luciérnagas.

—¿Y es alumno tuyo? —pregunté con incredulidad.

También yo había ingerido más alcohol de la cuenta: cuatro jarras de Guinness de medio litro cada una. Estaba mareado, pero no tanto como para no darme cuenta de que era un lío salir con una maestra con esa historia. En un pueblo chico al final todo se sabe…

Calculé que la mujer rondaría los treinta años. A juzgar por su pelo negro y rasgos mediterráneos, había italianos entre sus antepasados. Era delgada, lo que se llama espigada, pero de buena figura.

—¿Es alumno tuyo? —pregunté de nuevo.

—Sí. Su padre me contrató para que le diera clases particulares de matemáticas. En su casa nos enredamos —dice con lengua traposa.

—¿Diecisiete años?

—Sí. Fue en mi vivienda. Las cosas se dieron sin darnos cuenta.

La maestra estaba liquidada. Tarde o temprano, alguien la denunciaría, y se acabaría su futuro profesional en Estados Unidos. Pensaba también en algo más. Pensaba en que si a la edad de ese muchacho se me hubiese aparecido a mí una mujer como esa en mis húmedas noches de la adolescencia, la hubiese adorado como a un ángel caído del cielo. Le hubiese obsequiado ramos de rosas. Me hubiese hecho cristiano y habría asistido cada domingo a misa llevando velas al santo benefactor. No le habría revelado nunca a nadie el secreto. Habría fornicado con ella día y noche hasta desfallecer pálido, enclenque y seco, como diría Stirlitz, y hubiese sido inmensamente feliz sin necesidad de masturbarme.

—Es peligroso lo que confiesas, Susan. Agradezco la confianza —dije—. Pero es preferible que olvides que me lo contaste —le sugerí al posar mi brazo sobre sus hombros mientras caminábamos de vuelta hacia los rieles, que relampagueaban junto al río.

—Me dejó —gimoteó Susan apoyando su cabeza en mi hombro—. Me dejó por una chica de su curso con la cual ni tira, porque ella quiere llegar virgen al matrimonio. Le rogué que no rompiéramos y él siguiera con la chica.

—¿Y? —Espanté con la mano un mosquito.

—Me dijo que su novia no aceptó el triángulo.

—¿Pero, cómo? ¿Ella está al tanto, entonces? —exclamé, alarmado.

—Claro. Él se lo contó.

Resoplé como si el problema fuese mío. El asunto era una bomba de tiempo y podía imaginarme el desenlace. La novia se lo contaría a una amiga, y esa amiga lo comentaría en casa, y el rumor llegaría a oídos de sus padres, y ellos exigirían la remoción de la maestra. Luego intervendrían el director de la escuela, la policía y la justicia.

Podía imaginarme todo eso: la novia ratificaría que el muchacho se lo había contado, y este, aterrado ante las preguntas de apoderados, policías y jueces, terminaría admitiendo que se acostaba con la maestra. La noticia se desparramaría en cosa de horas y alcanzaría la redacción del diario de la ciudad. Al final solo se escucharía una puerta metálica cerrándose detrás de los pasos de Susan.

La atraje hacia mí y la besé, y ella respondió a mi beso con un ardor inesperado.

Caminamos sin decirnos nada, solo besándonos varias veces con desesperación, hasta su viejo De Soto de cola alta y perfiles plateados, y ella siguió mis instrucciones y condujo hasta el *atomic ranch*. Pasamos directo al dormitorio.

Nos desnudamos presurosos y caímos abrazados al lecho. Susan se montó a horcajadas sobre mí y comenzó una febril y arrolladora sacudida de caderas que me trajo a la cabeza o la memoria a las bailarinas del Tropicana de La Habana, aunque nunca he estado en Cuba. Su furor no tardó en hacerme venir y caer en una modorra profunda. Ella, en cambio, aún sobre mí, me suplicó que continuara.

—No doy más —le confesé.

—Con David el juego era eterno —comentó defraudada.

En cuanto se convenció de que yo había arriado definitivamente la bandera, encendió un cigarrillo, se vistió y se marchó.

Me asomé a la ventana. Aún no amanecía. El De Soto se alejó con un rumor suave por el camino de tierra que bordea el río. Puse un CD de Etta James, que había en el librero, y me senté junto a la ventana del dormitorio, envuelto en la sábana que aún olía al perfume de Susan.

En el estado ataráxico que sugiere Epicuro de Samos, escuché la voz de Etta, mientras más allá de la corriente levitaba la casa de Samanta.

16

Durante las vacaciones de verano, Wartburg City se vacía de estudiantes y queda desierta. De la noche a la mañana se vuelve un apacible pueblo fantasma de los que describe Sherwood Anderson en *Winesburg, Ohio*. Los alumnos del college no regresan hasta agosto. Es la época en que el viento desparrama papeles, el sol hace resplandecer el alquitrán de las calles y las fachadas flamean como banderas.

Es una ciudad pequeña, pero de grandes tragedias. Tragedias que no hay ni que mencionar. *El peor castigo que deseo a mis enemigos es que nunca logren olvidar lo que desean olvidar.* Es otra frase mía. Simple y efectiva. Recordar lo que queremos olvidar es el peor tormento. La memoria obsesiva es cíclica y reiterativa como los castigos que describe el Dante en el Infierno.

En esta ciudad sin asaltos ni violencia, donde el rescate bomberil de un gato encaramado en un árbol conquista portada en el diario, flotan recuerdos que todos quisiéramos olvidar. Uno de ellos: el de dos estudiantes chinos que hace tres decenios competían por el primer lugar en la promoción de ingeniería. Uno había ganado, desde luego. El que salió segundo se ofuscó, compró un revólver en una armería y regresó al campus a ajustar cuentas. Halló a los profesores que consideraba culpables de su derrota y los ejecutó a sangre fría delante de los alumnos. No se salvó nadie de la comisión examinadora, y también acribilló a su compañero ganador y, al final, se descerrajó un tiro en la sien.

Ese recuerdo fatídico vaga aún por esta ciudad de prados cortos, casas blancas bajo la sombra de robles centenarios, y avenidas por las cuales la gente pasea sus mascotas, mientras las ardillas las cruzan presurosas. Ignoro por qué ese recuerdo me llevó a entrar a la librería de libros usados de la calle Lincoln, una casa del siglo XIX, que otrora fue oficina de las diligencias de la Wells Fargo.

Como se encuentra en una loma escarpada, por la calle Lincoln tiene dos niveles, pero por la Clinton, tres. En el primer piso de la Lincoln está la librería, más que una librería, una bodega atestada de libros mohosos, y sospecho que en el segundo debe haber un dormitorio con baño, donde duerme Joe, el fornido propietario.

Cuando entré al local, Joe despachaba libros sentado al computador y Johnny Cash cantaba «Last night I had the strangest dream», y la gata Smoke dormía a pierna suelta sobre un alto de revistas *Life*.

—¿Puedo ayudarte en algo? —preguntó con sus grandes ojos saltones.

Smoke se despertó y estiró. Ronroneaba cuando me reconocía, pese a que yo no solía frecuentar este sitio.

—Nadie le ha prestado atención en todo el día —aclaró Joe circunspecto, como si hablara de un familiar. Sudaba profusamente. Sus mejillas son carnosas, verdaderos colgajos de bull dog.

Acaricié la cabeza de la gata, mientras preguntaba a Joe por libros que exploren la sensación de que uno ya no es dueño de sí mismo. Joe apartó los dedos del teclado y dijo:

—Nunca he escuchado algo semejante, pero hay un español que puede servirte.

A duras penas se puso de pie (olvidé apuntar que es un obeso de dimensiones paquidérmicas), y avanzó por un pasillo que crujió bajo su tonelaje.

Regresó al rato con una novela entre las manos.

—*Niebla* te puede servir —añadió con autoridad, y volvió a ocupar, casi sin aliento, su trono—. Como es un ejemplar enmohecido, te lo rebajo a dos dólares.

Salí de la librería con el texto de Miguel de Unamuno bajo el brazo, cogí por Lincoln, donde se discutía sobre básquetbol en un porche, crucé la línea del tren y me fui a leer *Niebla*.

17

Leía en la biblioteca municipal la novela comprada a Joe días atrás, cuando hice una pausa para comer algo. Oscurecía. Bajé al primer piso, ordené un café y un *shortbread* y consulté mi correo electrónico pensando en Augusto, el personaje de la novela que llega a la casa del autor a exigir libertad. Una escena notable porque Augusto sabe que su vida depende de Unamuno.

De pronto hallé una respuesta de Fabiana, la mujer que me escribió por error. Agradecía que le hubiese advertido sobre la confusión, porque el verdadero destinatario no había recibido el mensaje; decía que no atinaba a explicarse cómo había ocurrido aquello, porque mi nombre y el del destinatario no se parecían en nada, y reconocía que nada era casual en la vida.

La impresión que me causaron sus líneas fue la de una mujer guapa, cálida y simpática, así que le consulté si le parecía que nos reuniéramos a tomar un café. «Tal vez vivimos en la misma ciudad», le dije, subrayando que para mí las casualidades tampoco existían (otra de mis frases predilectas), y que tal vez nos convendría explorar la sincronía, dado que atravesábamos circunstancias similares.

Cerré con un saludo amable y la ilusión de recibir una respuesta positiva. Andaba reanimado. Su reacción era como un rayito de esperanza en mi cielo cuajado de nubes negras.

Cuando entré a The Car Club, George Jones cantaba «I always get lucky with you» y, sumido en la oscuridad fresca del establecimiento, leyendo encorvado un libro ante una mesa, estaba el hombre del sombrero y los espejuelos a lo John Lennon. Como la vez anterior, vestía por completo de negro.

Me acomodé en la barra y le pedí a Barry lo usual. Quería celebrar el intercambio de mensajes con Fabiana y haber dejado atrás el extenuante calor húmedo que me recordaba la película *La ciénaga*, de Lucía Martell. Llevaba días sin afeitarme ni mudarme de ropa, mi aspecto era desaliñado, lo que en ese bar no perturba a nadie.

Escuché la música mientras la Guinness me refrescaba las entrañas. Blues. Sonnt Terry. Skip James. Big Maceo, etcétera. Esa música tiene la particularidad de trasladarme a las casonas con celosías, patios interiores y maceteros colgantes de Nueva Orleans, a sus nubes blancas, a las conversaciones de negros mimetizados con las sombras de los portales, a los días tocando en el asfalto reblandecido de Luisiana.

—¿No es usted el del otro día? —preguntó el hombre del sombrero al verme.

—El mismo —repuse, satisfecho de que me reconociera.

Recuerdo que cantaba Johnny Cash.

Premunido del vaso de cerveza, el tipo se acercó a paso lento y me preguntó si podía tomar asiento junto a mí. Le dije que desde luego podía hacerlo, y se acomodó en un taburete.

—Es una gran novela —espetó al ver *Niebla* sobre la barra. Barry no pudo sino mirarlo con admiración. Le parecía un milagro que, habiendo millones de libros diferentes en el planeta, alguien hubiese leído precisamente el libro que otro llevaba consigo.

—Es de Miguel de Unamuno —le expliqué yo.

—¿Italiano? —preguntó Barry.

—Español —corrigió el hombre del sombrero. Sus ojos se empequeñecieron detrás de las gafas, escandalizados por la ignorancia del barman.

—¿Por qué lee ese libro? —me preguntó.

Le confesé que nuestra última conversación me había quedado dando vueltas en la cabeza, en especial esa idea de que la literatura pudiese determinar la vida de las personas; y que por eso había buscado una novela como la de Unamuno.

—Interesante —comentó asintiendo con la cabeza, sonriendo por primera vez desde que lo conocía. Ni sus labios finos ni su boca pequeña, y menos su rostro impávido, parecían propensos a regalar sonrisas.

—¿Usted es escritor? —preguntó Barry.

—Poeta.

—Poeta —repitió Barry, abriendo los ojos con desmesura.

—Poeta —precisó el hombre de negro, sosegado, y bebió de su jarra.

—¿Se inspira entonces en lo que ve para crear poemas? —inquirió Barry deslumbrado, no por el poeta, sino por la pregunta que acababa de formular.

—Claro que eso influye.

—¿Es decir que esta noche, por ejemplo, este local y nosotros, podríamos entrar en un poema suyo?

La pregunta del barman estaba cargada de ilusión y esperanza. El poeta ladeó la cabeza de un lado a otro, echó una mirada alrededor, y dijo:

—Es posible que un segmento de esta noche aparezca convertido en un verso mío o que devenga trasfondo de la novela de algún novelista que ahora nos esté observando.

—¿Desde dónde? —preguntó Barry, y barrió el bar con la vista en busca de testigos, pero nadie allí parecía interesado en nosotros.

—Siempre hay novelistas que espían el mundo desde algún intersticio de la realidad —apuntó el poeta—. Espían esta realidad en la que vivimos, y también la realidad de las novelas, es decir las tramas que se despliegan en ellas.

—¿Por qué?

—Porque todos los escritores son espías. Espían y roban de la realidad para escribir después. Y también son glotones. Devoran más de lo que pueden dejar registrado en sus manuscritos.

—Sigo sin entender —insistió Barry—. ¿Usted cree que ahora, en este instante, puede haber un escritor espiándonos?

—Es posible. Puede estar aquí o viéndonos a través de lo que lee en una novela de la que nosotros formamos parte.

—¿Cómo que formamos parte de una novela? —reclamó el barman.

—¿Por qué no?

Barry se encogió de hombros, alzó las cejas y preguntó:

—¿Cómo es su nombre?

—Nogueira. Antonio Nogueira —dijo afincándose mejor las gafas a lo John Lennon—. De Lisboa.

—Conozco a otro poeta —dije por cambiar de tema, pues me pareció que Nogueira perdía algo de su aplomo cuando se irritaba, y la ingenuidad de Barry lograba irritarlo—. Es de la ciudad. También oriundo de Europa.

—¿Cómo se llama?

—Jan Stirlitz.

—Lamento decirle que no lo conozco.

—Escribe sonetos de amor. Mejor dicho, sobre sus mujeres.

—El amor es el gran motivo que ha inspirado a la poesía a lo largo de la historia —dijo Nogueira—. Los sentimientos son la munición del poeta. Nada como el amor y la nostalgia, la soledad o el odio, el desamor o los celos. Y esto porque el amor, así como el odio, es sublime e infinito en su capacidad inspiradora.

Bebimos en silencio. Las palabras de Nogueira invitaban a reflexionar. Barry se puso a lavar vasos bajo el chorro de la pila, pero con la oreja parada hacia lo que decíamos. Ahora Ronnie Milsap cantaba «She keeps the home fires burning», canción que me hizo pensar en el amante de Samanta. Afuera el neón de The Club Car soltaba chicotazos rojos sobre la vereda.

—¿Entonces sus poemas nacen de lo que usted experimenta? —insistió Barry mientras se secaba las manos en una toalla.

—Así es.

—¿Y no es posible que un poema suyo invente un sitio como este o a una persona como Clemente?

—Es posible —reconoció el hombre consultando la esfera de su reloj de bolsillo, tal vez hastiado de las preguntas de un literato bisoño.

—No me diga que ya tiene que irse —exclamó defraudado el barman.

—Es hora de regresar a mis libros —anunció Nogueira. Su tono urgido me dio la impresión de que estaba convencido de que si no escribía, el mundo dejaría de girar.

—Ojalá vuelva. Tengo muchas preguntas sobre Portugal —dijo Barry.

—¿Sí? ¿Como cuáles? —preguntó Nogueira.

El barman me miró en busca de ayuda y, como permanecí en silencio porque no supe qué decir, se ruborizó.

—Bueno, muchas —dijo para salir de apuro—. Ahora no sabría por cuál comenzar.

—Entonces prepárelas para un próximo encuentro —concluyó Nogueira antes de despedirse.

18

Me tendí en la cama del *atomic ranch*, que chirrió bajo mi peso, e hice el balance de lo que había perdido en estos días: a mi mujer y su hijo o, mejor dicho, a la tríada que conformamos, aunque él era más un nombre que una presencia real; el espacio bajo techo donde se cruzaban nuestros caminos, y el aliento que le insuflaba a todo ello la convivencia diaria.

Al otro lado del río se perfilaba la silueta de mi antigua casa con los abedules como telón de fondo. Era un velero encallado en la ribera. Al fijar la vista en lo que fue mi hogar, sentí que no era el río el que fluía, sino la casa. Ella navegaba, no el agua que reposaba sobre el lecho de arena.

Y en esa nave se alejaban Samanta y el eco de las voces de una familia que ahora solo existía en mi memoria. ¿Cuándo murió el amor que Samanta sentía por mí? Inhalé el aire nocturno como para extraer la respuesta, pero la casa continuaba a oscuras y en silencio al otro lado de la corriente.

Mi estado de ánimo de estas semanas (¿cuántos días llevaba separado de Samanta?) se parece al tono melancólico y desesperanzado de las baladas de Jack Johnson y Willie Nelson, de las novelas de Coetzee o Roth, de las películas de Bergman. Siento como si alguien hubiera torcido el rumbo de mi vida imponiéndole un giro radical e inesperado, y que se solazaba con ello.

Volví a asomarme a la ventana y apunté los binoculares hacia mi antigua casa. El césped parece reseco, pero la terraza con los muebles de hierro forjado, las ventanas a oscuras en el primer nivel y las iluminadas en el segundo, en fin, todo eso me deprime.

De pronto vi a Samanta saliendo del baño envuelta en una toalla. Lleva otra alrededor de la cabeza conteniendo su cabellera mojada. El tono opalescente que irradia la lámpara de papel de arroz que instalé hace años en el dormitorio broncea su cuerpo. Se detuvo en el centro de la ventana, de modo que solo pude verla de la cintura hacia arriba. Gesticulaba. Tal vez hablaba con León, que debía estar acostado y por eso yo no lo veía.

Afiné los binoculares. Samanta liberó su melena y la peinó frente a la luna del clóset. La desenredó con destreza y la acomodó con pinches en la nuca mediante movimientos precisos. Después trazó un semicírculo alrededor de la cama, se despojó de la otra toalla y se acostó desnuda. Vacío quedó el rectángulo al otro lado del río.

«¿Samanta está sola en casa?», me pregunté con la respiración contenida, pero nada ocurría. Reinaba la paz: la luna ascendía rojiza entre las copas de los árboles y la casa continuaba aprisionada en el círculo de mis binoculares.

Dos siluetas emergieron al rato en el marco dorado de la ventana. Eran esbeltas y de movimientos gráciles. Una era alta y de espaldas anchas, la otra más baja y de hombros alabeados. Se recortaban nítidas contra el fondo de luz y se fundían en un abrazo formando una bestia de dos cabezas, que salió a otear la noche al balcón que construí con mis propias manos.

Permanecí inmóvil, aferrado a los binoculares, hiriéndome los pómulos mientras la bestia bicéfala curvaba la espalda y posaba sus cuatro manos sobre la baranda. Bajo el cielo estrellado comenzó a ondularse como una inmensa manta raya en las turquesas aguas del Mar de Cortés.

19

Hojeé el periódico de la mañana, cada día más escuálido por la competencia de los medios electrónicos, y desde la portada me saludó el rostro desencajado y ojeroso de Susan van Eyck, la maestra de matemáticas. Intuí siempre que la noticia llegaría, pero nunca pensé que tan pronto y de modo tan brutal.

El diario anunciaba el inicio de un juicio contra Susan por abuso sexual de un alumno menor de edad, de quien se mantiene en reserva el nombre. Ella ha sido separada de sus funciones en el high school. Añade el periodista que el escolar del que abusó «aprovechando su posición de poder como maestra» la acusa de haberle exigido favores sexuales a cambio de buenas notas. Como si fuera poco, la noviecita del muchacho aseveró que el trauma causado a su amigo explicaba el declive de su rendimiento escolar, y el padre, un predicador mormón, está alertando sobre el peligro que representan maestros inmorales para los jóvenes.

—Este es el fruto de la destrucción sistemática de nuestros valores tradicionales —afirmó—. Mi familia exige un castigo ejemplar para los depredadores de nuestros hijos.

Yo releía la noticia con un regusto amargo en la boca. Tendría funestas consecuencias para Susan. Ella había reconocido el affaire ante las autoridades y podía ser condenada incluso a prisión. En cualquier caso, el prestigio de Susan van Eyck estaba dinamitado y no le quedaría más que emigrar a otro estado y ejercer otra profesión, ya que jamás lograría desprenderse de su biografía, que la perseguiría como su sombra.

No había nada más que hacer. La vida está llena de situaciones en las que no hay nada más que hacer.

Crucé el Java House y salí a la calle con el diario y el corazón en la mano. Alguien me recordó que me estaba llevando el periódico del café y, avergonzado, me devolví, solté un *I am sorry*, e inserté el diario en la vara correspondiente.

Entré a una cabina telefónica de un hotel, una de las pocas que sobreviven en la ciudad, y llamé a casa de Susan.

Escuché su voz en el respondedor automático.

Colgué sin dejar mensaje. Hacerlo podría perjudicar mis relaciones con el *community college*. Nunca se sabía. En circunstancias semejantes pagan justos y pecadores. Mejor era no expresar solidaridad. Lo que se espera en situaciones como esas es que uno juzgue al infractor según la ley, no según el corazón y los sentimientos.

Caminé por Clinton Avenue preguntándome si lo correcto no habría sido denunciar a Susan a las autoridades cuando me confesó su affaire con el muchacho. Mis sienes comenzaron a latir con fuerza, me sentí mareado y acosado por miles de preguntas.

¿Por qué no lo había hecho? Tal vez por indiferencia, por esa maldita manía de instalarme en un palco a contemplar la vida. Era cómodo, en verdad. Nada como tomar asiento en una butaca, protegido por el anonimato que brinda la oscuridad, mientras la luz de los reflectores cae sobre los actores en el escenario. Somos individualistas, posamos de originales y corajudos, pero nos encanta balar con el rebaño, inmersos en la masa bravucona y vociferante.

Tal vez no denuncié a Susan porque, como dije antes, a mis diecisiete años habría adorado a una mujer atractiva que me hubiese permitido desfogarme sexualmente cada vez que lo necesitara. ¿Qué mejor? ¿Tuve yo acaso otro anhelo más imperioso en la adolescencia, otro sueño más febril que hacerle el amor a una mujer hermosa y experimentada? ¿Puede haber acaso algo más estimulante a esa edad?

Era imposible plantear esto ante los puritanos de Wartburg City. ¿Cómo reaccionaría un juez si me atreviese a defender a la maestra? Jamás hubiese conseguido una plaza de enseñanza en Estados Unidos. De eso no cabía duda. Ojalá Susan no recordara lo que conversamos la noche en que, con más tragos en el cuerpo de lo recomendable, terminamos en mi cama del *atomic ranch*. Y espero que si llega a acordarse, no lo mencione.

Pese a todo, en mi memoria persistía el perfume dulzón y barato de Susan, el sabor a cebada de su boca, la dura consistencia de sus senos, sus muslos finos, la reciedumbre con que hacía el amor y su desencanto al enterarse de que yo había acabado. No podría olvidar la experiencia de yacer con una extraña en una cama ajena, mientras la corriente del río subrayaba afuera la fugacidad de las cosas.

A partir del momento en que me aferré a su cuerpo, sentí que me aferraba solo a eso, a su cuerpo, y que ella se reducía a las furiosas sacudidas de pelvis que ejecutaba con los párpados entornados, distante y ausente, volcada hacia dentro, hacia ella misma, en un ejercicio huérfano de ternura.

Recordaba nuestra caminata por la vía férrea: el cielo alto y estrellado, la música del bar apagándose en la distancia, el magnífico resplandor de los rieles, la descripción del amorío con el alumno, cuyo retrato portaba en la cartera. Vistas así las cosas, Susan era una trapecista que daba saltos en el vacío sin red protectora.

Con todo esto en mente, después de zamparme un sándwich y dos jarras de cerveza en The Club Car, y pese al insoportable calor que atormentaba a Wartburg City, adopté una decisión: visitar el high school donde estudiaba el ex amante de Susan.

20

Tuve suerte.

En la cancha del high school, unos muchachos jugaban al fútbol. Encendí el celular, me calcé los audífonos para escuchar «Dead man plays dead», del sello Perseguidor, y me senté en las graderías donde, en el anonimato que me prodigaban los Ray Ban, fingí interés por el partido.

Mi propósito era ubicar al muchacho, la presunta víctima del abuso sexual de la maestra. Supuse que podía estar allí. Tal vez sus padres procuraban que se divirtiera. Total, la abusadora ya estaba condenada.

Me bastaría con espiarlo desde la distancia, tal como espío a Samanta y a León. Resulta fascinante observar a alguien sin que se percate de ello porque el tiempo no fluye del mismo modo para el observador que para el observado, el primero aprende, goza y especula; el segundo no tiene idea de la excitación que está causando en otro.

Por eso disfruto de textos de autores *flaneurs*: Walter Benjamin, Charles Baudelaire o José Martí. Benjamin habla del placer que le suscita contemplar desde la mesa de un café el paso de las personas por las calles del Moscú revolucionario o del Berlín de antes de la guerra. Lo mismo les pasa a Baudelaire en París y a Martí en Nueva York. ¿Y qué decir de Guillermo Cabrera Infante con respecto a una Habana ida para siempre?

Algo parecido me ocurría en estas semanas. Anhelaba ver al estúpido ex amante de Susan van Eyck para reprocharle en silencio su deslealtad. Pudo haber seguido disfrutando de los placeres que le procuraba su antigua maestra y esperar mientras, sin apuros, el casamiento con la noviecita virgen. ¿Lamentaría haber perdido a Susan? Apuesto a que pronto se arrepentirá.

Bajo el abrasador sol de la tarde los muchachos parecían todos iguales: blancos, de cabellera y ojos claros, altos y fibrosos, como si uno de ellos se hubiese desdoblado en numerosas y leves variaciones. Allí debía estar el amante de Susan.

—¿Padre de una de estas estrellas? —me preguntó un hombre de anteojos oscuros, traje de lino y sombrero Panamá, que se sentó a mi lado, acompañado de un chucho con aspecto de haber sido rescatado hace poco de la calle.

—Oh, no, tan solo pasaba por aquí. Me gusta el fútbol.

—¿Simplemente de paseo, entonces?

—Así es —dije—. Estirando las piernas, recordando mi infancia.

—¿Es usted oriundo de Wartburg City?

—Vengo del extremo sur del continente.

—En ese caso, mucho gusto. Me apellido Aschenbach, Gustav Aschenbach —dijo él, alargándome una mano tibia y sudada. Tenía los labios morados, y había algo artificial en su calidez—. Soy escritor de ficciones y ando buscando ideas, ¿me entiende?

No me sorprendió. En esta ciudad abundan los escritores, como en mi país natal los poetas. Hacen nata aquí escritores de todo el mundo, gente que se la pasa inventando personajes para someterlos al dictado de su pluma; dictado que tendría que estar regulado, de lo contrario cualquiera se seguirá dando el lujo de escribir cualquier trama y hacer y deshacer con los personajes.

He de aclarar que para mí los novelistas y cuentistas son seres abusivos, sádicos, oportunistas. Crean hijos mediante las palabras y los someten a todo tipo de vejaciones y tormentos, sin respetar su dignidad ni privacidad. En sus malditas ficciones los hacen nacer, crecer, enamorarse, casarse, divorciarse, suicidarse o simplemente morir en accidentes o bien de una terrible enfermedad o, en el mejor de los casos, de viejos. Es decir, los novelistas merecen ser castigados de alguna forma.

—¿Es usted un escritor invitado por el taller internacional de escritores? —pregunté.

—No, no —repuso Aschenbach sin dejar de mirar el juego. Ahora un joven corría en un contragolpe hacia la valla adversaria, pero desvió el remate por sobre el travesaño—. Viajo por Estados Unidos en una Kleinbus Volkswagen con mis libros autoeditados, y me instalo en moteles. Vendo mis obras en mercados de las pulgas y ferias locales. Llevo un par de días acá, con mi Liberty. —Indicó con un gesto hacia el chucho, que se había dormido.

—¿Y qué le parece la ciudad? —pregunté pensando que Aschenbach es uno de esos seres repulsivos que se solazan haciendo sufrir a personajes y a quienes lean sobre ellos.

—Bonita, pero demasiada competencia desleal. Todos esos escritores que deambulan por aquí y beben en el Foxhead son escritores de librerías, no verdaderos escritores. Los de librerías son mercenarios vendidos a las multinacionales y al mercado. Un verdadero escritor es alguien como yo, que escribe y después sale a probar suerte con sus textos como los juglares en las plazas medievales. Para un escritor como yo, la literatura es un asunto de vida o muerte. Puedo comer y beber si compran mis libros, o morir de hambre si nadie lo hace.

—Tiene razón —dije por no importunarlo.

—Vine de Venecia —anunció al rato.

—Vaya, qué maravilla. ¿Italiano, entonces?

—No, alemán. Bávaro, más bien. Pero con muchos años en este país. ¿Y usted?

Le expliqué en términos generales lo que hacía, y Aschenbach me dijo que en verano pasaba a menudo por esa escuela a ver los partidos de fútbol de los muchachos que competían alegres, bronceados y ligeros de ropa.

—Estos son más delgados que los jóvenes alemanes, que hoy por desgracia se dedican poco al deporte —agregó dirigiéndome una mirada furtiva—. Me gusta ver también a los afroamericanos, bueno, allá casi no los hay. Los de acá son ágiles, bellos y rápidos, aunque explosivos de carácter. Y los latinos brillan por su técnica.

—Veo que a usted le gusta el fútbol.

—*Mens sana in corpore sano.*

—Así es.

—Todos ellos —apuntó con la diestra a la cancha— son veloces y perfectos, sin un gramo de grasa ni arrugas ni barriga. Pero como creen que toda la vida será así y la vejez solo le ocurre a los otros, no la disfrutan de forma consciente. Solo cuando alcancen nuestra edad valorarán lo que tuvieron, pero entonces será demasiado tarde y se sentarán como nosotros hoy en una gradería a admirar a otros adolescentes, que repetirán la historia. Porque esto que estamos haciendo es repetir roles que existen desde hace milenios en el mundo, por si no lo sabe.

Le llevé el amén mientras Liberty se encogía y despaturraba como en una pesadilla, y le pregunté, como que no quiere la cosa, si creía que entre los futbolistas estaría el joven amante de la maestra que aparecía en los diarios.

—¡La violadora! —exclamó Aschenbach y me apretó brevemente la muñeca—. Si yo a la edad de estos muchachos hubiese tenido una maestra que me desfogara y pusiera buenas notas, le levantaba un monumento. El que la denunció es un hijo de puta.

Elevó la voz justo en el instante en que los jóvenes celebraban un gol, por lo que nadie pudo oírlo. No me sorprendió que Aschenbach, como hombre enchapado a la antigua, pensara al respecto igual que yo. Lo que sí me azoró fue que hubiese expresado su parecer empleando prácticamente las mismas palabras que yo empleé antes, al reflexionar sobre el tema. Curioso, me dije, es como si este señor me hubiese leído el cerebro.

Después del juego, Aschenbach me pasó una tarjeta. Se presentaba como «autor de ficciones», y daba su celular y el modelo de su Volkswagen.

Pasé al rato al Hamburger Inn, donde me serví una hamburguesa con papas fritas y una Flat Tire. Después salí a pasear a orillas del río y volví tarde por la noche al refugio. Me tendí en la cama sin desvestirme, sintiendo un deseo irreprimible de retorcerle el pescuezo al estudiante que había condenado a Susan van Eyck.

21

—¿Clemente Fo? —Era un tipo fornido, de cabellera y barba blanca, pero de cejas color azabache, que vestía entero de negro. Se despojó con estudiada lentitud de los anteojos de sol y pude advertir un brillo desafiante en sus pupilas.

Aguanté la puerta a medio abrir, sin saber bien qué hacer. Desde el living llegaba como oleaje espaciado «Moment of forever», cantado por Willie Nelson.

—*It is me* —respondí.

—Oliverio Duncan, podemos hablar en español —dijo él y exhibió un carnet que no alcancé a descifrar, pero que por su diseño supe que era de policía. Intuí que ya todos estaban al tanto de mi vínculo con Susan—. Vengo por alguien que nos concierne a ambos.

Lo hice pasar. Entró haciendo resonar los tacos de sus botas estilo Beatle, lo que me arrancó escalofríos. Barrió las paredes con la vista, y tomó asiento. Le ofrecí un espresso.

—Dulce y cargado, por favor —precisó con la vista fija en el río.

Mientras yo trasteaba con la cafeterita de aluminio en la cocina, guardó silencio, repantingado en el mueble, seguro estudiándome. Supuse que Susan me había involucrado en su caso.

—Vine a consultar acerca de un conocido suyo —resumió Duncan al recibir la taza.

—¿A quién se refiere, señor?

Willie Nelson cantaba ahora «Gravedigger», canción en que le pide a su sepulturero que no lo entierre profundo para poder escuchar la lluvia cuando esté muerto.

—Se trata de Dupuis. León Dupuis —afirmó Duncan.

—¿León Dupuis? —exclamé azorado.

—En efecto, el hombre con el cual su mujer convivía.

—¿Cómo que convivía?

—Ya no. ¿Lo ignoraba acaso? —preguntó, tras sorber del café.

—No tenía idea —dije sin poder reprimir cierto regocijo—. En todo caso, en cierto sentido, es una buena noticia para mí.

—¿En qué sentido?

—Era el amante de mi mujer, pues…

—Siendo franco, señor Fo, no creo que sea una buena noticia para usted.

—¿Por qué no?

—Porque el señor Dupuis está desaparecido —hizo una pausa y me traspasó el alma con una mirada inquisidora—. Vine a verlo por eso. —Se sirvió otro sorbo del espresso.

—¿Qué tengo yo que ver con ese asunto?

—No lo sé —dijo Duncan, y carraspeó—. Pero tal vez sepa usted algo sobre su paradero. El señor Dupuis lleva una semana desaparecido, y no hay señales de él. Solo falta una muda suya y su billetera y, algo extraño, dejó su celular en casa. Como para regresar.

—Lo lamento, pero…

—Su esposa, qué digo, su ex esposa, la suya, señor Fo, está inquieta.

—¿Samanta?

—Dice que Dupuis no tenía razón para irse intempestivamente. Eran felices viviendo en la casa de enfrente —indicó con un movimiento de mano hacia la otra orilla del río—. Ella cree que usted puede saber algo, ya que conversó con él.

—Pero eso fue al comienzo —tartamudeé.

—¿Al comienzo de qué?

—Al comienzo del fin de nuestra relación. Digo, con Samanta.

—Entonces conversó con él —afirmó Duncan escrutándome con sus ojos oscuros.

—Sí, claro. Pero solo de paso, en la casa de enfrente. Fue un diálogo intrascendente. Quería pedirme disculpas por, bueno, usted entiende, por vivir con Samanta.

—Por vivir allá —dijo Duncan, reflexivo. Puso la tacita vacía en la mesa de centro.

—Así es.

Me miró fijo, mientras se acariciaba la barba con una mano, como preguntándose qué hacer conmigo. La música calló. El río fluía turbio y espeso.

—Según su mujer —continuó Duncan con voz ronca—, usted juró que se vengaría de Dupuis y estaba dispuesto a estrangularlo con sus propias manos.

—Fue solo un decir.

—¿Lo dijo o no?

—Sí, lo dije, pero fue en un momento de ofuscación. Cualquiera dice algo parecido bajo circunstancias semejantes —mi voz brotó trémula.

Duncan observó la punta de sus botas bruñidas, enarcó las cejas, que me parecieron volverse más negras, y dijo:

—León Dupuis se llama en verdad Andreas Johansson. Nació en Estocolmo. Es ciudadano sueco.

—Creía que era francés.

—Lleva años en Estados Unidos dedicado a diversos oficios —continuó el policía—. Ha sido desde lavador de platos hasta pintor callejero. No se le conoce domicilio. No hay indicio de que haya dejado Estados Unidos ni nada que explique su repentina desaparición. Algo sorprendente porque contaba con una vivienda cómoda, bueno, usted lo sabe mejor que nadie: allí tenía techo, alimentación, aire acondicionado y otras amenidades…

Willie Nelson cantaba ahora «Always now», lo que era en el fondo una magnífica invitación a salir a disfrutar la mañana. Nada como las mañanas diáfanas del verano del Medio Oeste.

—Soy de la policía sueca —aclaró Duncan—. Le dejaré mi número de celular para que me llame por cualquier cosa que recuerde sobre el asunto.

—¿De la policía sueca?

—Así es.

Nunca he estado en Estocolmo, pero he visto tantos libros y documentales de la ciudad, que me parece haber vivido allá. Soy capaz hasta de nombrar algunas de sus calles y barrios: Karlavägen, Djürsholm, Linnégotan, Gamla Stan. Me gustaría vivir un día en Estocolmo. En fin.

—¿Puedo saber por qué investiga en este país? —pregunté.

—Pertenezco a una unidad policial sueca estacionada aquí. En este país vive mucho sueco de doble nacionalidad. Volviendo a lo nuestro, usted sí habló entonces con Andreas Johansson.

—Pero ya le conté lo poco y nada que hablé con él.

—Por cierto —agregó poniéndose de pie—, al señor Johansson lo solicitan en Malmö por una pensión alimentaria. Estoy encargado de ubicarlo para que cumpla con su deber. La policía estadounidense tiene demasiados problemas con terroristas como para dedicarse a buscar a alguien que olvidó a un hijo en Escandinavia.

—Por lo que veo, Dupuis es un maestro en el arte de desaparecer —comenté con sorna y la secreta satisfacción de imaginar que Samanta estaba enfrentando dificultades por culpa del amante.

—Johansson sabe hacerse humo —admitió Duncan, mientras cruzaba una pierna sobre la otra. Me pareció que su bota impecablemente bruñida apuntaba a mi cabeza—. Pero esperemos que, esta vez y para beneficio suyo, no ejercite el truco a la perfección.

—¿A qué se refiere?

—A que si el señor Johansson no aparece, entonces el problema no será mío.

—No, claro. Será de Samanta.

—Se equivoca —afirmó cortante, y desvió sus ojos hacia el río que se retorcía bajo el sol matinal—. Si no aparece Andreas Johansson, el problema no será de Samanta Damon ni mío, sino suyo, señor Fo.

—¿Mío? No entiendo.

—Ya lo entenderá. Debo irme —dijo Oliverio Duncan poniéndose de pie—. Lo felicito por la magnífica vista —apuntó con una mano hacia la corriente—. La buena vista siempre termina almacenada en una buena memoria. Que tenga un excelente día, señor Fo.

22

La tarjeta solo decía Oliverio Duncan y daba un número de celular de Estocolmo.

No pude dormir tranquilo esos días. Su visita me desestabilizaba emocionalmente, porque el policía suponía que había tenido algo que ver con la desaparición de León, quien ahora resulta que no es francés ni estadounidense sino sueco, y se llama Andreas Johansson.

Curioso el policía. Hablaba como latinoamericano y tenía aspecto de latinoamericano, pero no me atreví a preguntarle por su origen. Intuí que, como mis padres, era un chileno exiliado, y nacionalizado sueco. No sé, su estilo impositivo no dejaba espacio para consultas personales de ese tipo. Durante mi próximo encuentro procuraría preguntárselo.

Vagué en esos días como alma en pena, agobiado por la aparición de Duncan, la sensación de ir perdiendo el control sobre mi vida y mi falta de energía para ensayar el saxofón. Además, mis reservas en dólares iban agotándose y sentía que de un momento a otro el dueño del refugio iba a pedirme que se lo devolviese. Si la policía me metía en el embrollo de Susan o Johansson, seguro que el dueño de la *atomic ranch* me pondría de patitas en la calle.

Una tarde, después de una cerveza en The Fox Head, taberna que solía frecuentar en los años sesenta John Vonnegut, y hoy es punto de reunión de escritores jóvenes, llegué otra vez sin darme cuenta a la librería de Joe. Smoke dormitaba sobre un alto de cómics y el librero adhería precios a libros que acababa de adquirir en un remate.

En un estante hallé un voluminoso manual sobre la teoría de los espíritus que se apoderan de las personas, escrito por Friedrich Masserath, parasicólogo asistente del Instituto Mayor de Transilvania. Aproveché de preguntar a Joe si conocía al portugués que me introdujo en esta materia.

—Es un poeta esotérico —dijo—. Vive en la ciudad y planea ofrecer un recital en Prairie Lights.

Lo cierto es que por la ciudad pasan escritores y poetas en tropel, y todos se presentan allí. Lo que en un comienzo fue una distinción para escritores de primera magnitud, se convirtió en una práctica generalizada.

Es lo que Stirlitz denominaba «basurización de la distinción». A su juicio, es un fenómeno mundial. Todo aquel que escribe de corrido y cuenta con el título de una novela que planea escribir, puede presentarse sin tapujos como autor en cualquier librería.

—¿Dónde vive el portugués? —pregunté.

Joe terminó de pegar el precio a un libro, y respondió con una pregunta:

—¿Deseas verlo?

—Me interesaría hablar en calma con él, no a la pasada en The Club Car.

—No es comunicativo. Habla solo de lo que quiere, de lo contrario es una tumba.

—Esa impresión me dio.

Smoke brincó al mesón y se echó junto a la computadora.

—Lo conocí en el bar de Barry —expliqué—. Pero no va allí regularmente.

En cuanto Joe alzó la tabla del mesón para salir al pasillo, el gato se apartó indignado. Luego siguió con la vista a su amo que caminaba entre los estantes. Su cola se enroscó como una serpiente modosa.

—Nogueira es un tipo misterioso —agregó Joe, mientras sus hawaianas chapoteaban en el piso—. Apareció un día en Wartburg City y decidió quedarse. Es un incomprendido. Ni liberal ni conservador, un tipo culto y gran lector, un solitario empedernido e insondable.

Joe sabía de qué hablaba. Él mismo era un solitario de la edad de Nogueira, dedicado a la venta de libros. Durante el día se instalaba ante la pantalla del computador, y por la noche subía a dormir al altillo, como una gallina disciplinada. No se le conocía mujer ni amigo, salvo Smoke, y a esas alturas era difícil que aquello cambiara.

—Así que vive en la ciudad —comenté volviendo al tema.

—En una residencial cercana a la mansión donde vivió Grant Wood.

Salí del local cargando las señas y varios libros.

23

La gran ventaja de Wartburg City es que todo queda cerca y casi todo el mundo se conoce. Es decir, confiamos los unos en los otros o, algo también crucial, sabemos en quién desconfiar. La avenida donde se alza la antigua casa de Grant Wood es ancha y recta, la flanquean árboles copiosos y mansiones bajo protección patrimonial, que ocupan académicos.

Toqué en la puerta. Me abrió una mujer mayor, de rostro amable y mirada inteligente, parecida a la Miss Marple de las películas inglesas de los sesenta. Me dijo que se llamaba Lisbeta. Le expliqué a quien buscaba y no tardó en llamar a Nogueira por citófono.

El poeta bajó casi de inmediato los peldaños de madera. Vestía traje negro, camisa blanca, corbata azul y sombrero, y acarreaba un bastón de madera con elegante empuñadura de marfil. Olía a agua de colonia y alcanfor, y me dio la impresión de que me esperaba.

Salimos a caminar por la noche sostenida por el canto de chicharras.

—Esta Lisbeta abusa con el alquiler —se quejó en cuanto nos alejamos de la residencial—. ¿Vino a verme por algún tema específico?

Estuve a punto de describirle la aparición de Oliverio Duncan en casa, pero me pareció inoportuno y opté por expresarme en términos más generales. Le dije que tenía la sensación de que algo no funcionaba bien en mi vida desde hacía tiempo, que me parecía como si unas leyes anómalas estuviesen rigiendo y perjudicando mi existencia. Le expliqué que no sabía a qué atribuirlo, pero que era un hecho que yo no controlaba ya mi vida.

—Caminemos, mejor —propuso Nogueira con tono de conspirador.

Llegamos a The Fox Head, donde cantaba Billie Holiday, la clientela jugaba pool o conversaba a gritos, y pedimos Pale Ale y un platillo de cacahuetes.

—Mi mujer me dejó de forma cruel —me escuché decir.

—¿Y cómo fue eso?

Terminé contándole todo. Una pregunta bien planteada es como tirar de una hebra suelta, otra de mis frases predilectas. Le conté incluso lo de Duncan. Cuando me callé, Nogueira guardó silencio por mucho rato, estupefacto.

—¿Cómo dijo que se llama el investigador? —me preguntó cuando bebíamos nuestra tercera cerveza.

—Duncan, Oliverio Duncan.

—¿Sueco, me dijo?

—Nacionalizado sueco, sospecho que de origen latinoamericano.

—Son los peores… —Se limpió las gafas y, como de costumbre, no se había despojado de su sombrero.

—¿A qué se refiere?

—A que los renegados son los peores, los más estrictos y severos con su antiguo rebaño. Este debe ser un revolucionario latinoamericano en el paraíso socialdemócrata. Torquemada fue judío, antes de convertirse en un inquisidor feroz. Mussolini fue socialista antes de fascista. Y Castro fue jesuita, antes de perseguir a los católicos como nadie en el continente, pero eso ya es harina de otro costal. ¿Vive en Estocolmo?

—Es policía allá.

—¿Tiene ojos penetrantes, cabellera y barba canosas, pero cejas negras como la noche?

—Exacto —repuse, sorprendido de que lo ubicara—. ¿Lo conoce?

—Lo conozco, pero no a través de la vida, sino de los libros.

Aquello me confundió en el barullo del The Fox Head.

—¿Por qué es famoso? —pregunté.

—Se lo explicaré otro día. Pero me imagino lo que puede estar ocurriendo —afirmó. En ese instante el latigazo de un rayo azotó la ciudad y un trueno estremeció la construcción en sus fundamentos, y comenzó un diluvio salpicado de relámpagos—. Mire, si yo le explicara mi teoría —agregó Nogueira tras esperar a que se extinguiera el rumor postrero de un trueno—, pensaría que estoy loco. Así que lo haré en otra oportunidad.

—Usted no está loco —dije yo—. Dígame, por favor, lo que no se atreve a decirme.

—Mejor cuando haya reunido suficientes pruebas —afirmó e hizo un ademán de retirarse—. Es mejor que volvamos a encontrarnos y ahí le diré lo que sospecho está ocurriendo.

24

Otra noche sin conciliar el sueño. Al frente, en la vivienda que fue mía, reinaban las sombras y el silencio. Nogueira me había picado la curiosidad en The Fox Head. ¿Por qué se había arrepentido de revelarme algo importante sobre Duncan?

Bebí un sorbo de Havana Club que encontré en la alacena, introduje la botella en el bolsillo de mi chaqueta y chequeé mi correo en el computador. Me esperaba una respuesta de Fabiana. Decía que estaba fuera de Estados Unidos y que me avisaría cuando volviera.

«Su afirmación de que en la vida no existe la casualidad suena convincente», afirma en su escrito. «Sería interesante conversar en torno a un café. Conozco su ciudad por razones académicas y en cuanto regrese a Estados Unidos, le aviso. Saludos y gracias por su mensaje. Fabiana.»

Salí a pasear ilusionado y a la vez con una amarga sensación de orfandad. No conocía a Fabiana, pero imaginé que nos veríamos para tratar de explicarnos por qué internet nos había vinculado. Alguien se solazaba conectándonos. Alcé la vista en busca de estrellas, pero la noche estaba encapotada.

En la ribera de enfrente, las casas flotaban en la penumbra. Me senté en un banco a contemplar el paisaje, que me recordaba los cuadros de Caspar David Friedrich. Pensé en Samanta y su traición; en el francés que resultó ser un sueco, y en la pobre Susan y el muchacho que la denunció. La vida está hecha de traiciones cotidianas, y solo la mala memoria nos permite remontarlas para seguir viviendo.

Divisé una silueta junto a la orilla. Era una mujer de cabellera rubia y túnica negra.

No tardó en llegar hasta mi escaño. Me pidió bebida. Seguramente me había visto empinar el codo de lejos, por lo que le alargué la botella. Se permitió un sorbo ansioso, se limpió los labios con el dorso de la mano y me la devolvió vacía.

—¿Vives cerca? —quise saber.

—Puede decirse que sí —dijo.

Llevaba los labios pintados de negro y sobre cada párpado un ojo hiperrealista, de modo que era imposible saber si me hablaba con los ojos abiertos o cerrados.

—¿Desde hace mucho? —pregunté.

—Desde siempre. ¿Y eso es todo? —consultó apuntando al Havana Club, y se sentó a mi lado a contemplar el paso de la corriente.

—Me llamo Clem —dije al rato, con unas ganas incontenibles de fumar un habano, a pesar de que nunca he fumado uno. No solo eso, sentí también un deseo, semejante a la nostalgia, de sentarme en el Malecón habanero, a pesar de que nunca he estado en La Habana.

—Mi nombre es Marietta —dijo ella.

—Poético nombre.

—Tal vez soy solo poesía.

Lo era. Al menos ante mis ojos. Tenía las facciones finas y un cuerpo que, a juzgar por lo que dejaban entrever los pliegues de la túnica, parecía bien proporcionado. En medio de la noche perfumada, Marietta era un poema.

Su nombre me recordó un trabajo de Stirlitz, que se titula precisamente «Marietta». La muchacha del poema estudia en la ciudad, es hija del dueño de una tienda de cuentas de vidrio, ama los tatuajes y, según el poeta, fue una de sus tantas amantes.

—Hace mucho leí una poesía que tiene por título tu nombre —le conté.

—¿De quién?

—De Jan Stirlitz, destacado poeta del Báltico.

Marietta me arrebató la botella y la arrojó hacia la orilla, donde se estrelló sin quebrarse. Tuve la impresión de que su cabellera se tornaba blanca y que sus pupilas —ignoro si las verdaderas— querían advertirme sobre algo impreciso.

—Stirlitz es un buen poeta —afirmó.

—¿Lo conoces?

Acercó su rostro al mío y me envolvió con su aliento pasado a ron y marihuana. Pude atisbar en sus ojos la plaza de una ciudad medieval, la caída de las Torres Gemelas y un tornado que oscurecía el cielo. Me acordé de Jorge Luis Borges, desde luego, pero esto no era el deslumbrante Aleph que él halló, según relata en un cuento, en la escala de una casa de Buenos Aires, sino algo completamente real que me ocurría en Wartburg City.

Marietta se apegó a mí sin pronunciar palabra y siguió mirándome con esos ojos perturbadores que mostraban escenas de la historia. De pronto, posó sus labios sobre los míos. Fue como un beso del agua fría. Luego se apoderó de mi mano derecha, la introdujo bajo su túnica, y la deslizó sobre su piel desnuda. Exploré la hondonada de su ombligo, ornamentado con una pequeña argolla, y acaricié sus muslos hasta palpar unos labios húmedos y delicados.

—Nací en Pella —me dijo mientras me lengüeteaba la oreja, erizándome por completo—. Es una ciudad nada romántica, conocida por una fábrica de ventanas. Fui a la guerra y nunca volví.

—¿Cómo que no? Estás en este banco, junto a mí, disfrutando la noche —dije yo mientras trataba de sentarla a horcajadas sobre mis piernas.

—Estoy aquí, pero no del todo, Clem —afirmó mientras sus manos impedían que yo me abriera el pantalón—. Si consigues otra botella, tal vez podría cambiar de opinión.

Fui corriendo al refugio y busqué por todas partes, pero no quedaba ron. Hallé, sin embargo, una botella de mezcal Pierdealmas. Cuando regresé, Marietta ya no estaba. La busqué con denuedo, pero no hallé ni rastro de ella.

Bebí a sorbos el mezcal, confiando en que Marietta volvería. Al final me quedé dormido sobre el banco.

25

Iba a rebajarme la barba con unas tijeras que yacían en el baño, pues comenzaba a preocuparme el descuidado aspecto que ofrecía, cuando alguien golpeó a la puerta.

Permanecí ante el espejo preguntándome quién podía ser. Me dirigí al dormitorio y por entre las persianas miré a la calle. No pude ver quién tocaba, pero divisé el auto en que la persona había llegado: un Chevy azul. Alcancé a ver al visitante cuando se devolvió hacia su vehículo y miró la casa. Llevaba una chaqueta de color verde olivo con botones y charreteras. Ingresó al coche, extrajo un celular y marcó un número. Era Oliverio Duncan.

Sonó el teléfono de casa.

Debía ser él. Crucé a la cocina y eché una mirada a la puerta que daba al río.

No descarté que Duncan se las arreglara para entrar a la casa usando una ganzúa. No tenía nada que esconder ante la justicia, pero sería bochornoso si descubriese que me ocultaba y trajese una orden de arresto en el bolsillo.

Reparé en algo: había una lancha amarrada al muelle de la casa. Me calcé los zapatos a la rápida y, mientras el teléfono seguía sonando, corrí a la orilla, salté a la embarcación, desanudé la soga y, con la ayuda de un remo, maniobré hasta que la corriente del río comenzó a arrastrarme.

Era tranquilizante contemplar el refugio desde la distancia, que aumentaba mientras la nave se contagiaba con el vaivén del río. El *atomic ranch* se iba empequeñeciendo hasta convertirse en una postal: una casita blanca junto al río con abedules por telón de fondo. Luego la vivienda giraba como sobre un eje, y me regalaba una perspectiva lateral, que me permitía divisar, antes de que las construcciones vecinas lo ocultaran del todo, el vehículo de Duncan estacionado, mas no a Duncan mismo, quien debía estar tocando a la puerta.

Me dejé arrastrar por las aguas, embelesado por la elegancia de los palafitos que se mimetizan con el bosque, y pensé que hasta hace dos siglos las tribus iowa surcaban el río en canoas. Más abajo hice arrancar el motor de la lancha y navegué contra la corriente. Pasé de nuevo frente a la casa, más bien entre ambas casas, entre mi refugio y mi antiguo hogar, con el propósito de llegar al centro de la ciudad. Oliverio Duncan se había ido.

En el Java House, ante un espresso y un scone, me pregunté qué deseaba ahora el detective. ¿Qué habría pasado con Andreas Johansson? Imagino que ese carajo se hizo humo y por eso no aparece por ninguna parte. La estúpida de Samanta le ofreció pan, techo, abrigo y culo, pero eso no le había bastado. Debía estar buscando a una mujer que le brindara los mismos favores que Samanta, pero veinte años más joven.

Tal vez ya la había conseguido, y por eso había puesto los pies en polvorosa, involucrándome de paso en su desaparición. No hacía nada nuevo, después de todo. El tipejo venía escapando de la pensión de un hijo sueco y quizás de qué otros delitos.

Hojeé el periódico local, pero no había nada sobre él ni Susan van Eyck. ¿Qué sería de ella? ¿Qué le diría a Susan si me la encontrase? ¿Que lo lamentaba mucho? O: ¿te lo advertí? ¿O me gustó tu forma de hacer el amor? (Aunque en verdad no me gustó mucho su desaforado batir de caderas). O: ¿necesitas un buen abogado?

Lo cierto es que lo que me ha ocurrido en el último tiempo desentona por completo con lo que ha sido mi vida hasta ahora. El desamor de Samanta, la aparición de Dupuis, la acusación sobre mi infidelidad amorosa, el encarcelamiento de Susan, la mujer de los párpados pintados, la desaparición de Dupuis, las intimidantes visitas de Oliverio Duncan, mis recuerdos de sitios que no conozco, todo eso es inédito, absurdo e incomprensible. Todo lo que ha sucedido en las últimas semanas me da para suponer que alguien cambió el libreto de mi vida con el propósito de arruinármela. En todo lo que me está ocurriendo se esconde algo ajeno a la mesura, la racionalidad y la lógica con la que transcurrió mi existencia hasta que llegué de Nueva Orleans.

Si fuese supersticioso, diría que alguien profirió una maldición en mi contra; que alguien me hizo un *trabajo* —como dicen en el Caribe—, una de esas brujerías en las cuales atraviesan con alfileres a muñequitas de trapo. Tal vez solo los poderes de un buen «babalao» pueden ayudarme ahora a neutralizar la maldición.

26

No alcancé a llegar a la sección de los babalaos, porque en el tercer piso de la biblioteca tropecé con la de poesía, y se me ocurrió que más provechoso que consultar a los brujos era hallar el poema de Stirlitz titulado «Marietta», que me quedó resonando tras el encuentro con la mujer de los párpados pintados.

En la pantalla no tardé en dar con la obra completa de mi amigo. Curiosamente ya no era considerado un poeta del Báltico, sino estadounidense, es decir, local. Y la sección local la integraban en su mayoría modestas ediciones autoeditadas por poetas de Wartburg City, aunque, en menor medida, también lujosas ediciones de bardos que vivieron aquí y fueron publicados por casas prestigiosas.

Necesitaba dar con el poema de Stirlitz. Lo hallé en el libro que lleva por título *Dispensario de emergencia*. Es un poema breve, en verso libre, que habla de la muchacha. Haciendo gala de un lenguaje delicado y vaporoso, enumera las características de la amada, descripción que se ajusta a la muchacha que me besó junto al río antes de esfumarse.

Esto revela que Stirlitz no mentía cuando narraba sus aventuras con chicas despampanantes, y Samanta cometía una injusticia (una más) al acusarlo de embustero y regar el rumor de que su mujer lo había abandonado por impotente. Porque ahora comprobaba que la Marietta que acaricié frente al río era, en efecto, la del poema. De solo pensarlo me ericé y se me secó la boca. Si esto es así, pensé entre los estantes henchidos de libros, no había duda de que el poema surgía de una experiencia real de Stirlitz, una que convergía con la mía.

Descubrir que la poesía de Stirlitz se inmiscuía en mi existencia me dejó estupefacto. Comparado con ese hecho, las amenazas de Duncan o el caso de Susan no resultaban tan inquietantes. Oliverio Duncan y Susan pertenecían al ámbito de lo real, pero Stirlitz difuminaba el deslinde entre la realidad y la ficción. Pensé en Nogueira y su idea de que el destino de las personas está escrito en un libro remoto.

¿Aparecían ciertos personajes en las novelas porque el autor los había conocido en la realidad o esos personajes habitaban en la realidad como personas de carne y hueso tras haber nacido en una novela y haber trascendido las páginas de esa obra para desembocar en el mundo real mediante un artilugio inexplicable? Siguiendo esa lógica, ¿era yo un ser de carne y hueso o fruto de una ficción que, como una semilla que caía fuera del almácigo, germinaba en la realidad? Y, es más: ¿los infortunios que me atormentaban, me los había buscado yo y, por lo tanto, me los merecía, o me habían sido impuestos por una voluntad que, para facilitarnos las cosas, podríamos llamar dios, azar o gran arquitecto?

Estaba confundido. Tal vez la decisión de Samanta de dejarme no dependía de ella, sino de un poder que no conocíamos. No sabía qué pensar, repantigado en este viejo sofá de tela roja, frente a los ventanales de la biblioteca que se abren al boulevard de la ciudad.

En la solapa de *Dispensario de emergencia* aparecía un retrato de Stirlitz de cuando tenía cuarenta años. La foto lo congela en un tiempo pasado. Seguro que la había escogido por vanidad, pues el libro es de edición reciente. Leí con placer y azoro no solo «Marietta», sino los otros poemas que describen de manera fidedigna a la muchacha que acaricié hace unas noches en el banco frente al río.

Ya el primer poema alude a *the woman who never sleeps* (versión original en inglés), la *de la mirada perpetua, la mujer faro* y el *portentoso engaño de tus ojos*. Solo podía tratarse de la muchacha de los párpados pintados. El siguiente poema habla de los labios negros de Marietta, de su carne hecha oscuridad. Era ella de nuevo. ¡Qué duda cabía! Y aunque no lograba reconocerla en los poemas siguientes, sí volvía a identificarla en el último, en «Tu anillo solar», que menciona la argolla en su ombligo. Stirlitz afirma en esos versos que no queda más que esa pieza de la ninfa, que se extravió para siempre en el desierto de Irak.

No lograba entender la metáfora. No se ajustaba al moderado realismo que Stirlitz emplea en los poemas anteriores. Algo no calzaba: si la Marietta de ese volumen era la misma que yo acaricié, ¿cómo era posible que hubiera muerto en la guerra de Irak? Y si había sido estudiante del college, ¿no debía aparecer al menos en una lista de ex alumnos caídos en combate?

Consulté en Google por Marietta. El college no registraba a ningún ex alumno muerto en guerra alguna. Tampoco hallé nada al respecto en el diario local.

27

Toco con insistencia a la puerta del tráiler de Jan Stirlitz. Los vecinos —hispanos, afroamericanos y europeos del Este— conversan arracimados frente a varios carromatos. Solo los niños que juegan al fútbol parecen ajenos a la división por naciones, idiomas o religiones. Juegan simplemente juntos: negros, blancos, amarillos, cobrizos. Vuelvo a tocar a la puerta, esta vez más fuerte.

—¡Adelante! —Llega del interior la voz aguardentosa del poeta.

Empujo la endeble puerta de aluminio y entro a la sala donde están el living, el comedor y la cocinilla. Hace un calor endemoniado, huele a fritanga y humedad, y alrededor de un basurero atestado de papeles y desperdicios yacen latas de Coke y alimento para perros.

—¿Dónde estás? —pregunto.

—Acá. Pasa.

Atravieso la sala apartando con el diario de la mañana las moscas que vuelan en círculos.

—¿Dónde? —insisto sin atreverme a entrar a lo que es el dormitorio, una minúscula pieza en penumbras de la cual emana olor a encierro.

—Aquí —dice el poeta.

Y allí está. En el baño, con la puerta abierta de par en par. Ocupa el trono con los pantalones enrollados sobre los zapatos. Lleva camiseta sin mangas, gorrita de beisbolero y, en las manos, tiene un lápiz y un block. A sus pies, una botella de bourbon.

—¿Qué haces? —pregunto, incómodo.

—Reviso un poema —explica con naturalidad, regresando la vista al escrito.

Me resulta patético lo que veo. Prefiero volver a las moscas del living comedor.

—¿Ahí compones? —pregunto desde la distancia.

Me arrellano en un sofá destartalado. Una sábana amarillenta intenta disimular los resortes que asoman por la tela rota. De afuera llega el grito de los niños que celebran un gol y me hacen recordar al amante de Susan, que creo haber divisado en una cancha de fútbol.

—Compongo donde me baje la inspiración —aclara Stirlitz—. ¿No haces acaso lo mismo?

—En verdad, no. Yo compongo en cualquier lugar, menos en el baño.

—Malo, malo —rezonga el poeta, y lanza un pedo sonoro—. La gente suele leer libros en el baño, haciendo lo que estoy haciendo. ¿O dónde crees tú que la humanidad disfruta los versículos del *Cantar de los Cantares*, las tragedias de Sófocles, los versos de Kavafis o los novelones de García Márquez? ¿En la Biblioteca de Londres y los jardines de Versalles?

—Entiendo. Entiendo.

—Nada mejor que componer cagando, Clemente. Es cuando cuerpo y alma evacúan al unísono y en plena armonía. La poesía es una suerte de excrecencia, espiritual, desde luego… Espero que te sientas en casa y encuentres lo que deseas en el refrigerador. ¿Regresaste con tu mujer?

Abro el minibar, dado de baja en un motel de carretera, y veo que allí no hay nada que rescatar, a menos que me apetezca un guiso cubierto por una capa de moho que reposa en una cacerola. Cierro el aparato y vuelvo al sillón con manos pegajosas.

—El famoso León tiene otro nombre —dije.

—Eso sí es novedoso. Cuéntame.

Le expliqué.

—Te jodió el franchute o sueco ese. Te echó de casa, se folló a tu mujer y ahora te enredó con la policía. Un miserable. A ese cerdo yo lo estrangularía con mis propias manos.

Me sorprendió el sincero arranque de ira de Stirlitz, pero más aún que pronunciara las mismas palabras que yo dije con respecto al amante de mi mujer. Porque de eso no me cabía duda: eran palabras idénticas. Sentí de nuevo como si el poeta y yo hubiésemos aflorado de una misma idea o un mismo diseño, de la cabeza de un mismo dios, por decirlo de algún modo, de un dios que comenzaba a repetirse.

—Y no lo vas a creer, pero el policía viene de Estocolmo —agregué.

—No te creo. ¿Tan ineptos son los nuestros que hay que traer policías de allá? Eso es *out sourcing*. Claro, antes los interesados en ser policías en este país leían a Dashiell Hammett y Raymond Chandler; ahora se devoran a Larsson y Mankell, no hay que sorprenderse. ¿Cómo se llama el policía? ¿Inspector Johnsson, Jansson, Piersson?

—Oliverio Duncan —dije mientras se me clavaba un resorte del sillón en la diestra.

—Muy sueco, por cierto —suelta un gruñido—. El nombre me suena, en todo caso.

—Parece ser un refugiado latinoamericano del que ya hablamos. ¿O me equivoco?

—Al menos yo no lo recuerdo.

—Da lo mismo. Lo peor es que me quedé sin casa y sin mujer —continué.

—Para algunas mujeres, y discúlpame que te lo diga con tanta franqueza, una pinga enhiesta arrastra más que una yunta de bueyes, mi amigo. Pero, dime en qué andas.

No dejé escapar la oportunidad de entrar al tema sin rodeos:

—Me gustaría saber si en la vida real existe la Marietta que aparece en tu poemario *Dispensario de emergencia*. Lo estuve leyendo, ¿sabes? Me pareció bien logrado y la mujer, seductora.

Por respuesta me llegó el agua fluyendo del estanque del baño, luego unas gárgaras casi humanas.

—¿Te refieres a Marietta? —pregunta al rato la voz de Stirlitz.

—Exactamente.

—¿Por qué?

—¿Por qué, qué?

—Quiero saber por qué ella te dejó una espina atravesada en el alma.

—Porque me pareció tan realista la descripción de tu poema que sospecho que ella existe.

Escucho el inconfundible ruido que se hace al cortar el papel higiénico, seguido de un leve suspiro de incomodidad del poeta.

—Todas mis ninfas son reales —enfatizó—. Ya te lo dije. No miento. Cada una de las jóvenes que aparecen en mis poemas fue amante mía.

Vuelve a sonar el estanque de agua, seguido de las gárgaras de la cañería.

—¿Y es cierto que Marietta, me refiero a la real, murió? —pregunté con la cascada de agua como música de fondo.

—Así es. Murió.

—¿En Irak?

—En la segunda guerra de Irak.

—Es decir, existió.

—Aún existe —afirmó la voz de Stirlitz.

—¿No me acabas de decir que murió?

—¿Quién dijo que morir es dejar de existir? —ahora es un vozarrón estentóreo—. ¿No existen acaso Dante, Cervantes, Shelley, Austen o Hemingway? ¿No existe acaso Dios después de Nietzsche, y no sigue el propio Nietzsche habitando entre nosotros, incluso en este tráiler?

Resoplo incómodo. Stirlitz se vuelve teatral en el baño.

—¿Era alumna del *community college*? —pregunté para traerlo de vuelta a la Tierra.

—Tal como lo menciono en el poema.

—Pero ella no aparece en el archivo de ex alumnos del college. Busqué incluso en internet.

Ahora escucho el tintineo de una hebilla de cinturón y otro suspiro de Stirlitz, quien no tardó en aparecer en el umbral de la sala con el block en una mano y el lápiz atravesado en la boca. Tiene las trazas de haber bebido en exceso. Aproveché para insistir:

—Si murió en la guerra, debería aparecer en una lista de ex alumnos caídos en combate.

Stirlitz colocó sus implementos de trabajo sobre la mesa, soltó un eructo y se dejó caer en una silla, que crujió bajo su peso.

—Pensarás que estoy loco —masculla falto de aire—, pero creo que lo más indicado es que te confiese algo, estimado Clemente.

—Fui un agente —dijo Jan Stirlitz con toda seriedad, sentado a mi lado, con los ojos abiertos con desmesura y una mano posada sobre el pecho.

—¿Qué?

—Un agente soviético —reiteró bajando la voz—. KGB.

—¿KGB? ¿Tú?

—Como lo oyes.

—No me tomes el pelo, Jan. Seguro que has bebido más de la cuenta otra vez.

—No te voy a negar que bebí, pero debes creerme que fui un agente soviético —repitió y luego calló, sacudiendo la cabeza con la boca abierta como si la confesión lo hubiese incapacitado para articular más palabras.

Era lo único que me faltaba escuchar en estos días de mierda. Que el poeta local, *think locally, support your local poet*, hubiese perdido la chaveta y en lugar de asumir su condición de desconocido, pero talentoso bardo del Medio Oeste y responderme si Marietta, la mujer que estreché entre mis brazos, existía o no, optara ahora, debido al influjo etílico, por declararse espía de una potencia que para más remate desapareció hace dos decenios.

Me puse de pie y comencé a pasearme por la salita, tropezando con muebles, fundas, una media y la basura regada por el piso.

—No te vayas —suplicó el poeta—. Puedo serte útil.

—¿Tú crees? ¿Después de tu confesión?

—En serio, puedo serte útil —agregó, extenuado—. Estuve en el Berlín de la Alemania nazi, infiltré a la Gestapo, participé en la toma del Reichstag, y ayudé en el aplastamiento de la rebelión obrera de Berlín Este, en 1953; de la contrarrevolución húngara, en 1956; de la checoslovaca, en 1968, y operé en la base de Lourdes en Cuba, y en el Chile de Allende. Un país asqueroso, por cierto, el de tus padres.

—¿Cómo?

—Lo habita gente envidiosa, turbia, floja y ladrona. No existe otro donde haya tanto ladrón. Además, comen, bailan y visten mal, no se reconocen racialmente como lo que son y odian el éxito ajeno. Es uno de los pocos países sin arreglo, y te lo dice quien conoció la Unión Soviética.

—Y también estuviste en el desplome del Muro de Berlín y las Torres Gemelas, y mañana irás a Georgia a desenterrar a Stalin —agregué harto del aire enrarecido del carromato y esas historias demenciales que terminarían por enloquecerme.

Me tomé un Diazepam que llevaba en el bolsillo del pantalón. Así, a la brava, sin agua siquiera. Esperé a que mis nervios se calmaran.

—No te burles —me advirtió el poeta—. Como fui agente, tengo contactos. Puedo sacarte de apuros.

—¿Y qué haces aquí, entonces, en esta pocilga de mierda, entre inmigrantes tirados con honda, solo y abandonado, comiendo de latas Campbell? ¿Por qué no estás en la Plaza Roja, condecorado, disfrutando caviar con Putin o desfilando ante los retazos de la momia de Lenin?

—No sé ni cómo llegué aquí —admitió en voz baja, encogiéndose de hombros—. Pero lo cierto es que allá tuve un buen pasar.

—Con que esas tenemos. Ahora resulta que se te borró la mejor parte de la película.

—Llegué a Estados Unidos desvinculado del trabajo de inteligencia, mi amigo. Llegué dedicado a la poesía, que es mi auténtica pasión.

—No sé cómo un poeta puede terminar siendo espía.

—Yo quería conocer el alma humana para escribir mejores poemas, y un espía se dedica precisamente a manipular las almas. Como tantos extranjeros, me dejé reclutar en la Universidad Patricio Lumumba, de Moscú. Yo era estudiante. He visto mucho en estos ochenta años de vida, lo suficiente como para pasarme escribiendo el resto de mis días.

—Que no recuerdes cómo llegaste a Estados Unidos me suena a Robert Ludlum, que escribió una novela sobre la amnesia de un agente, que devino una popular serie de películas de espionaje. Nunca ningún otro escritor ha logrado tanto con tan poco. Es como tu caso, Jan, pero al revés: el tipo es de la CIA, lucha por recuperar su identidad y, bueno, como en toda película de Hollywood, pasa pellejerías, descubre quién es y disfruta sucesivos *happy ends*.

—Lo mío es más o menos como eso, pero en una versión en blanco y negro, y con mujeres estupendas de por medio, eso sí.

—Ya lo creo, porque aquí —extendí los brazos—, con excepción de las botellas vacías de bourbon y cerveza, no hay nada estupendo.

Volví a sentarme junto a Stirlitz, que ahora gimotea con la nuca apoyada en el respaldo del sofá, vueltos los ojos al cielo del tráiler manchado por la inmundicia de las moscas. Todo resulta increíble. Es indudable que el poeta está de patio y debe ir urgente al geriatra.

Para tener la historia conspirativa que afirma tener, terminó bastante mal, el pobre. Si bien el KGB se ha jodido, tampoco es para tanto. Miren a Putin y sus *boys*, que ya no son solo funcionarios gubernamentales, sino también multimillonarios.

Procuré conservar la calma, porque en Estados Unidos nunca hay que dejar de sonreír. Nada peor que un *angry man*. Como presidente, se puede invadir cualquier país y matar a miles, pero por ningún motivo se debe pasar a la historia como un *angry man*.

Para ser franco, esto es lo último que me faltaba en esta seguidilla de quebrantos iniciada con mi regreso a casa desde Nueva Orleans: atender a un loco que se considera héroe soviético. Menos mal que este país odia ahora a los musulmanes, porque en la

Guerra Fría lo hubiesen colgado en la plaza pública de Wartburg City por la confesión que acaba de mandarse.

—Escúchame bien, Jan: no importa lo que hayas sido —traté de serenarlo—. En Estados Unidos no importa tu pasado, solo lo que aspiras a ser. Por eso vivimos aquí, lejos de esos países donde tu pasado y prosapia, si es que gozas de ella, son lo que cuenta y manda. Así que olvídalo. Olvida que fuiste agente soviético, seguramente condecorado, y concéntrate en tu presente, que no se ve muy espléndido desde este carromato, pero dime al menos: ¿existe o no Marietta?

Ya no escuchaba. Roncaba como aserradero con la boca abierta. Se quedó dormido con la cabeza en el respaldo, de cara al cielo. En cualquier momento podía tragarse una mosca o desplomarse. Aproveché de inspeccionar el carromato temiendo contraer alguna infección.

En el dormitorio, donde apenas cabía su camastro de medio cuerpo, hallé una sábana sucia y un cobertor con quemaduras de cigarrillo, y bajo la almohada unas revistas *Penthouse* amarillentas. Debajo de la cama había latas de cerveza vacías y hojas con poemas, auténticos manuscritos, de cierto valor, supongo, diseminados entre el polvo y unas botas malolientes. Recogí las hojas y las puse sobre la mesa del living. Tal vez Stirlitz pudiera presentarlas a la revista del community college para su publicación.

En el armario encontré camisas sin planchar, dos jeans enrollados y una parca verde, y caí en la cuenta de que Stirlitz no usa calzoncillos. Hallé, en cambio, el calzón negro, más bien, las tiras con un triángulo que me mostró hace unas semanas y que atribuyó a una amante. Lo olí a la rápida y me resultó tan nauseabundo como el resto de las prendas.

Y en el velador, entre unas estampas de santos con leyendas en cirílico, hallé una medalla con la cruz gamada y otra que decía

«Schild und Schwert der Partei», y una pequeña argolla dorada como la que Marietta llevaba en su ombligo en el poema de Stirlitz y en mi propio encuentro con ella.

Salí de la vivienda cuando se hacía de noche, y caminé entre los carromatos con la argolla en el bolsillo.

28

Unos golpes a la puerta me despertaron. Eran las once de la mañana. No había logrado conciliar el sueño, preocupado por la confesión de Stirlitz de que ha sido agente soviético. Su revelación refleja su fantasía, y al mismo tiempo sugiere que la senilidad le está esquilmando el cerebro.

Me asomé entre las cortinas de la ventana y vi el jeep de Samanta estacionado en la calle. Al menos no se trataba de Oliverio Duncan. Me vestí a la rápida y abrí.

—¿Aún en cama? —rezongó ella y entró sin pedir permiso.

Venía con la melena recogida en una cola de caballo que se agitaba frondosa. Vestía jeans y una camiseta holgada con un impreso de la Torre Eiffel, prenda que debía pertenecer al amante. La seguí al living.

—¿Alguna novedad de León? —le pregunté.

—Por eso vengo —respondió y se sentó en un sofá.

A juzgar por su aspecto, la novedad no podía ser buena. Habló de corrido:

—León está desaparecido desde hace más de una semana. No sé qué le dijiste ni cómo lo amenazaste, ni siquiera si llegaste a hacerle algo, pero intuyo que su desaparición está relacionada contigo. De eso no me cabe duda y quiero que lo sepas.

Traté de calmarla, recordándole que solo he conversado dos o tres veces con él, que yo no soy dado a proferir amenazas ni menos a recurrir a la violencia, y que León, aunque demasiado joven para ella, parece un tipo que no se deja intimidar por nadie.

—Puedes decir lo que quieras —agregó Samanta recorriendo el saloncito con la vista—, pero en un momento afirmaste que lo querías matar con tus propias manos. Y eso no se me va a olvidar, y lo sabe el inspector Duncan.

—Imaginé que se lo dirías —repliqué conciliador en un intento por apaciguar su mirada de chispazos iracundos—. Él mismo me lo contó. Pero eso de que la desaparición de León puede estar vinculada conmigo, no te lo crees ni tú.

—Pues sí lo creo.

—Sería mejor que me creyeras a mí. Nunca he sido violento, y tienes suficientes pruebas de eso a lo largo de nuestra vida en pareja.

—De ti espero cualquier cosa. Ya ni sé qué tipo de hombre eres.

—¿Cómo que no? —Su afirmación me hirió, pues venía precisamente de la mujer a la que amaba, a la que seguía amando, pese a todo.

—En un momento dejaste de ser el hombre que conocí —afirmó con los ojos húmedos y la barbilla temblorosa—. Pero no te equivoques: mi nerviosismo no se debe a que sienta algo por ti, sino a lo que sufrí por tu culpa, a los años de soledad que me deparaste.

—¿Hay algo que pueda hacer a estas alturas para reparar ese daño? —respondí con algo de esperanza. Sentí que Samanta me brindaba un intersticio para regresar. La separación no podía serle indiferente.

—Es demasiado tarde. Al final ya ni me encontrabas deseable.

—Pero si eres una mujer bella, sexy, maravillosa, pese a tus años.

—Guárdate mejor esos piropos, que ya es tarde. Yo era una base a la que volvías solo a recuperar energía para tu siguiente gira de conciertos y aventuras.

—Pero, por favor.

—Dime mejor dónde está León.

Volvemos al punto de partida. No debía forjarme ilusiones. Sus reproches indicaban que ella había clausurado definitivamente nuestra etapa como pareja.

—No tengo idea donde está León —insistí—. Y nunca lo amenacé de forma alguna. Simplemente me marché de casa con lo poco que pude. Si no hubiese sido por el dueño de esta vivienda, estaría hoy viviendo bajo un puente.

—Alguien le tendió una trampa —alegó mi ex mujer, ahora llorando, y yo no supe qué hacer—. Alguien lo citó a un sitio porque salió de casa convencido de que volvería pronto. No se llevó nada que sugiriera que planeaba marcharse. Dime, tú lo citaste.

Sacudí la cabeza con la vista baja. Entre las acusaciones de Samanta, las conclusiones de Duncan y las afirmaciones de Stirlitz, corría el peligro de volverme loco.

—Eso no me convierte en sospechoso —reclamé—. Tal vez León se arrepintió y se marchó. Sé que es difícil aceptarlo, pero cosas así ocurren a diario.

—No pudo haber sido así. Estábamos muy bien —exclamó poniéndose en pie, caminando por la salita de brazos cruzados.

—¿Cómo *muy bien*?

—Ya sabes. Él tenía todo lo que quería conmigo.

—Claro: techo, comida y mujer.

—Tu cinismo me asquea.

—¿Ah, sí? ¿Y quieres acaso que me conmueva y derrame lágrimas porque el jovencito que te echaste se hartó de ti y te abandonó por otra, seguramente más joven y con más lana?

Siento un sorpresivo chasquido en la mejilla. Tardé en darme cuenta de lo ocurrido. Samanta acaba de propinarme una bofetada. No la vi venir. Me llevé la mano a la mejilla que me ardía, mientras Samanta se alejaba.

—Como prefieras —dijo en voz alta desde la puerta—, pero quiero advertirte una cosa: todos los que examinan esta situación piensan, pensamos, que la desaparición de León tiene que ver contigo. No te equivoques: si eres culpable, te perseguiré hasta el último día de mi vida y hasta el último rincón del planeta, porque tú no tienes derecho a arruinar mi felicidad.

Antes de que pudiera responderle, dejó el *atomic ranch* con un portazo furibundo.

29

Bar The Cave. Esa noche un cuarteto tocaba rock de los sesenta. Nogueira vestía como siempre, traje oscuro, sombrero de ala
ancha y gafas de marco redondo, y bebía una cerveza en actitud
contemplativa. Estábamos en la barra del local, atestado hasta la
puerta por un público que deseaba oír música en vivo.

—¿Cómo se llama el detective que lo visitó? —me preguntó
cuando tomaba mi segunda Guinness, y la banda de suéter cuello
de tortuga cantaba «Apártate, Beethoven».

—Duncan, Oliverio Duncan —dije recordando al hombre de
mirada dura que llegó al refugio a preguntar sobre el desaparecido
amante de mi mujer. Creo habérselo dicho ya antes.

El portugués adquirió un aire fúnebre y anunció que lo que
planeaba revelarme constituía solo una especulación inicial, y que
—como toda especulación— era en cierto modo irresponsable y
se alimentaba de la intuición.

—¿Su intuición?

—Así es. —Nogueira escudriñó la penumbra.

—¿De qué se trata?

—A ratos siento, ¿cómo decirlo?, que Duncan no es real.

—No entiendo.

—Me parece que ese señor no es real. Así de simple —afirmó y se premió con un sorbo de Guinness.

Sus palabras me sorprendieron. Hasta ahora había supuesto que hablaba con alguien sensato.

—¿De dónde saca que Duncan no es real? —pregunté.

—Es solo una tincada.

—Pero yo lo vi —reclamé elevando la voz. Lo vi como a Marietta, iba a decir, pero no lo dije—. No solo lo vi, incluso discutí con él, tuve que ocultarme y hasta escapar de él.

—Pues me temo que se trata de una persona inexistente.

—¿Inexistente?

—Bueno, de ficción, para ser más preciso.

—¿De ficción? Inexistente o de ficción, señor Nogueira, para el caso da lo mismo. Se lo diré con franqueza: lo que usted dice me está pareciendo estúpido.

—Se lo advertí, es especulación —insistió sin dejar de mirarme—. Ese detective se parece demasiado al personaje de una novela que compré en un aeropuerto.

—¿Ah, sí? —Puede que Nogueira sea otro chiflado.

—Sí, Duncan se parece mucho al personaje de una novela —insistió mientras sus ojillos se movían de un lado a otro sopesando mi perplejidad.

—Eso quiere decir que estoy loco.

—Nada de eso. —Nogueira acarició el borde del vaso con parsimonia.

—¿Ah, no? ¿Alguien me está gastando una broma?

—No creo.

—¿Y entonces?

Se limitó a mostrarme un libro de cubierta anaranjada en la que aparecía la espalda de una mujer a la cual unas manos masculinas despojaban del ajustador.

—¿Lo ha leído? —preguntó.

Parecía la portada de una novela erótica. *Los amantes de Estocolmo*. Los melenudos seguían tocando. Ahora su vocalista cantaba «Yesterday», y su voz resonaba como la de Paul McCartney.

—Primera vez que veo ese libro —dije yo.

Nogueira continuó:

—Lo publicó hace años un novelista de Valparaíso, un remoto puerto sudamericano.

—De esa ciudad provienen mis padres, y yo nací allí.

—Más interesante aún —agregó Nogueira soltando una risa cascada—. Escuche: en la novela aparece un investigador latinoamericano que, huyendo de una dictadura, se asila en Estocolmo y se naturaliza sueco. —Me miró atusándose el bigote—. ¿Qué le parece?

—Es como el detective que me visitó.

Nogueira asiente con la cabeza, sin dejar de mirarme.

—Al menos coinciden los nombres —precisó.

—¿El de la novela también se llama Oliverio Duncan?

—Así es.

—Un momento. ¿Entonces Duncan, el policía que me visitó, es tan conocido que tiene novelas que narran sus peripecias?

Nogueira hizo una pausa y escogió las palabras con irritante lentitud:

—Ignoro si es o no famoso, pero lo cierto es que Oliverio Duncan, es decir, el detective que usted conoció, se parece al personaje de esta novela, formado solo por palabras impresas.

No supe si reírme o llorar. No podía creer lo que escuchaba. De seguir así, me iba a decir que real era solo mi mujer, la misma que me echó de casa porque se enamoró de un tipo que se esfumó, y de cuya desaparición me culpaba un detective de papel.

El cuarteto musical abandonó el escenario entre aplausos, y comenzó a resonar un saxo, que tocaba un negro viejo, de rostro dulce y redondo, que, a juzgar por la maestría con que interpretaba «Rosita», era la reencarnación de Coleman Hawkins.

—Solamente un loco cree que conversa con una figura de papel —comenté angustiado.

—No necesariamente —respondió Nogueira, campante—. Pero sería bueno tener en cuenta esa doble dimensión de Duncan. Le conviene que lo enfrente y resuelva…

—… con un siquiatra.

—No se autoinculpe. —Se despojó de las gafas y las limpió con un pañuelo, y luego me dirigió sus ojos engurruñados—. A usted lo conozco poco, pero parece una persona razonable.

—En eso coincido con usted.

—Me alegra.

—Por eso prefiero atenerme a las circunstancias: Oliverio Duncan se llama el policía que fue a interrogarme en relación con la desaparición de Dupuis, que ahora resulta que se llama Andreas Johansson y es sueco. Esos son los hechos, pero para usted lo relevante es el alcance de nombre entre ese policía y el personaje de una novela.

—Cuando Duncan llegó a su casa, ¿le enseñó su licencia de detective?

—Me presentó un documento con trazas de ser oficial. Hoy por hoy, usted sabe, todo puede falsificarse.

—¿Y vio su nombre?

—Duncan. Oliverio Duncan. No tengo duda. ¿Algún problema?

—No. —Se limpió los labios con una servilleta de papel, pensativo.

—En el fondo, es una casualidad, que solo adquiere importancia para alguien leído como usted.

—Desde luego.

—Tal como usted ha dicho —continué—, los escritores roban de la realidad. El personaje de ficción del cual usted habla puede estar basado en el policía que fue a verme.

—¿Y en ese caso le da lo mismo?

Me acaricié la barba convencido de que daba lo mismo lo que yo pensara. Daba lo mismo si Duncan había inspirado o no algunas novelas. Lo indubitable es que me involucró en la desaparición de nada menos que el amante de mi mujer, algo muy delicado. Dije con cierta inquina:

—Sea de palabras, como dice usted, o de carne y hueso, como me consta a mí, el policía ese me tiene agarrado por los huevos.

El doble de Hawkins seguía deleitando a los parroquianos de The Cave, y Nogueira posó una mano sobre mi muñeca para recomendarme algo:

—Lo mejor es que lea la novela. Llévesela y cuando la haya terminado me cuenta si el detective que habló con usted es o no el del libro. Solo usted puede saberlo.

30

Comenzaba a leer la novela que me recomendó Nogueira (*Niebla* reposaba postergada en el velador), cuando escuché golpes insistentes a la puerta del *atomic ranch*.

Abrí temiendo que fuera Oliverio Duncan o mi mujer, pero encontré a un colorín en camisa hawaiana y bermudas, mal afeitado y despeinado, con un diario en la mano.

—¿Clemente? *Are you Clemente Fo?* —preguntó, airado.

—¿De qué se trata?

—*Are you Clemente?* —insistió, elevando la voz.

—*Yes, sir, it is me. How can I help you?*

El colorín me agarró por el cuello de la camisa y me zarandeó. Su rostro congestionado y sus ojos inyectados en sangre revelaban que estaba fuera de sí. Ahora podía ocurrir cualquier cosa.

—Te lo advierto por única vez —gritó en inglés agitando el diario—. ¡Deja de acosar a mi sobrino!

—Disculpe, pero usted me confunde —alegué en cuanto pude zafarme de la garra del energúmeno—. No sé de quién habla.

—Si vuelves a acercarte con tus miserables amigos pedófilos a la escuela de mi sobrino o a su casa, o lo acosas, te iniciaré un juicio que te pudrirá en la cárcel, pero antes aplanaré tu inmunda nariz con mis puños —gritó el hombre.

Era fuerte y me zamarreó como si yo fuese una coctelera. En medio del batuqueo y la sorpresa, vi en la calle un viejo Cadillac con las ventanillas abiertas. Desde el asiento del copiloto nos observaba una mujer corpulenta de anteojos con grandes flores amarillas en la armadura, tocada con una Pamela blanca recargada de flores.

—No sé de quién habla, déjeme en paz —supliqué.

—Pues, si no lo sabes, aquí te dejo el periódico de hoy, *son of a bitch* —afirmó y me propinó un empujón que dio con mi humanidad por el piso—. Ahora estás informado y advertido.

Tras decir esto, me abofeteó varias veces con el diario hasta que mis espejuelos cayeron al suelo. Luego retornó al vehículo que lo esperaba con el motor andando.

En ese momento me di cuenta de que en el asiento trasero iban dos jóvenes premunidos de unos bates de béisbol que asomaban por la ventanilla. Uno de ellos podía ser el ex amante de Susan. Eso indicaba que no jugaba al soccer, sino al fútbol americano, concluí como si la distinción fuese importante.

Recogí las gafas, que estaban milagrosamente intactas, me las calcé y me puse de pie. Temblaba de disgusto e impotencia, y me ardía el rostro. La ciudad, antaño un oasis de calma y seguridad, se había tornado peligrosa. Pensé en llamar a la policía para denunciar la agresión de la que fui víctima, pero no quería más embrollo con la autoridad.

Recogí el periódico que el mafioso había arrojado al suelo antes de irse.

En la portada estaba Susan van Eyck. El titular anunciaba que la habían condenado a siete años de prisión por abusar sexualmente de un alumno suyo.

31

El timbre del celular interrumpió mi reposo en el *atomic ranch*.

Era Jan Stirlitz.

—Necesito que vengas a verme cuanto antes.

Resollaba como si estuviese corriendo una maratón.

—¿Qué te pasa?

—Necesito la mano de un amigo o me suicido. Estoy profundamente deprimido.

Un Yellow Cab no tardó en dejarme en el campo de tráileres. Hoy por ti, mañana por mí, pensé.

La puerta del carromato estaba abierta, el poeta fondeado en la penumbra del dormitorio.

—Aquí estoy, Jan. ¿Qué ocurre?

—Creo que mi vida no tiene sentido —sollozaba desde su camastro.

—Pero ¿qué pasa? ¿Te dejó alguna mujer?

Preferí esperar en el living en silencio mientras se vestía. Emergió en pantalones y sin camisa en el umbral: cinturón abierto, el tronco pálido y esmirriado, los brazos flácidos.

—Soy el gran derrotado del siglo —afirmó con pasmosa seriedad, apoyado en el marco de la puerta, el brazo en alto, la frente pegada al antebrazo, lo sobacos poblados de pelos claros.

Es lo único que me faltaba, que Stirlitz enloqueciera. Desde hace semanas mi vida era una creciente lista de desdichas y quebrantos.

—Necesito que me lleves donde la policía —dijo el poeta.

—¿A la policía? ¿Para qué?

—Debo ir a confesar.

—¿Qué cosa?

—Que fui agente soviético.

Encendí la hornilla de la cocina y calenté agua. Confié en que en alguna parte hubiera té de manzanilla para calmar sus nervios. Stirlitz deliraba. Deliraba como Nogueira, que me había prestado una novela para que conociera mejor a un personaje literario que se llamaba Oliverio Duncan y habitaba supuestamente tanto en la ficción como en la realidad.

—Necesito ir a la policía a confesarme —insistió el poeta—. Olvídate del té. En el centro nos tomamos algo. Necesito desahogarme, amigo. Vamos.

Tardamos quince minutos en llegar en taxi a Market Street.

El asistente del jefe de la policía nos esperaba en la puerta del cuartel. Era un tipo joven, amable, musculoso, de corte de pelo escobillón, que destilaba el optimismo propio de los gringos del Medio Oeste. Acostumbrado tal vez a espectáculos poco edificantes, no se mostró sorprendido ante nuestro aspecto atrabiliario.

El poeta devenido espía iba despeinado y sin afeitar, el jeans roto en una rodilla, la camisa arrugada y mal abotonada, y despedía un aliento etílico de largo alcance. Yo, ni se diga, porque desde que Samanta me expulsó de casa no me había reencontrado con mi ajuar. En fin, el oficial nos condujo a una sala donde había una mesa, cuatro sillas y afiches de fugitivos, que causaban espanto de solo verlos.

—¿En qué puedo ayudar? —nos preguntó.

Como el poeta titubeaba, tomé la palabra:

—El señor Stirlitz, poeta y residente en el parque de tráileres Buena Vista de esta ciudad, desea hacer una confesión, señor oficial.

—¿De qué tipo? —El policía se arrellanó en una silla, intrigado. Una profunda arruga horizontal cruzó su frente.

Stirlitz seguía mudo. No me quedó más que continuar:

—El señor, que fue ciudadano de la Unión Soviética y vivió allí hasta 1979, desea confesar que fue agente del KGB desde la defensa de Stalingrado, en la Segunda Guerra Mundial, hasta los años setenta. ¿Verdad, Jan?

—Es efectivo lo que mi amigo declara, señor oficial —dijo Stirlitz por fin, abotonándose la parte superior de la camisa en un vano afán por verse mejor.

El policía enlazó las manos, serio, pero sin poder disimular una sombra de malicia en su mirada, y dijo:

—A ver, a ver, lo que usted desea confesar, señor Steel.

—Stirlitz.

—Disculpe, señor Stieglitz, a ver si entiendo bien: lo que usted desea confesar es una acción política suya que tuvo lugar hace más de cuarenta años.

—Exactamente —repuso ya sin ánimo de corregir nada.

—Bien. ¿Y se refiere a qué, en específico?

—A que fui agente secreto del KGB.

—Bien, bien.

—Condecorado, aunque extravié muchas medallas —agregó el poeta, desparramándose aún más la cabellera con una mano.

—Perfecto. ¿Y sigue, digamos, activo?

—No, no. Ahora solo me dedico a impartir clases de creación poética en el college local y a escribir poemas, a menudo sonetos o versos libres.

—¿Dónde escribe sus poemas?

—En mi residencia junto al río, un tráiler limpio y bien cuidado.

—Interesante. Entonces, si usted no tiene nada en contra —continuó el policía tras apuntar el nombre y la dirección de Stirlitz—, le voy a solicitar que vuelva a su vivienda, y haga una declaración concisa y detallada sobre el tema, y me la traiga.

—Eso me parece bien —dijo Stirlitz—. Soy poeta, así que no tendré problema de estilo ni concisión. ¿Y cuándo vence el plazo, oficial?

—Pues, no se preocupe por el plazo, señor Schmitz, usted lo determina. No deje pasar mucho tiempo, eso sí —respondió el policía, y se puso de pie e hizo un gesto para que lo siguiéramos hacia la salida.

Ya en la puerta (la calle relumbraba tibia con sus árboles de copa frondosa, que invitan a caminar), estreché la mano del oficial y me atreví a preguntarle:

—¿Conoce usted a Oliverio Duncan, un inspector de la policía sueca?

—¿Aparece en la trilogía Millenium, de Stieg Larsson?

—Es un policía de carne y hueso, como usted —respondí.

—No conozco a nadie con ese nombre. Y eso que nací y estudié aquí.

—Pues, le cuento que su colega sueco anda en Wartburg City investigando la desaparición de Dupuis.

—¿Durrell? ¿Lawrence Durrell?

—No, León Dupuis. Es uno de sus alias, porque en verdad se llama Andreas Johansson.

—¿Johnson como nuestra calle? —repitió el oficial, y estuve por convencerme de que necesitaba audífonos con suma urgencia.

—Johansson, oficial.

—¿Y quién es él? —preguntó mientras Stirlitz se agachaba en la vereda a recoger una colilla de cigarrillo.

—Dupuis es el amante de mi mujer —expliqué yo.

—¿Cómo?

—Tal como lo escucha.

—Ahá —exclamó el policía, desconcertado—. ¿Y es el amante de su mujer, quien está desaparecido?

—El amante de mi ex mujer.

—De acuerdo. Pero ¿es él quien está desaparecido?

—Sí. Desde hace semanas, según el policía sueco, que es de origen chileno.

—*Good for you, sir* —exclamó el policía con una sonrisa, aliviado, creo yo, de que nos marcháramos. Se sobó las manos, y dijo—: *Okey, guys, have both of you a nice day.*

Luego desapareció en el interior del edificio.

32

La noche en que me acosté temprano para continuar leyendo la novela del escritor de Valparaíso, Nogueira pasó a buscarme al refugio en un Le Baron antiguo, negro como su vestimenta y con vidrios polarizados. Desde el antejardín indicó hacia la otra orilla y preguntó:

—Esa era su antigua casa, ¿no?

—Exacto, la de dos pisos y balcón —aclaré sin voltearme a mirarla, y me pregunté cómo el padre del muchacho que perjudicó a Susan fue capaz de amenazarme a mí y, tal vez también a Aschenberg, a quien conocí una tarde de fútbol frente a la escuela.

—¿Terminó ya de leer el libro?

—Aún no. Lamentablemente las desgracias no me dan tregua —me excusé.

Inclinó decepcionado la cabeza. En verdad, el libro se dejaba leer con facilidad, pero mis problemas eran acuciantes y me resultaba imposible refugiarme en la ficción literaria en lugar de enfrentarlos.

Nogueira condujo a lo largo del río hasta llegar a la plaza de la biblioteca del college, una caja de zapatos de cinco pisos con puerta giratoria. Encontró estacionamiento bajo un árbol donde parpadeaban las luciérnagas, y me invitó a subir a la sección de novelas latinoamericanas.

El ascensor nos llevó al cuarto piso, cruzamos entre anaqueles con textos empastados y nos sentamos frente a un ventanal. Afuera, el río fluía macizo.

—¿Llegó al menos al capítulo en que aparece Duncan? —preguntó Nogueira con un tufillo a reproche.

—Acabo de llegar a él —mentí.

—¿Es ese el Oliverio Duncan que usted conoció?

¿Qué importancia podía tener esa coincidencia? ¿Qué importancia podía tener para una persona de carne y hueso hallar un doble hecho de palabras impresas? Y si tenían la misma cabellera y barba blanca, las mismas cejas negras, la misma mirada intensa, el mismo tono de voz y el mismo estilo conspirador, ¿qué? Solo un literato podía creer que esa coincidencia era relevante.

—Se parecen harto —comenté—. Pero eso no quiere decir mucho.

—Depende —masculló Nogueira con aire zorruno.

—¿De qué depende?

—Me extraña que me lo pregunte. Usted no tiene más alternativa que continuar adelante, porque Duncan va a seguir estrechando el círculo en torno suyo.

—No entiendo.

—Más fácil echarle agua: si Dupuis sigue sin aparecer, el principal sospechoso será usted.

—¿De qué?

—¿Cómo de qué? ¿No se da cuenta? Está viviendo al filo de la navaja por haber dicho lo que dijo sobre el franchute. Creo que debe terminar de leer la novela en que aparece el detective.

—Dije lo que dije a mi mujer, porque era lo que sentía —respondí repantigándome en el sillón—. En rigor, lo habría estrangulado por haberme robado a Samanta. Pero eso ya pasó.

—Hay cosas que no se dicen ni en broma —afirmó Nogueira.

—Estaba ofuscado. Tuve un mal día. Jamás habría consumado algo así. Ahora me da lo mismo. Me estoy resignando a mi suerte, a mi mala suerte, en realidad.

—Así veo.

—Pero mi ofuscación inicial contra Dupuis ya pasó.

Nogueira se cruzó de piernas y dijo:

—Usted se convirtió en Agamenón.

—¿En quién?

—¿No conoce *La Ilíada*? ¿No ha escuchado del rapto de Helena por París? ¿La guerra de Troya?

—Claro que sí. ¿Quién no conoce la historia del caballo?

—Pues, el franco-sueco se convirtió en su Paris.

—Con la diferencia de que, a mí, Helena y Paris me expulsaron de Troya.

—Interesante —concluyó Nogueira, como si captase de golpe las circunstancias que yo enfrentaba—. Lo que dice suena como un verso de Kavafis, pero no sirve para convencer a Duncan ni a un jurado.

Me vi en la cárcel, cerca del calabozo de Susan, mirando por entre los barrotes hacia la calle.

—No puede ser que a uno lo condenen por simple sospecha —alegué poniéndome de pie, tomando un libro cualquiera del estante—. Vivimos en un estado de derecho.

—Trate de convencer de eso a Duncan —dijo con sarcasmo el portugués.

—Lo intentaré —sacudí el polvo del empaste.

Se trataba de *The True Story of Christopher Emmanuel Balestrero*, escrito por Maxwell Anderson, otro personaje sueco o, al menos, de origen sueco, pensé.

—Va a requerir mucha suerte. Duncan es un policía de convicciones fijas —dijo Nogueira.

Tiene razón. El Duncan que me visitó parecía inmutable y dueño de una lógica avasalladora.

—¿Qué hago entonces? —pregunté, y el libro se me cayó de las manos y rasgó el sosiego de la biblioteca.

—Queda, a mi juicio, solo una alternativa.

—¿Cuál?

—Que usted hable con el autor de sus días —dijo Nogueira.

—¿De los días de quién?

—De Oliverio Duncan.

Sacudo angustiado la cabeza. Nogueira estaba desequilibrado como Stirlitz, que me llevó a hacer el papelón de mi vida ante la policía; desequilibrado como la cruel Samanta, que se agenció un amante ahora desaparecido; desequilibrado como la irresponsable de Susan, que se jodió a sí misma por el amorío con un menor; desequilibrado como la etérea Marietta, que existe pero no vive, según el poeta lituano devenido espía soviético.

—¿Me está tomando el pelo? —pregunté.

—En absoluto.

—¿Entonces?

—Ya le dije: vaya a ver al autor de la novela.

El portugués delira porque está viejo. Además, el autor de la novela que me prestó vive en Valparaíso, en el extremo sur del mundo, y yo no tengo dinero para viajar.

¿Qué le diría al presentarme? ¿Que el protagonista de una de sus novelas guardaba un notable parecido con un policía que en Estados Unidos me amargaba la existencia con un caso que involucraba al amante desaparecido de mi mujer? Pensaría que estoy loco, y con toda razón. La sola idea de imaginarme la escena ante el novelista estupefacto, me ruborizaba.

—No, señor. No voy a ninguna parte —respondí, enfático—. Además, no existe ninguna conexión probada entre el mundo real y el mundo que narran las novelas.

—¿Está seguro? ¿Está seguro de que Marietta no tiene ninguna relación con la realidad? —preguntó Nogueira indicando hacia los estantes henchidos de libros—. Me temo que si usted no actúa tendrá que atenerse a unas circunstancias que solo pueden empeorar, mi estimado Clemente.

VALPARAÍSO

Segunda parte

33

Viajé a Valparaíso porque efectivamente el personaje de la novela era idéntico al Oliverio Duncan que me había visitado en Wartburg City. Nogueira no exageraba. La semejanza era pasmosa. De pronto, yo necesitaba —peor, me resultaba imprescindible— hablar con el escritor. Tal vez podría ayudarme. Nogueira, que terminó financiando mi pasaje, quizás estaba en lo correcto.

Era poco lo que recordaba de la ciudad, porque si bien había nacido allí, la dejé cuando niño, de la mano de mis padres, que huían del dictador. No obstante, durante el vuelo hacia el sur afloraron en mi mente antiguas imágenes indelebles: la topografía anárquica y despreocupada, las casas desparramadas en los cerros, la camanchaca reptando por los callejones, el aire melancólico de sus tardes de viento, el carácter retraído de su gente.

Arribé una fresca mañana de invierno en que amainaba la lluvia. La atmósfera se volvió traslúcida y las fachadas de las casas en los cerros brillaban como estalactitas. No tuve más alternativa que hospedarme en la residencial que me recomendó Jan Stirlitz: Los Poetas Inéditos, en el cerro Bellavista, una construcción de dos pisos y ladrillo a la vista, vecina a la casa-museo de Pablo Neruda.

Desde la residencial atravesé parte de la ciudad entre muros garabateados con grafitis y perros vagos que dormitaban en las esquinas; llegué al cerro San Juan de Dios, donde según Nogueira vivía el novelista que creó a Duncan, y toqué a la puerta. Era una casona de tres pisos con vista a la herradura de la bahía.

—¿Es usted el escritor? —pregunté cuando abrió.

—Así es —respondió, apesadumbrado—. ¿Qué desea?

Supe que era él por la solapa de su novela. Pero lucía más viejo y frágil que en la foto: esmirriado y algo encorvado, canas, entradas profundas, el rostro surcado por arrugas. Usaba anteojos. Le calculé más de setenta años. Me pareció un tipo desconfiado. Supuse que había abierto porque esperaba a alguien.

—Mucho gusto —dije con pachorra—. Vivo en Estados Unidos y me gustaría conversar con usted.

Si hubiera podido, habría cerrado la puerta. Lo inferí de su rostro ceñudo y la presión de su mano sobre la manilla, lista para cortar mi paso. Decenios atrás mis padres me habían dicho que los porteños te consideran enemigo mientras no demuestres lo contrario. Como oriundos de Valparaíso, sabían de qué hablaban.

—¿Qué busca? —preguntó—. Ya no imparto talleres de escritura, pues no creo en ellos. Algunos nacen con el don y el talento de escribir, otros no. No hay nada más que hacer. Lo demás es estafar a incautos. La literatura es un sendero solitario de autocrítica permanente, así que no se haga ilusiones conmigo.

Habló de modo enfático, por lo que parece haber repetido la cantinela hasta el cansancio.

—No vine por un taller —expliqué—, sino por un personaje suyo.

Rumeó pensativo, sin cambiar de postura. Era un viejo de ojos tristes y extenuados. Los dirigió al Pacífico, que lucía terso como un plato de mercurio, y luego los enfocó en mí de nuevo.

—¿Cómo me dijo que se llama?

Le dije mi nombre y que venía de lejos. Me acordé de Nogueira con un sentimiento de frustración. Por culpa suya, pero también gracias a su generosidad, estaba ahora en esta calle del cerro San Juan de Dios. Él me había metido en esta historia, aunque yo había sido el estúpido que aceptó venir. Me dio sus millas para el vuelo y algo de dinero, y ahora lo imaginaba atento como un cuervo a la espera de mi fracaso. Sentí ganas de doblarle el pescuezo.

—Te puedo prestar algo para que investigues en esa ciudad que vive a medio morir saltando —señaló en The Club Car frente a unas Guinness—. Olvídate del pasaje. Tengo suficientes millas acumuladas para dar tres vueltas al mundo.

Pero Nogueira estaba lejos de ese Valparaíso que a su juicio guardaba semejanza con Lisboa, y constituía el sitio donde debía aclarar el origen de mis desdichas y quebrantos.

—Lo siento. No tengo tiempo para atender a nadie —dijo el escritor mirándome de arriba abajo—. ¿Es usted académico?

—Soy músico. Toco el saxofón… en la calle.

—Interesante, pero estoy reparando la terraza, que puede desplomarse en cualquier momento.

No me daba la impresión de estar en condiciones de poder reparar nada.

—Solo necesito unos minutos, señor.

—Lo mejor es que hable con mi editorial.

—Es breve.

—O con mi agente.

Una voz de mujer pronunció su nombre desde el interior de la vivienda, a lo que el novelista respondió con un cascado «ya voy, mi amor, ya voy». Se instaló entonces un silencio tenso entre nosotros, reforzado por el eco de grúas que subía del puerto.

—Ya ve, estoy ocupado —reiteró—. Hable, por favor, con mi agente. Su correo electrónico figura en los créditos de mis libros.

Pensé en Nogueira, que a esa hora paseaba tal vez por Wartburg City; y en Joe, que estaría leyendo en su librería junto a Smoke; y en Barry y su bar con las pantallas silentes; y en la pobre Susan, encerrada en la cárcel local; y en Marietta, que murió en Irak pero seguía vagando por este mundo. Pensé también en León Dupuis y, desde luego, en Samanta, que aguardaba el regreso de su amante.

—Necesito hablar con usted —insistí antes de que el novelista cerrara la puerta.

—Señor, no tengo tiempo. Si es urgente, ya sabe qué hacer.

—Solo usted puede responder a mis preguntas. Se trata de sus personajes y también de mí.

—¿De usted? —Me pareció que la curiosidad le ablandaba el corazón—. ¿Y qué tengo yo que ver con usted?

—Un amigo suyo me fue a visitar a Estados Unidos —alcancé a decir en el instante en que una mujer delgada, de rostro aguzado y cabellera negra, se asomaba a la puerta.

—¿Qué pasa, mi amor? —preguntó.

—El joven viene de Estados Unidos y necesita conversar conmigo —explicó el novelista.

—Vamos, entra, que el médico te prohibió dar entrevistas —ordenó la mujer lanzándome una mirada desdeñosa—. Vamos.

El novelista se encogió de hombros y fue como si los años le hubiesen caído encima de golpe: giró sobre los talones y se sumergió a paso lento en la sombra de la casa.

—¿Para qué lo quería? —me preguntó la mujer.

—Para consultarle por un conocido de su esposo, que me visitó en Estados Unidos.

—¿Quién es?

Cuando se lo dije, noté un rictus de incredulidad en su rostro.

—¿Seguro que es Oliverio Duncan? —preguntó.

—Así es.

—Déjeme algún teléfono donde ubicarlo. Lo llamaré de vuelta.

34

Escuchando en mi celular a Dire Straits, caminé a la hora del crepúsculo por la avenida Alemania, que ciñe la barriga de los cerros de Valparaíso. Iba pensando en lo desmejorado que se veía el novelista.

Me imaginé que le quedaba poco de vida; que eso explicaba la insolente manera de interrumpir la conversación de su esposa y que él regresara sumiso a su refugio.

Había sido mucho más joven cuando escribió la novela que yo estaba leyendo. Su edad actual no se manifestaba en su caminar encorvado, sino en la mirada sin brillo que anidaba detrás de sus espejuelos. Había algo en la lentitud con que respondía; en el modo pausado con que gesticulaba y la rigidez con que ladeaba la cabeza que me llevaba a concluir que estaba más viejo y enfermo de lo que había supuesto.

Tampoco me dejó indiferente —más bien me incomodó— la impertinencia de su mujer apartándolo de mi lado y despachándolo al interior de su casa. Pero justo es reconocer que había cambiado de actitud cuando le mencioné a Oliverio Duncan. Ese fue el instante clave. No se burló de mí cuando pronuncié el nombre del inspector. Por el contrario, reaccionó preocupada, mas no sorprendida; actuó más bien como quien constata resignado la ocurrencia de algo que durante largo tiempo temió que ocurriera.

A Nogueira le relaté por correo electrónico y de forma pormenorizada el encuentro con el novelista. Este recibió los mensajes a través de un empleado de la pensión, pues Nogueira vive de espaldas a las nuevas tecnologías, ya que a su juicio solo fomentan la incomunicación entre las personas.

Caminé de nuevo, esta vez con el mapa de la ciudad en la mano, por las calles desplegadas bajo mis pies. Desde la perspectiva de pájaro, Valparaíso parecía una mujer tendida desnuda junto al mar, mientras la sombra de las quebradas insinuaba sus redondeces.

Me detuve ante una cancha de fútbol de tierra, donde jugaban unos muchachos animados por amigos desde las graderías. Observé la contienda mientras Ben Webster entonaba «Yesterdays», y me venía a la memoria el partido de fútbol que presencié en Wartburg City junto a Aschenberg. ¿Qué habrá sido de él? Extraño personaje. Pero pronto volví a preguntarme qué pretendía Nogueira al convencerme de venir a ver al novelista.

Porque, en el fondo, la idea de Nogueira era absurda: deseaba que le reclamara al novelista porque uno de sus personajes, que se parecía a un ser de carne y hueso, o viceversa, se había entrometido en mi vida y me había involucrado en la desaparición de Dupuis. Según el portugués, eso era un chantaje funesto e inaceptable.

A fin de cuentas, estaba aquí para averiguar en qué medida el escritor podía ayudarme a apaciguar el tormento que me causaba la traición de Samanta; la diabólica presencia de Dupuis y la ominosa intrusión de Duncan, y también —¿por qué negarlo?— para respirar el aire marino, husmear en mis orígenes, recorrer las calles de mi infancia y la bahía de la cual mi padre había hablado hasta su muerte.

Así que partí al cerro donde transcurrió mi infancia en Playa Ancha, y recorrí con emoción la calle de mis padres. Ya nadie jugaba al fútbol afuera; solo había autos parqueados a ambos lados de la calle y un viento que barría los papeles. Mi antigua casa había terminado siendo una triste oficina administrativa de la universidad: le habían añadido un horrendo tercer piso de material ligero y la habían pintado de gris; el parrón era ahora un estacionamiento. Recordé una frase de una tumba romana milenaria: «No existía. He sido. Ya no existo. ¿Qué más da?».

Regresé tarde a la residencial situada cerca de la casa-museo de Neruda, el poeta comunista amigo de Salvador Allende, un presidente que pretendió construir en los años setenta del siglo pasado una república socialista, cuyo fracaso fue seguido por la dictadura que arrastró a mis padres a un exilio del cual nunca pudieron volver ni se recuperaron. Murieron lejos, rumiando nostalgias, desgracias y resentimientos, pero sin inculcarme sus odios de entonces, de lo contrario yo seguiría encadenado al pasado.

En mi cuarto, que olía a humedad, me paré junto a la ventana a contemplar el zarpe de las naves. Escuché en lontananza el tableteo de una máquina de escribir, y paulatinamente caí en el trance porteño del cual hablaba mi padre, ese estado hipnótico, soporífero y protector, una suerte de modorra y pasividad envolventes, a la que te arrastran el aire de los cerros, el ladrido de perros lejanos y el vaivén de las olas con sus cejas de espuma.

Tal vez era el momento de llamar a Jan Stirlitz.

35

—¿Viste de la que me salvé? —me preguntó el poeta en cuanto reconoció mi voz.

Allá, al Medio Oeste lo castigaba un calor húmedo y tropical; aquí, frente al Pacífico, en cambio, soplaba un viento frío y la nieve cubría los picos cordilleranos.

—¿A qué te refieres? —pregunté desde la residencial del cerro Bellavista, cerca del Cristo que extiende sus brazos hacia Valparaíso.

—¿No has leído los diarios?

—Estoy en Chile, si no te has dado cuenta.

—¿Qué haces en la tierra de tus ancestros?

—Ya te lo explicaré. Trato de recobrar mi estabilidad, por decirlo de algún modo.

—Da lo mismo. Me lo contarás cuando vuelvas. Yo, por otro lado, estoy solo en casa. —Me lo imaginé en su tráiler frente al río, sentado bajo el alero, donde en el crepúsculo de verano contempla el delicado vuelo de las luciérnagas—. Estoy sin mujer que me acompañe. Por primera vez solo e inmensamente feliz. Si estuvieses aquí, te habrías enterado de que condenaron a un maestro por ligar con un alumno.

—Fue una maestra.

—Exacto. Le arruinaron la vida —lamentó Stirlitz y luego soltó un eructo—. Pero yo me pregunto: ¿cómo se atrevió? ¿Cómo se le ocurre a una maestra de *high school* meterse con mocosos imberbes?

Me quedé de una pieza. ¿No me había contado acaso el poeta que de las aulas venían prácticamente todas sus amantes?

—¿No has hecho acaso tú algo parecido en el college? —le pregunté.

Stirlitz guardó silencio y luego, con voz grave y reposada, apuntó que había diferencias considerables entre el caso de Susan y el suyo.

—De partida: jamás me inmiscuí con niñas de *high school* y menos con menores de edad —afirmó, pero sonó preocupado. Tal vez temía que estuviesen grabando nuestra conversación, algo nada descabellado, por cierto, desde que comenzó la guerra contra el terrorismo.

—Da lo mismo que sean menores de edad. Lo delicado es que son alumnos, jóvenes en una relación de dependencia con el maestro —retruqué.

—Lo primero es violación sexual. Lo segundo es una simple falta a la disciplina del college. Lo primero lleva a la cárcel, lo segundo solo a la expulsión del college.

Me quedé callado. Tal vez no dejaba de tener razón el ex espía soviético. Él y ella, vale decir, él y Susan van Eyck, no representaban exactamente el mismo caso.

Eran las cinco. Oscurecía. Por el suroeste, entre nubes nacaradas que parecían alas de un inmenso pájaro herido, se hundía el sol en el Pacífico. En mi cuarto crujieron las tablas del piso. Alguien seguía tecleando en la máquina de escribir.

—¿Marietta no fue estudiante tuya? —pregunté.

—¿De dónde sabes de ella?

—De lo que me contaste y de un libro de poemas tuyo. Eso ya lo hablamos, mi amigo.

—¿Lo encontraste allá? —preguntó sin disimular el orgullo que le causaba que su obra fuese leída en el último confín del mundo.

—Lo encontré en la biblioteca del college antes de viajar. Me gustó —agregué, lo que era cierto y me ayudaba a mejorar la relación con Stirlitz, desconfiado por naturaleza, rasgo que se le acentuó tras el divorcio—. ¿No te acuerdas de que ya lo conversamos?

—Para serte franco, no.

Está tan olvidadizo como el novelista, pensé. Y era entendible. Ambos tenían más o menos la misma edad, o quizás el poeta era mayor. No pude contenerme:

—Deseo saber si Marietta realmente existió, y si era tal cual la describes.

Stirlitz, dándose cierta importancia, afirmó que la muchacha era como la describían los poemas, pero que los años la habían beneficiado, tornándola más bella y sensual.

—¿No me contaste que murió en Irak? —pregunté.

—Así es. Pero cuando murió ya no era alumna del college.

—¿Acaso en el poema no era estudiante?

—Pero lo escribí después —repuso Stirlitz.

—¿Llevaba en el ombligo la argolla dorada del que habla el poema?

—Así es, y Marietta me la obsequió después. La tengo en el velador, donde guardo los suvenires de grandes amores —dijo el poeta, y yo sentí un cargo de conciencia—. Pero puede que después ella comprara una nueva.

—¿Estaba viva o muerta cuando escribiste el poema?

—Muerta, y su imagen en el poema es lo que yo pude evocar de cuando anduvimos juntos en el college, clandestinamente, se entiende.

—¿Era tan ardiente como la describes?

—Tú sabes que de los muertos no se habla —sentenció Stirlitz, lapidario—. Bueno, Clem, no quiero abusar de tu llamado. Pero, ya sabes, si necesitas ayuda llámame a la hora que te plazca.

Corté la comunicación, que terminaría por arruinarme, y extraje del bolsillo de la chaqueta la argolla dorada de Marietta, y me quedé contemplándola.

36

Alguien seguía escribiendo a máquina en una habitación de la residencial. Solo en Valparaíso podía ocurrir algo tan anacrónico. Imagínense: las teclas y el rodillo llenando el silencio de la noche. Exasperado por el ruido, comencé a darme vueltas en las sábanas y terminé por vestirme e ir al legendario American Bar, del que hablaban mis padres y que Nogueira mencionó en The Club Car.

—Es un show que no puede perderse —me dijo con tono pícaro—. Allí probará la sazón latinoamericana.

Para mis padres el local era único: un club nocturno donde se daban cita marineros, prostitutas, estudiantes y matrimonios de todas las condiciones sociales. Era un espacio democrático que ofrecía cena, cumbias y striptease en una atmósfera segura, amparada por el carácter tolerante y pluralista del Valparaíso de la época.

—He leído mucho sobre ese bar. Debe visitarlo y preguntar por su dueño, Armando Canales —agregó Nogueira en nuestra última conversación—. Seguro que el novelista lo frecuenta. Y si va al Roland Bar, que queda a la vuelta de la esquina, busque a un pintor de apellido Ilabaca y pregúntele por la historia del local, que él narra en óleos. No olvide: Ilabaca.

Un taxi me llevó al barrio del puerto, donde los perros dormitaban junto a los muros rayados de grafitis.

—En Valparaíso las putas son tan cariñosas que uno termina enamorándose de ellas y ellas de usted, amigo —aseveró el taxista mirándome por el retrovisor.

El barrio, animado por los letreros de neón y la música de los locales, me recordó, no sé muy bien por qué, a la ciudad tunecina de Sousse, en la cual nunca estuve. Fue un *déjà vu* que no logré explicarme, porque incluía tabernas donde conversaban los hombres; victorias tiradas por caballos y un polvoriento malecón frente al Mediterráneo. Pero ahora estaba en Valparaíso, entre mujeres en minifalda, de pestañas falsas y melenas rubias, mientras más allá, bajo el tamiz rojizo de los faroles, unos travestis envueltos en candilejas gesticulaban con escándalo.

—Aquí es —anunció el taxista y detuvo el carro ante una puerta disimulada por una gruesa cortina punzó.

37

Era medianoche cuando, navegando entre el humo de cigarrillos del American Bar, atraqué en su barra atestada de gente. En el escenario, un saxofonista acariciaba el alma con su melodía, mientras una muchacha de cabellera negra se desnudaba bailando alrededor de una silla, perseguida por el círculo de luz bermeja de un reflector.

—¿Qué prefiere el caballero? —me preguntó un hombre de melena canosa y torso de levantador de pesas. Llevaba chaqueta de lentejillas y un pañuelo anudado al cuello.

—Un pisco sour —dije recordando la sugerencia de Nogueira.

Agitó aspaventoso durante un rato la coctelera, vertió desde lo alto el trago en mi copa y la llenó hasta el tope sin desbordar una sola gota.

—Que lo disfrute —me dijo antes de alejarse.

Seguí a la bailarina a través del espejo empotrado en el estante con las botellas. No había de qué quejarse: tenía un cuerpo firme y bronceado, el vientre terso y la mirada desafiante.

—Es su día de suerte —comentó alguien.

No había reparado en el hombre que bebía junto a mí. Era de edad indefinida, rostro enjuto, barbita de chivo bien acicalada y un pelo negro que estiraba hacia atrás con gel, de modo que, adherido a su cráneo, parecía una gorra de baño.

—¿Por qué dice usted que es mi día de suerte? —pregunté sin voltearme a mirarlo.

—Porque celebramos el regreso de Anastasia Yashin, la gran bailarina del Pacífico —afirmó mi vecino, mirándome a través del espejo, indicando con el pulgar por encima del hombro hacia el escenario a nuestras espaldas—. Y porque usted fue atendido por Armando Canales, empresario de la noche y dueño del American Bar, su casa —recitó las últimas palabras con voz festiva.

—¿Se sirve algo más, don Máximo? —preguntó Canales, que reemergió de la oscuridad como si hubiese estado escuchándonos.

Reparé en tres detalles importantes. La primera: ante mi vecino había una copa de cristal tallado, llena a medias de un licor fosforescente; la segunda: su chaqueta era de un paño negro de caída estupenda; la tercera: Anastasia Yashin se había esfumado dejando en el escenario solo la silla con sus prendas, encerradas en la moneda de luz.

—Otro Seramís —pidió mi vecino—. ¿Le provoca a usted uno? —me preguntó volteándose hacia mí.

—Corre por cuenta de la casa —aseguró Canales, mientras se acomodaba con ambas palmas la melena, que tendía a desparramársele sobre las orejas.

Acepté.

Era una inyección de pura pólvora a la vena, un latigazo de energía, euforia y optimismo que me hizo ver la crisis con Samanta como algo irrelevante. Incluso carecer de techo propio y haber sido traicionado, me dieron lo mismo.

—¿Qué tal el Seramís? —me preguntó don Máximo, enarcando las cejas, haciéndome sentir su aliento frío como la corriente de un túnel.

—¿Cuál es la fórmula del brebaje? —pregunté sintiendo que me zumbaban hasta los timbales.

—Secreto de la casa —intervino Canales y se acomodó el pañuelo alrededor del cuello. Luego encendió voluptuoso un habano, y se sumergió en la oscuridad de modo que se volvió una luciérnaga.

Varias parejas salieron a bailar al ritmo de una orquesta tropical.

—¿Anastasia no baila? —pregunté a don Máximo.

Soltó una carcajada estentórea.

—¿Le gustó la muchacha, ah? —comentó—. No lo critico. Peor aún, con tantas semanas de abstinencia... En todo caso, podemos dar una vuelta por el camerino. Se formará una idea de su popularidad.

Armando Canales nos condujo al subterráneo. De arriba caía el golpe de tambores como un aguacero. Llegamos a una sala donde unos hombres esperaban con ramos de flores en la mano. Dos gorilas de terno y anteojos de sol resguardaban el camarín de Anastasia.

—Como ve, no es fácil conversar con ella —comentó Canales—. Y eso que le gustan las flores.

Volví decepcionado a la barra. El hombre de la barba de chivo me ofreció otro Seramís, que acepté como un consuelo.

—¿Le interesa Anastasia? —indagó, después de que Canales nos hubiese servido otra pócima.

—Seductora —respondí.

—La mezcla hace maravillas: nieta de un futbolista ruso y una afrodescendiente del Valle de Azapa, en el norte de Chile, donde se cosechan las mejores aceitunas.

—O sea que la compañía de la dama cuesta un ojo de la cara.

—Ambos. ¿Y sabe? —agregó aproximando sus labios a mi oreja, su aliento me resultó más gélido que la primera vez—. Ella participó en California en películas que aumentaron su popularidad.

—¿También es actriz? —El trago fosforescente me enredaba la lengua y abotagaba mis párpados.

—Bueno, bajo otro nombre —alzó una ceja con malicia.

—¿Y usted vio esas películas?

—Algunas: mansiones en Los Ángeles, soberbias tomas en primer plano, bien dotados acompañantes —exclamó entusiasmado, y se llevó la punta de los dedos de una mano a los labios y los besó antes de separarlos en el aire—. Arte puro.

En el escenario seguían bailando. Vacié el Seramís, y fue como si hubiese caído en un pantano, tan pesados sentía los brazos y las piernas.

—No creo que usted logre llegar así a casa, señor Fo. Le recomiendo dormir cerca —sugirió don Máximo, que ahora ondulaba ante mis ojos como una sábana al viento.

—Tiene razón —repuse, incapaz de articular palabra para preguntarle cómo sabía mi apellido.

—No se preocupe. La vida es lo que es, no lo que uno quiere que sea. A la vuelta de la esquina, en el segundo piso del Black and White, hay cuartos con vista a la Plaza de la Aduana. Allí aloja a veces Anastasia —aseguró mientras me arrastraba por los sobacos a la calle.

38

Me despertó la reverberación del edificio de la aduana. Había dormido hasta con zapatos. Por sobre sus muros color ocre se arracimaba un montón de casas y, más arriba, dominándolo todo, se extendía el lienzo nácar del cielo agitado por el graznido de gaviotas.

Recorrí el cuarto con la vista: piso de tablas, conejitas de *Playboy*, una ampolleta en el techo. De la planta baja ascendía la trompeta de una cumbia, el tintineo de loza y voces. Sentí unas ganas repentinas de tener mi instrumento conmigo para improvisar. Ni sombra de la magnífica Anastasia, me dije mientras me desperezaba, luego salí del lecho y bajé al bar por una escalera empinada.

Pedí un café.

—¿Con huevos fritos o *crêpes* Celestino? —gritó el mozo entre los acordes de «La copa rota», que interpretaba en el wurlitzer José Feliciano. Llevaba una sombra de barba, un paño blanco sobre un hombro y una argolla en la nariz.

—¿A cuánto salen los huevos revueltos con tocino?

Por la plaza pasaba un río de troles, buses y colectivos, y en el cerro los rieles del ascensor del Paseo 21 de Mayo arrojaban destellos contra la mañana. Las putas roncaban, el barrio estaba en calma y los locales permanecían cerrados. Ni vestigios de Anastasia ni la agitación de la víspera, me dije.

—El desayuno está incluido en la habitación que pagó su amigo —anunció el mozo, guiñándome un ojo.

—¿Amigo? —Miré a mi alrededor.

Cerca de la mampara abierta del bar, por la que se cuela la brisa marina, un hombre de traje y sombrero escribía encorvado sobre una mesa.

—Don Máximo de Angelis, el caballero de la perita que lo trajo anoche a rastras —precisó el mozo, acariciándose la punta de una barba imaginaria.

—Entiendo. Entonces voy por huevos revueltos, tostadas y un café cargado.

—¿Algo más? ¿No? Como quiera —añadió el cocinero a la vez que indicaba con la cabeza hacia el cliente junto a la mampara—. Es un poeta nicaragüense. Trabaja en la aduana.

—¿Vive en esta residencial?

—Desde que arribó en un barco que venía de Buenos Aires.

Esperé el café pensando en don Máximo y en que el mundo está lleno de poetas, escritores, seres irreales y locos.

—¿No dejó mensaje el amigo de la perita? —pregunté al cocinero.

Se encogió de hombros.

—Después de cargarlo a usted a la habitación, bajó por un Sandemann —me explicó—, puso una canción de King Crimson en el wurlitzer, pagó, dejó una suculenta propina y se marchó. Por eso, no se preocupe. Está todo incluido.

Desayuné y me fui en un trole hasta la plazuela Ecuador, donde hice el transbordo a un taxi colectivo, que me dejó cerca de la casa del novelista.

Mientras caminaba por la avenida Alemania recordé que la noche anterior había vuelto a soñar con la misma mujer de piel marfil con la que, en otro sueño, había hecho el amor en una isla griega. Esta vez la vi con claridad, y atribuí su regreso a la excitación que me causó Anastasia Yashin. Pude verla en detalle: cejas arqueadas, ojos cafés, sonrisa cristalina, voz pausada, el mapa de las venas en el reverso del antebrazo, aretes de madera de los cuales colgaba una diminuta guacamaya. Era guatemalteca.

Pero eso no era todo. El sueño no había terminado tan rápido. De golpe me encontré tendido con ella en la playa de Albufeira, una caleta del Algarve, entre botes de pescadores que reposaban en la arena con el casco verde y rojo vuelto al sol. Recuerdo además que por la noche, en la terraza de nuestra suite en un hotel, hicimos el amor contra una baranda de hormigón que daba a una plaza con árboles y una bella fuente de piedra.

Se trataba de la misma mujer a la que había amado, en otro sueño, en la isla de Samos. Ella posaba para mi cámara y para la cámara de otro hombre simultáneamente, uno que no logré identificar. Y cuando nos acostamos ocurrió algo muy extraño: fue como si ella, junto con galopar a horcajadas sobre mí, lo hiciese sobre el otro, que estaba y no estaba en el mismo lecho con nosotros. Raro soñar varias veces con una mujer a la que nunca se ha visto, y más sorprendente aún que un sueño me remitiera a otro sueño y a una mujer desconocida y a un sitio donde nunca he estado.

Me costó apartar la visión de esa muchacha de cuello largo y espalda de seda. En su hombro derecho descubrí algo que tampoco he de olvidar nunca: el tatuaje hiperrealista de una mariposa con las alas extendidas. Creo haber advertido hasta el suave palpitar de sus alas negras con incrustaciones rojas.

Pero el aire frío de la avenida Alemania me arrancó de esas evocaciones y devolvió a Valparaíso y las razones para estar allí. Me pregunté si debía confesar al novelista que había venido a verlo, pues lo consideraba responsable de la pesadilla que estaba viviendo. Pensaba en eso, sentado en un escaño de la avenida Alemania, viendo cómo su casa parecía a punto de desplomarse sobre la ciudad, cuando lo vi asomarse a su puerta.

39

Venía con chaleco color burdeos y las manos engarzadas a la espalda. Subía por San Juan de Dios con la vista baja, ocupado de no tropezar con los peldaños que llevan a la avenida Alemania. Ahora caminaba hacia mí junto al muro de una iglesia evangélica.

Eran las once de una mañana fresca y tranquila. Me parecía imposible que en ese mismo instante existieran la calle Jefferson, The Club Car, The Book Corner, The Fox Head, el *community college*, la casa tráiler de Stirlitz, mi mujer, León Dupuis y la sarta de problemas que me aguardaban por culpa de ambos.

Un perro husmeó al novelista, pero él continuó imperturbable su camino.

Lo saludé cuando pasaba a mi lado. Como buen escritor —dicen que todos son lunáticos y desmemoriados—, ni siquiera reaccionó.

—¿Se acuerda de mí? —le pregunté.

A mi espalda se alzaba la primera línea de las casas de arquitectura inglesa de la Marina Mercante Nacional.

—¿Dónde nos hemos visto antes? —se detuvo a preguntar.

—En su casa —traté de sonar amable—. Vine desde Estados Unidos a hablar con usted.

Me quedó mirando mientras rumiaba algo a la espera de que yo siguiera hablando. Bajo el chaleco llevaba una camisa de franela y por el cuello abierto de su camisa asomaba una camiseta blanca.

—No terminamos de hablar el otro día, porque llegó su señora —continué—. Encantadora, por cierto. ¿Cree que podemos hablar ahora?

—Por supuesto.

Nos sentamos bajo la marquesina de concreto del paradero de buses. Me ilusionó sentir que me aproximaba a mi meta.

—Le decía en nuestra conversación que en Estados Unidos me visitó un amigo suyo.

—¿Quién?

—Oliverio Duncan.

Miró el suelo, impertérrito.

—No sé nada de él —respondió al rato—. ¿Le dijo que venía de mi parte?

—No, en verdad vino a mi casa a averiguar el paradero de León Dupuis.

—¿Dupuis? No recuerdo a nadie con ese nombre.

—Es el amante de mi mujer…

El novelista me dirigió una mirada conmiserativa, mientras el perro se le acercaba de nuevo, ahora meneando la cola.

—Dupuis es el hombre por el cual me dejó mi mujer —añadí.

—Lamentable. Suele ocurrir en la vida. Pero al final las cosas siempre ocurren por algo. A veces para mejor, a veces para peor. ¿Ha leído al gran Epicuro de Samos?

—Claro que sí —respondí, entusiasmado de que coincidiéramos en la admiración por el mismo hombre—. El filósofo de la felicidad.

—Así es. Epicuro pensaba que los dioses se olvidaron de los seres humanos, lo que es bueno. Si no dependemos de los dioses, somos libres. Y Epicteto decía que no debemos ocuparnos de las cosas que escapan a nuestro control, porque solo nos frustran.

—Bueno, como le dije —traté de volver al tema—, Duncan fue a verme para pedir información sobre el paradero de Dupuis, que desapareció.

Vi que de la casa del novelista salía su mujer. Miró preocupada hacia la avenida y, al divisarnos, subió rápido hacia nosotros. Nuestra conversación se acercaba a su fin.

—¿Y usted qué le dijo a Oliverio Duncan? —me preguntó el novelista.

Me desconcertó su pregunta. Era como cuando Stirlitz pedía mi opinión tras contarme los sabrosos detalles de sus aventuras amorosas.

—Bueno, le dije la verdad —respondí—. Que no sé nada de Dupuis, que solo hablé con él una vez, cuando me trajo el desayuno a la cama.

—Entonces no tiene nada que temer. Duncan es dueño de un olfato prodigioso e intuye cuando alguien quiere engañarlo.

—¡Amor, amor! —exclamó la mujer acercándose—. ¿Por qué saliste sin avisar?

—No te agites —exclamó el novelista—. ¿Temes que no vuelva? Mira —añadió señalándome—. Es el joven del otro día. Deseaba decirme algo y ya me lo dijo.

Se fueron calle abajo tomados del brazo y yo permanecí en el banco, con las fachadas inglesas a mi espalda, mientras el perro se echaba a mi lado.

40

Esa tarde leí un mensaje electrónico de Nogueira en el computador de la pensión. Lo había escrito su sobrino, oriundo de Coimbra, que vive también en Hills of Valparaíso, en nuestra ciudad del Medio Oeste, y que hace de secretario personal del poeta.

Tienes que exigirle al novelista que te deje tranquilo. De lo contrario, tu vida será una pesadilla. Irás de tumbo en tumbo, como una pelota que rueda cuesta abajo por las callejuelas inclinadas de la Alfama. Escucha mejor a la oscuridad del cielo y el subsuelo.

N.

¿Qué querría decir con eso de la oscuridad? Tuve la impresión de que exageraba, pero no estaba perdido del todo. Había algo posible en lo que afirmaba; algo que podía empujarme al precipicio. Tomé conciencia de lo voluble que me he vuelto, de lo frágil que me parece la vida y lo inocuo de mis decisiones.

Esa noche, tras cenar en Le Filou de Montpellier, en el Cerro Alegre, una codorniz a las finas hierbas, acompañada de una copa de sauvignon blanc, fui a la librería Éxtasis. Su cielo alto con manchas de humedad y su olor a tinta y libros, me recuerda The Book Shop. Éxtasis está en un edificio de dos pisos de comienzos del siglo veinte, frente a la construcción más espantosa de Valparaíso, el Congreso Nacional.

Martín Leser, dueño del establecimiento, halló en un santiamén varios textos publicados hasta la fecha por el novelista de marras. En verdad, se trata de una obra voluminosa, aunque ignoro si de algún valor literario.

—Esto es todo lo que tengo de él —dijo Leser. Llevaba yoqui y parka sin mangas—. En sus libros dice lo que quiere y eso representa un mérito en este país, donde muchos escriben para la academia, los críticos, los colegas, la pareja o la mamá.

Me senté en una silla, detrás de un hombre macizo, de melena y barba blanca, que llevaba gorrita beisbolera y leía ensimismado una guía turística. Recorrí la solapa de los libros y comprobé, por la secuencia de retratos, que el escritor había envejecido de forma ostensible y que, a diferencia de Stirlitz, no se preocupaba de disimularlo.

Del joven risueño, melenudo y delgado del primer título, publicado hace cuarenta años, al viejo de entradas, ojeras y mirada triste y extenuada, dista un trecho considerable. La vida parecía no haberlo tratado siempre bien, aunque tampoco parecía haberlo tratado mal del todo. A partir de los cuarenta años cada uno es responsable del rostro que tiene, dice, creo, Albert Camus.

Leí que el autor ha incursionado en la diplomacia, como tantos escritores latinoamericanos. Las solapas destacan su éxito comercial, el número de traducciones y su participación en jurados y ferias internacionales, todos datos que a menudo maquillan existencias pletóricas de sueños insatisfechos.

—¿Lo ha leído? —me preguntó el librero alzando la vista de un libro de tapas gruesas que tenía abierto sobre su escritorio. En el fondo de sus dioptrías brillaba una mirada alerta y afable.

—Leí *Los amantes de Estocolmo* —mentí mostrándole el ejemplar que Nogueira me había recomendado en Estados Unidos, y que dejé olvidado, sin terminar, en el *atomic ranch*.

—Un escritor costumbrista —agregó el librero—. Escribe obras de suspenso e intriga, pero en el fondo son costumbristas. No es mala idea en este país sin memoria y muchos resentidos. Ya ni los resentidos se acuerdan bien de por qué lo son.

—Ahí aparece el inspector Oliverio Duncan —comenté.

—Exacto. Duncan es el investigador sueco de origen chileno —continuó Leser, y sopló el polvo del teléfono de disco y cable que había en su escritorio—. Es un personaje instintivo, agudo e implacable, que renunció a su utopía política para abrazar el rigor, la disciplina y la filosofía de la policía sueca.

—¿De izquierda?

—Bien de izquierda en los años setenta. Después cambió. Ahora disfruta la sociedad de bienestar sueco, que dicen que ya tampoco se financia.

—¿Se volvió sueco, entonces? ¿Un chileno que se vuelve sueco?

—Un chileno revolucionario que se hizo el sueco. Es socialde-mócrata. No está mal.

—Es absolutamente legítimo cambiar —repliqué yo.

—Uno puede convertirse en lo que quiera en el mundo: en angolano, ruso, suizo, zambiano, comunista, liberal, ateo, en fin.

—Conversión a la carta —picoteé yo.

—En este país todos somos conversos —aclaró Leser—, y quienes aún no lo son, están en período de conversión. Aquí nada es lo que parece ser. ¿Cómo me dijo que se llama?

—Clemente Fo.

—Clemente, no se deje engañar por este país. Aquí el «ya nos vemos» es «espero no verte más»; el «no se preocupe» es «preocúpate mucho», y el «dalo por hecho» es «no confíes en mi promesa». El pedazo que le falta al Congreso Nacional, que está al frente, no es una originalidad artística, sino el tarascón que le dieron los corruptos.

—¿Tiene más títulos en que aparezca el detective? —pregunté para volver a mi asunto.

Menciona varios títulos más y los pone sobre la mesa.

—El tipo ha recorrido mucho mundo —comenté, ojeando una solapa—. Nació aquí, pero ha vivido en Cuba, Alemania oriental y occidental, Suecia, México, Estados Unidos.

—Vive con una pata afuera y otra en Valparaíso. El desarraigado perfecto. Una receta original para convertirse en escritor en un país de escritores incestuosos, donde muchos escriben más o menos igual, salvo Bolaño, que para ser lo que fue tuvo que irse de Chile.

—No lo he leído —admití con franqueza.

Leser sacudió la cabeza y preguntó:

—¿Usted es una persona de éxito en la vida?

—No, señor.

—Entonces, le va a ir bien aquí. De lo contrario, en este país lo despedazan. Aquí lo único que no se perdona es el éxito ajeno.

41

Lo que el librero me dijo terminó por convencerme de que no estaba soñando y de que Fernando Nogueira tiene razón en algún sentido. Estaba en Valparaíso para hablar con el novelista sobre Oliverio Duncan, quien de hecho existía en la ficción creada por la pluma de un escritor, y también aparentemente en la realidad. Al menos Martín Leser, que parecía sensato, había hablado de la posibilidad de que Duncan fuese una persona de carne y hueso.

—¿Vive el escritor en la ciudad? —Simulé no saberlo.

—En una casa con terraza que levita sobre Valparaíso.

—Original —comenté pensando en las nostálgicas historias de mi padre, y el rostro abigarrado y desafiante, sucio y pintarrajeado, que brinda la ciudad.

—Valparaíso es un almacén de rezagos —repuso Leser—. Es muchas ciudades a la vez, y su gente es muchas gentes. Nunca fue fundada y cada cierto tiempo se incendia por completo o la destruye un terremoto. Será siempre un proyecto inconcluso. Se la ama o se la odia, puede inspirarlo o matarlo, pero no lo deja indiferente. Tiene un pavimento duro, resbaladizo y empinado. Hay que andar alerta: en una esquina lo puede destripar un cogotero, despedazar una jauría de perros salvajes o esperar una espectacular ninfa de cabellera verde.

El hombre de la barba blanca nos observaba por sobre sus espejuelos de marco metálico, con la guía turística abierta en las manos. Nos miraba con impaciencia, esperando tal vez a que nos calláramos. Un trole pasó suspirando.

—¿Por qué, cree usted, que el escritor, que vivió tanto tiempo fuera, volvió a Valparaíso? —le pregunté a Leser.

—Porque le entraron los años y quiere depositar aquí sus cenizas. Ha regresado varias veces, y siempre vuelve a irse. No es fácil acostumbrarse de nuevo a la ciudad. El que se va debe saber que nunca más se podrá acostumbrar a otra ciudad, y que tampoco podrá volver del todo. Es decir, puede regresar, pero ya no será lo mismo. Abundan los simulacros de porteños, pero los verdaderos porteños escasean. Valparaíso es de digestión lenta, pesada y dolorosa, y cuando te excreta, no te traga de vuelta.

—Martín, ¿se puede cazar pudúes en estos parques? —gritó el hombre de la barba blanca, alzando la guía. Hablaba un español con acento gringo y un vozarrón de marinero borracho.

—No, míster Hemingway, no se puede —respondió el librero—. Esos venaditos están en peligro de extinción.

—¿Y se podrá al menos pescar?

—Todo lo que quiera. Con mosca.

—¿Peces grandes como los marlins?

—No, míster, por aquí no pasa la corriente del Golfo. Vaya a pescar mejor al sur, antes que los ríos se llenen de represas.

El librero sacudió la cabeza y me comentó en voz baja que el gringo, que vivía disfrazado de Ernest Hemingway, había llegado en un crucero que permanecería varios días en el puerto por una pana de turbinas.

—Le gusta beber, leer, cazar y creo que hasta escribe cuentos —precisó—. ¿Y usted, de dónde es?

Traté de explicarle.

—Entonces es un charquicán con merkén. Y así se ve y así habla —sentenció el librero, poco propenso al parecer a las mezcolanzas—. Ahora entiendo por qué se interesa en el novelista porteño y Oliverio Duncan, que son rompecabezas como usted.

—¿Conoce al poeta Jan Stirlitz? —pregunté por cambiar de tema.

—¿Al de *Dispensario de emergencia* y de *Mujeres que me amaron*?

—Sí, al creador de «Marietta».

—Es un lituano radicado en Estados Unidos, si no me equivoco —dijo sin pensarlo mucho—. Una suerte de Bukowski. Un viejo indecente que siempre habla de las mujeres que se tumbó; de culos, tetas y rajas. Me da envidia cada vez que lo leo. Llego a sentir en mis manos a esas muchachas estupendas e insaciables. Gran poeta, Stirlitz, en todo caso. Realista, nada académico, fogoso.

—¿Usted cree que él habla de sus mujeres?

—¿A qué se refiere?

—A que si cuando Stirlitz habla de esas hembras, habla a partir de sus experiencias reales o de invenciones fantasiosas.

—Es decir, ¿usted quiere saber si existió de verdad Marietta, la estudiante con quien se acuesta el yo lírico, la muchacha cuyo bello cuerpo se descompone bajo las arenas de Irak?

—Exactamente —repuse, asombrado por el minucioso conocimiento de Leser.

El librero se sacó el yoqui y se pasó una palma por la cabellera, luego tragó saliva y dijo:

—Stirlitz habla de las mujeres que amó. Es demasiado real el cuadro que pinta de ellas como para que sean ficticias.

—¿Y piensa lo mismo del novelista? —Coloqué el libro sobre otras novelas del mismo autor.

—¿A qué se refiere?

—A si el novelista habla de Oliverio Duncan porque lo conoció.

Leser sonrió, se afincó los espejuelos y miró hacia una tetera que comenzaba a hervir sobre la estufa a gas licuado.

—Buena pregunta —admitió—. ¿Existe de verdad Oliverio Duncan o no? ¿Es Duncan fruto de la imaginación del novelista o proyección de alguien que conoció?

—¿Qué cree usted?

—No sabría decirle, pero en el caso de Stirlitz estoy seguro de que Marietta existió, y que sus huesos descansan en Irak.

Salí desconcertado de Éxtasis. La avenida Pedro Montt estaba desierta y en penumbras. Eran las once de la noche. Había desperdiciado demasiado tiempo hablando de cosas inútiles con Martín Leser.

Cogí un trole que corría en dirección a la Plaza de la Aduana.

42

Me detuve ante el letrero que anunciaba con letras rojas el nombre de Anastasia Yashin. Aparté las pesadas cortinas del American Bar y me hundí en su penumbra. En el escenario bailaba una pareja.

—¿Qué prefiere el caballero? —me preguntó un mozo de humita y chaleco sin mangas.

—Un Seramís.

—Disculpe, pero ese solo lo prepara don Armando. ¿Puede ser tal vez un scotch, un vodka o un tequila?

Opté por un mezcal.

A medianoche arrancó el show y cerca de la una de la mañana Anastasia comenzó su espectáculo.

Está de más volver a describirla. Prefiero dejar constancia de que mientras se desnudaba al ritmo de «Rosita», algo que suelo tocar a menudo con mi viejo saxofón, que duerme bajo mi cama en mi cuarto, los mozos suspendieron el servicio para no perderse detalle del striptease, y de hecho no se oyó ni el tintineo de los cubos de hielo.

Todos la miraban —la mirábamos— con la respiración entrecortada y el corazón agitado. Nos seducía su rostro adolescente, la simulada despreocupación con que se desnudaba, la turgencia de sus senos, la firmeza de sus muslos, y el modo en que, sin dejar de sonreír, bamboleaba las caderas, dibujaba palmeras en el aire y nos hipnotizaba su triángulo de musgo bien delineado.

Cuando Anastasia se esfumó en la oscuridad seguida de un redoble de tambores, a la concurrencia le tomó varios segundos poder librarse del hechizo, pero luego estalló en aplausos, chiflidos y vivas. La bella no regresó sin embargo al escenario.

Bajé de inmediato al subterráneo y me encontré con lo que suponía: un avispero de hombres con ramos de flores que hacían guardia ante el camarín de Anastasia.

Volví defraudado a la calle, compré una tortilla de rescoldo a un viejo que las cargaba en un cesto de mimbre y tomé un colectivo hacia la residencial.

43

—Quiero que lo deje tranquilo, que no lo importune más —me advirtió malhumorada la esposa del novelista—. Él merece vivir tranquilo.

Ocupábamos una mesa exterior del Melbourne, en la plaza Sotomayor, frente al monumento a Arturo Prat. La mañana estaba fresca y nublada y olía a cochayuyos, y la estremecía de cuando en cuando el paso de los trolebuses. La mujer me había llamado a la residencial para invitarme a conversar.

—Fue él quien se acercó a mí ese día —expliqué, aunque esa no era toda la verdad—. Le pregunté cómo marchaban sus libros.

—Déjelo tranquilo, mejor —insistió la mujer—. Ya fue a molestarlo a casa, después lo esperó en la calle y ahora viene aquí a ver si consigue una entrevista. ¿Para quién trabaja?

—No soy periodista —reconocí mientras me servían un tazón de latte humeante. Me reanimaron el aroma del café y el resplandor tibio que el sol pintaba en las fachadas circundantes.

La mujer me miró con severidad. Me equivoqué al suponerla dulce y dócil. De alguna ventana del hotel Reina Victoria llegó una canción de Matt Monroe en español.

—Si no es periodista, ¿para qué desea entrevistarlo? —preguntó.

—Soy músico callejero, saxofonista, y me gustaría escribir sobre su esposo para una publicación de colegas de Nueva York —afirmé, asombrado de la convicción con que mentí.

—Músico callejero. ¿Cómo se vive de eso?

Le conté de mis viajes por Estados Unidos y de las clases de saxofón que impartía en *community colleges*. Y tal como suelen hacerlo los profesores de literatura en mi ciudad, puse en perspectiva la posibilidad de que estudiantes estadounidenses leyeran las novelas de su esposo, algo que supongo la hizo recapacitar.

—A mi marido le prescribieron reposo absoluto, y cancelar todas las presentaciones y entrevistas —afirmó, fijando ahora con benevolencia sus ojos en los míos—. Debe descansar, no pasar rabia ni estresarse. Si usted lo acosa, perjudica su salud.

Le expliqué que solo deseaba consultarlo sobre algunos personajes, lo que no podría resultarle extenuante. ¿Acaso no lo halagaría saber que contaba con lectores en otras partes del mundo?

Ella inclinó la cabeza con la vista fija en las baldosas de la vereda. No había ordenado nada, lo que le permitía retirarse en cuanto yo la hastiara. Y creo que estaba a un tris de que así fuera.

—No puede hablar con periodistas ni académicos ni teóricos de la literatura. Hasta una inofensiva entrevista puede afectarlo. Su estado de salud es delicado —afirmó.

Pensé que si mi petición fracasaba, Nogueira me lo reprocharía y me culparía una vez más de todos mis pesares. No me quedó más que zambullirme en la piscina:

—Es por Oliverio Duncan que estoy aquí.

—¿Quién es Duncan?

—Un personaje de una novela de su esposo.

Ella asintió con la cabeza como si lo hubiese recordado de golpe, luego desvió la mirada hacia un barco que, desde el espigón, apuntaba la proa hacia nosotros. Era un animal antediluviano dispuesto a saltar sobre la ciudad, o al menos sobre el monumento a Arturo Prat y sus hombres. Unos perros dormitaban junto a la entrada del Reina Victoria. Más allá, un bus vomitaba turistas, y la calle Cochrane seguía sumida en un mutismo fantasmal.

—Pero es solo un personaje —la mujer deslizó la frase con displicencia—. Una figura de ficción, algo hecho de palabras impresas.

—Lo sé.

—¿Y quiere una entrevista sobre ese Duncan?

—Así es. Por él vine de Estados Unidos a Valparaíso —anuncié, confiando en que la mención la ablandara.

—¿Y qué le interesa del personaje?

—Que me deje tranquilo —desplacé mi taza hacia un costado de la mesa—. Quiero que me deje en paz, como usted quiere que yo deje en paz a su esposo.

Ella se miró la gruesa argolla matrimonial que llevaba en su mano izquierda.

—¿Se da cuenta de lo que está diciendo? —me preguntó.

—Absolutamente.

Soltó un suspiro que me llevó a suponer que ya había atendido a otros lectores con peticiones extravagantes.

—Podría contactarlo con el agente de mi esposo, en Nueva York.

—¿Me pide que cruce de nuevo el mundo para tratar de resolver mi problema?

—¿No dice usted que Duncan lo agobia? ¿O es acaso solo un decir, un pretexto para hablar con mi esposo?

En sus ojos refulgía el mismo sarcasmo que vi en los del policía que interrogó a Jan Stirlitz.

—Oliverio Duncan no solo me agobia, también me importuna —precisé.

—¿Cómo?

Traté de explicarlo en detalle, incluyendo la aventura de mi esposa con León Dupuis y los capítulos sucesivos. La mujer escuchaba incrédula, divertida a ratos, de pronto inquieta, lo que me llevó a dudar de mi cordura, y a recordar que mi viaje obedecía solo a la tozudez de Nogueira y a la estupidez sin límite de mi persona.

—¿Lo ha visitado Duncan en esta ciudad? —preguntó ella.

—No.

Dibujó algo en su servilleta de papel y miró hacia el dinosaurio como buscando una explicación.

—¿Usted conoce a Cayetano Brulé? —pregunté, recordando una de las contratapas que leí en la librería Éxtasis.

—¿Se refiere al detective?

—A él.

Yo estaba violando un deslinde delicado al formular esa pregunta. Estaba franqueando un umbral peligroso, estaba cruzando el punto de no retorno, como suelen decir los pilotos de aviación. Ladeó la cabeza un par de veces y dijo:

—Es el protagonista de otra serie policial de mi esposo. ¿No me diga que también lo visitó?

Su pregunta encerraba un tono burlón que me disgustó.

—No me visitó —expliqué—, pero leí que tiene su despacho en un edificio cercano. ¿Es efectivo eso?

44

Después de varias copitas de auténtico absintio, salí del Bar Inglés, crucé Cochrane encandilado por el relumbre lacerante del adoquinado y las fachadas, y entré al edificio Turri. Martín Leser, el dueño de Éxtasis, fue quien me contó que, en las novelas, Cayetano Brulé tiene allí su despacho.

Subí en un ascensor de jaula hasta el último piso, consciente de que no solo estaba confundiendo las cosas sino también anhelando que esa realidad se desdoblara por fin en ficción. Arriba crucé un corredor de baldosas y toqué a la puerta del fondo. Me abrió un hombre de aspecto asiático, con una cafeterita de aluminio en la mano.

—¿El señor Brulé? —Una lengua traposa me impedía modular con naturalidad.

—¿Tiene cita?

Solo deseaba que ese hombre me dejara entrar y ofreciera asiento, porque las piernas ya no me sostenían. Era efecto del absintio. Mis piernas se habían convertido en las extremidades de otro, y el edificio era ahora un velero que navegaba en aguas tormentosas.

Detrás del asiático divisé a un bigotudo de anteojos de marco grueso que, apoltronado detrás de un escritorio, conversaba con una mujer de la cual solo alcancé a ver su cabellera rubia. El aroma a café inundaba la oficina, y tuve la impresión de que los barcos y las grúas del puerto querían entrar por las ventanas.

—¿Tiene cita? —repitió el asiático al notar que me apoyaba en el marco de la puerta.

—En verdad, no.

—¿Ha estado antes aquí?

—No.

—¿Puedo ayudarlo en algo?

—Necesito hablar con Cayetano Brulé.

—Lo siento, pero después de esta cita —indicó con la cabeza hacia la rubia—, tiene una reunión en Santiago y va a salir volando. ¿De qué se trata?

Titubeé un rato, pero al final lo dije:

—Me urge que investigue a dos personas. Una vive en esta ciudad, la otra en Estocolmo.

—Entiendo —dijo el asiático muy serio y pasó al despacho, donde colocó la cafetera sobre una mesa.

Volvió con un celular y me pidió las coordenadas.

—Lo llamaré para concertar una cita —anunció mientras oprimía las teclas—. ¿Y el nombre de las personas en cuestión?

Se los di de corrido: Roberto Ampuero y Oliverio Duncan.

Apuntó sin decir nada.

—Perfecto, entonces le avisaremos en cuanto tengamos alguna novedad. Que le vaya bien —anunció tras echarse el celular en el pantalón.

Bajé desilusionado por las escaleras de mármol, tropecé con los jóvenes de una fundación que discutían de política en un pasillo, y en Prat me monté en un trolebús. Como el vehículo serpenteaba, alcancé a duras penas la última corrida de asientos, que estaba vacía, y me recosté cuan largo soy en la butaca.

Y no supe más de mí.

45

Desperté en la residencial de Los Poetas Inéditos. Un dolor me trizaba la cabeza, así que tardé en levantarme. Consulté mis correos en el ordenador del primer piso. Había un mail de Samanta:

> *León aún no aparece. Algo terrible debe haber ocurrido, algo que no me atrevo a imaginar. No me abandonó voluntariamente. Éramos felices. Necesito hablar contigo.*
>
> *Besos,*
>
> *S.*

¿Besos? Esa palabra Samanta no la había pronunciado desde la separación. Besos solo podía significar trampa, encerrona. Me fui a la cafetería de la casa-museo de Pablo Neruda a pensar en una respuesta adecuada. Me salió algo parco e hiriente el mensaje:

> *Lo lamento de veras. No tengo idea ni ganas de conocer el paradero del señor Dupuis. Estoy en el otro extremo del continente.*
>
> *Saludos,*
>
> *C.*

Por la tarde, tras dilapidar los últimos dólares en un estupendo almuerzo en el restaurante Espíritu Santo, cerca de la residencial, fui a sentarme frente a las casas inglesas de la Marina Mercante Nacional para seguir espiando los movimientos del escritor.

Supuse que, pese a su enfermedad, salía a pasear por el barrio. Si reparaba el entablado de la terraza era porque su salud se lo permitía, aunque era probable que su papel se redujera a mirar cómo su mujer aserruchaba o clavaba tablones.

La noche anterior había soñado con la caída del Muro de Berlín. Había sido un sueño nítido: estaba frente al Brandenburger Tor. Agitaba los brazos y gritaba «traidores» y «malagradecidos» a la marea de alemanes orientales que fluía entre cánticos de libertad a Occidente. Era comunista (en el sueño) y presenciaba el apoteósico fin del comunismo a escala mundial. Junto a muchachos de camisa amaranto que enarbolaban banderas rojas con la hoz y el martillo, formamos un dique que intentaba obstaculizar la estampida de los ciudadanos socialistas al capitalismo. El esfuerzo era inútil. La masa pasaba igual entre nosotros o alrededor nuestro. Al rato quedamos solos bajo los faroles de la explanada. El Muro se había desplomado, y el socialismo había muerto. De lejos llegaba el grito desgarrador de *Wir sind das Volk!*, que repetían a coro los cientos de miles de traidores.

Nos sentamos a llorar sobre el pavimento, donde yacían muchos carnets de identidad de la Alemania oriental. Nuestros sueños habían muerto. La cuadriga dorada sobre la Puerta de Brandeburgo resplandecía tornando aún más amarga nuestra derrota. Los hijos de puta, los malagradecidos, los traidores, los vendidos al capitalismo se habían marchado a Occidente a celebrar el triunfo imperialista.

A excepción nuestra, un puñado de sacrificados jóvenes comunistas, henchidos de sueños de redención, no quedó nadie más defendiendo el socialismo. ¿Dónde estarían Erich Honecker y su señora, y qué dirían Erich Mielke, Gunter Schabovski y Egon Krenz, y el resto de los líderes, y dónde estarían el partido y la juventud?, nos preguntábamos los últimos mohicanos de la RDA. ¿Cómo era posible que el socialismo hubiera muerto?, exclamábamos consternados, fundidos en un abrazo solidario, incapaces de contener las lágrimas que bañaban nuestras mejillas en el frío de la noche berlinesa.

¡Qué sueño más extraño!, me dije, espantado, porque nunca he visitado Alemania ni militado en la juventud comunista. Mis padres integraron el partido, y por eso perdieron su patria y terminaron exiliados en Estados Unidos, pero esa no era mi historia. Mi historia era otra y ahora parecía desvanecerse entre evocaciones, palabras y experiencias que no me pertenecían y me resultaban ajenas.

46

El novelista salió de su casa cerca de las cuatro de la tarde.

Iba solo y a paso lento, con el Pacífico reverberando a su espalda. Se dirigía al mirador de la avenida Alemania, desde donde yo lo observaba.

Se acomodó en el escaño, a mi lado, con el aliento entrecortado, absorto.

—¿Se acuerda de mí? —pregunté.

Giró lentamente su cabeza y me obsequió una sonrisa insegura. Unos cañones de barba blanca afloraban en sus mejillas.

—Claro que me acuerdo —dijo.

—Yo le pregunté la otra vez por Oliverio Duncan.

—Desde luego. ¿Y cómo está usted?

—Aquí, esperándolo.

—¿Cómo esperándome? —Extrajo un pañuelo de un bolsillo del suéter de lana y se untó la saliva acumulada en la comisura de los labios.

—Sí, esperándolo por lo de Duncan.

—¿Qué quiere que le diga? Es un personaje de una serie de novelas que escribí. ¿Le gustan sus novelas?

Me pareció que no recordaba a cabalidad lo que conversamos hace unos días.

—Recuerde, por favor, que es importante para mí —añadí o, mejor dicho, imploré—. Necesito que Duncan me deje tranquilo.

—No vale la pena desperdiciar el tiempo en personajes de papel —pontificó él.

—Por eso. Necesito dormir en paz.

—Las novelas están para ser leídas. Y punto —afirmó—. Cada uno tiene derecho a pensar lo que quiera sobre ellas. No es necesario ser académico para hablar de una novela. Los académicos, que lucran con eso, son buitres culturales, zánganos literarios, parásitos de los novelistas, faros sin luz, exégetas de aquello que es imposible reducir a esquemas y ensayos. La ficción está para ser gozada y sufrida tal como es, así como se goza o sufre el amor o la amistad.

—Está bien, pero Oliverio Duncan me fue a ver —insistí.

—No me venga con esas que estoy harto viejo para escuchar sandeces.

—Se lo juro.

—Míreme —dijo apuntando con ambas manos a su pecho—. Soy un escritor que escribe sus últimas páginas. Me dediqué toda la vida a escribir, porque supuse que los escritores morían de forma distinta a los demás.

—¿Y es cierto?

—Pero la muerte del escritor es la peor de todas.

—¿Por qué?

—Porque un escritor muere abandonado por los personajes que creó y abandonando a los que estaba creando. Y eso no es todo: al final los confunde con seres de carne y hueso, con personas que conoció. Y lo terrible es lo siguiente: los personajes olvidados o descartados en los manuscritos no mueren; por el contrario, quedan a la deriva sufriendo como almas en pena. De eso estoy seguro a estas alturas de mi vida, cuando ya llegué al final.

—No hable de muerte, señor. Le queda cuerda para rato.

—No crea. En complicidad con los médicos, mi mujer dice que no puedo continuar con mi sedentarismo, pero tampoco quiere que salga a pasear solo. Dicen que a esta edad hay que combinar el ejercicio físico suave con el sosiego, la respiración profunda, la dieta sana, y tomar agua y vitaminas. En fin, me pasé los últimos treinta años comiendo sano y haciendo ejercicio, cuidándome para llegar a viejo, es decir, sacrifiqué parte de mi existencia para desembocar en esto, en lo que usted ve, que, por decirlo de un modo, como vida es al menos decepcionante.

—Ya quisiera yo llegar a su edad con su claridad mental, señor.

—Si volviera a vivir, comería de todo lo que comen los torrantes, que constituyen la inmensa mayoría, floja, pedigüeña e hipócrita que vegeta en esta estrecha faja de tierra: métale pescado frito, arrollado, chunchules, perniles, prietas, guatitas, choripanes, sal, pebre, dulces y pasteles. ¿Sabe, señor periodista? Aquí es preferible estirar la pata de un síncope a los cincuenta años, mientras uno está en una fiesta o tira con delirio en una bacanal, a crepitar con ochenta y tantos, cojo, ciego y averiado sin vuelta, condenado a irse reptando, jodido de los huesos y desmemoriado, a la tumba.

—No sea tan negativo, don Roberto.

—Que se dejen los médicos de imponer dietas para que duremos una eternidad y ellos consigan mejores rentas —continuó sin escucharme—. No. Yo hubiese preferido gozar la vida a concho, navegar con todas las velas desplegadas al viento, beber, comer y tirar hasta que el cucharón hubiese hecho ¡paf! y se me hubiese cortado temprano la película, y buenas noches los pastores. Sin embargo, míreme, ahora ya no me dejan pasear solo, me babeo hasta la corbata, engullo pastillas como loco, me cago y meo en los pantalones y no duermo.

Se untó la saliva de las comisuras con el pañuelo, lo enrollo y lo guardó en un bolsillo; después murmuró algo sobre unas llaves que había extraviado.

—¿Las perdió en el trayecto? —pregunté.

—Eso creo —dijo hurgando en los bolsillos.

Comenzamos a desandar su camino barriendo el suelo con la vista. En toda la avenida no vimos llave alguna.

Cuando llegamos a su casa, la esposa apareció en la puerta y le ordenó entrar de inmediato.

—¿No le pedí que lo dejara tranquilo? —me reclamó la mujer.

No supe qué decir porque de pronto el escritor se volvió hacia mí, me guiñó un ojo y dijo:

—No se preocupe, Clemente Fo. Ya volveremos a vernos.

47

Caminé por la avenida Alemania escuchando en el celular a Coleman Hawkins. Desde los cerros la estupenda vista sobre la bahía desplazaba a Samanta y a Dupuis a una zona remota de mi memoria. Me pregunté, en cambio, cómo era posible que la deteriorada cabeza del escritor recordara mi apellido. Peor: creo que nunca se lo había dicho.

Bajé al plano de la ciudad y en el café del Museo de Historia Natural me tomé un cortadito hojeando *La Estrella*. En estricto rigor, estaba matando el tiempo, porque anhelaba ver cuanto antes a Anastasia Yashin. La evocación de su rostro, su cuerpo y su baile no me daban tregua. Salí del local, ya oscurecía, y abordé un trolebús. Me encantan esos vehículos de la década del cincuenta, porque son silenciosos y no contaminan.

Me encaminé al American Bar, confiado en que podría conversar con Anastasia. Estaba convencido de que durante su actuación se había fijado en mí y que me aceptaría una invitación a cenar. Me bajé frente al monumento a Wheelwright cuando faltaba poco para la medianoche y crucé las cortinas justo cuando el animador anunciaba el show.

—Bueno verlo de nuevo —comentó alguien a un costado.

Me volví a ver.

Era Don Máximo de Angelis.

Estaba de pie, en la penumbra, las manos formando el símbolo del poder, una sonrisa zorruna subrayada por sus labios de Guasón.

—¿Viene por Anastasia, verdad? —preguntó al posar una mano helada sobre mi antebrazo.

—Así es.

—Lamento anunciarle que canceló su exhibición de esta noche. Razones de fuerza mayor. Para aplacar la pena, lo invito a un trago al Yaco Bar, que está al lado.

Salimos del American y entramos al Yaco.

Es un local largo y estrecho, de paredes de tabiquería empapeladas con diarios que cercena una barra que va de una calle a la otra. Marinos, prostitutas, maricas, travestis y proxenetas conversaban a gritos y bebían alcohol, mientras la voz de Sandro resonaba a todo volumen. De las paredes colgaban óleos de Valparaíso, que don Máximo dijo eran del pintor Ilabaca, timones de barco, ojos de buey y espejos biselados.

—Dos piscolas —ordenó don Máximo al barman—. Aquí solo se debe tomar piscola —aclaró fingiendo resignación—. Así que anda siguiendo los pasos de Anastasia…

—¿Qué le pasó? —pregunté.

—Planea retirarse.

—¿Cómo?

—Tiene ofertas tentadoras —comentó don Máximo de espaldas a la barra, los codos sobre ella—. Hay dos alternativas en la vida: o uno se la gana honradamente o se la gana de otra forma. En fin, son generosas ofertas de señorones acaudalados, usted entiende.

—¿Para casarse?

—Veo que usted, a pesar de sus años y experiencia, sigue creyendo en el amor —recogió su piscola.

—¿A qué se refiere?

—Me imagino que, después de lo que le pasó, no cree en el amor.

¿Conocía don Máximo mi historia? ¿Quién lo había puesto al corriente?

—Creo en el amor —afirmé sin mucha convicción—. Lo he sentido.

—¿Está seguro? En fin, hay ofertas que a Anastasia le permitirán vivir de forma holgada. ¿Por qué está interesado en ella?

—Bueno, porque tiene una gran personalidad.

Don Máximo hizo chistar los dientes y dijo:

—No nos saquemos la suerte entre gitanos. Reconozca: simplemente lo calienta.

—De acuerdo —admití sonrojándome en la penumbra del local.

—Puedo conseguírsela. *Para mí no hay nada imposible.* Es uno de mis lemas predilectos —dijo don Máximo después de alzar la copa y permitirse un sorbo largo—. Sé que a usted también le agradan los lemas. Otro lema mío es *hoy por ti, mañana por mí.*

Así que compartíamos el gusto por los refranes, pensé. Pero eso no era todo. Este hombre estaba al tanto incluso de mi desastre amoroso, aunque no era improbable que yo mismo se lo hubiera contado en algún momento. Saboreé con un estertor la piscola, mientras don Máximo echaba una mirada a su reloj, una maciza carcasa de oro con una circunferencia en cuyo centro ardían brasas. Se acarició la barba de chivo y me preguntó:

—¿Le interesa conocer a la chica?

—Claro, pero con la corte de aduladores que la asedia va a ser imposible.

—Puedo concertarle una cita.

Sacó unos billetes de su chaqueta de lentejuelas y los arrojó sobre la barra con desprecio. Sus mancuernas de oro relampaguearon. Aproveché de apurar mi trago.

—¿Qué le parece un *rende-vous* con ella? —preguntó.

—Ver para creer —respondí.

Sentí que las cosas comenzaban a cambiar de aspecto para mí, que mejoraban. Era como si de pronto yo mismo comenzase a escribir de nuevo el guion de mi vida. Tal vez este hombre podía ayudarme a escapar de la mala suerte que me perseguía desde Nueva Orleans.

—Quedemos en lo siguiente —propuso don Máximo apoyando en la barra sus manos de uñas pintadas de negro—: Yo dispondré las cosas de modo que se encuentre a solas con la beldad, y le daré una señal en cuanto tenga todo listo.

—Me parece muy bien —dije sin poder disimular mi entusiasmo—, pero usted ni sabe cómo ubicarme.

—No se preocupe, Clemente Fo. Yo resuelvo eso. Ahora discúlpeme, tengo otro compromiso. Buenas noches.

48

Bebí disfrutando un par de buenos stripteases. Cuando me retiré, serían las dos o tres de la madrugada, las prostitutas se arracimaban en la puerta del Yaco Bar. No me entusiasmó ninguna —tan obsesionado estaba con Anastasia Yashin—, así que me limité a comprar una hallulla de rescoldo al viejo que las conserva arropadas en un canasto.

—¿Usted es Clemente Fo? —me preguntó el viejo mientras buscaba el vuelto en los bolsillos.

—Sí, señor —repuse, sorprendido de que me conociera.

—Le tengo un recado de don Máximo —anunció con disimulo—. Dice que su amiga lo espera ahora en la Sombrerería Woronoff.

Le pedí que se quedara con el vuelto y me indicara cómo llegar allá.

Era fácil.

Tomé un trole en dirección a la avenida Argentina, y quince minutos más tarde me bajé frente a las vitrinas iluminadas de la Sombrerería Woronoff, que queda frente al Congreso Nacional y nada lejos de la librería Éxtasis. El local está anclado en el esplendor de un Valparaíso que se fue para siempre.

Antes de entrar, me comí el último pedazo de hallulla.

—¿Cómo le va? —me preguntó desde detrás del mostrador un hombre larguirucho, de anteojos, sombrero, traje y corbata. Hubiera jurado que era Nogueira, tanto se le parecía.

—Buenas noches…

—Soy Armando Olas, cuentista regional, a cargo de la confección de sombreros en el turno de la noche. Me honraría encontrar un sombrero de su agrado, y que se dignara a leer mi obra autoeditada.

—Gracias —atiné a decir, algo perturbado por ese contubernio entre una cita amorosa clandestina, una fábrica de sombreros y un escritor.

—Los sombreros puede examinarlos con calma cuando lo estime conveniente —anunció el doble de Nogueira extendiendo los brazos hacia las vitrinas repletas de sombreros—, pero aprovecho de entregarle —sacó un libro de alguna parte— mi último texto de cuentos, recién salido de la imprenta.

Recibí un volumen delgado, impreso de forma artesanal, que me manchó los dedos con tinta. *Biografía incompetente*, llevaba por título.

—Pero lo crucial ahora es que lo esperan en el subterráneo —dijo no sin cierta modestia, arreglándose unas mancuernas doradas, parecidas a las de don Máximo. De algún rincón llegaba el chirrido de tijeras oxidadas cortando paños y el suspiro de una plancha exudando vapor—. Tenga la amabilidad de seguirme.

Lo seguí hasta una escalera que descendía a un sótano.

—Baje, por favor —me dijo.

Cuando estuve abajo, Armando Olas alzó sorpresivamente desde arriba la escalera mediante una palanca. Con un golpe seco, clausuró el techo y me dejó encerrado y a oscuras. La mala suerte no me abandonaba. Fue una estupidez haber confiado en el cuentista sombrerero. Recordé la sabia frase de Pascal de que todos nuestros males provienen de no saber quedarnos entre las cuatro paredes de nuestra casa. ¿Y ahora qué haría?

De pronto, frente a mí, divisé a una mujer de vestido punzó sentada en un sofá. Caminé hacia ella casi a tientas, tropezando con muebles y cajas de cartón.

Cuando la reconocí, quedé azorado. ¡Era Anastasia Yashin en persona! Llevaba un sombrero de ala ancha y un ajustado vestido rojo, fumaba un pitillo y en la diestra sostenía una copa de champán. Estaba descalza, sus zapatos de aguja yacían entre sombreros.

—¿Es usted, usted? —balbuceé.

—En efecto —dijo ella y despidió una voluta de humo rojo como su vestido corto y sin mangas, que dejaba al aire sus hombros redondeados y sus muslos. Al despojarse del sombrero, la cabellera se le derramó sobre los hombros—. ¿Me reconoce ahora?

Me pellizqué para cerciorarme de que no era un sueño. Estaba en el subterráneo de la Sombrerería Woronoff, de Valparaíso, a miles de kilómetros de casa, y tenía ante mí a la bella Anastasia, que ahora indicaba hacia una mesa redonda, donde me aguardaban una copa y una botella de Dom Perignon.

—A su salud y porque le vaya bien —dijo, alzando su copa.

—¿Y qué hace acá? —me animé a preguntarle tras degustar el fino champán.

—Don Máximo me contó que quería hablar conmigo —dijo, mientras se ordenaba la melena para calzarse el sombrero—. Cuando actúo en Valparaíso, suelo alojar en una pensión del pasaje Pierre Loti, pero le rogué que lo citara a usted a este sitio, que es donde escojo mis sombreros. ¿Qué le parece este?

Volvió a ponérselo.

—Le queda espléndido —brindé por su belleza.

—Negro y rojo son mis colores favoritos, y los llevo en mis presentaciones. Soy anarquista y stendhaliana. ¿Qué le pareció mi presentación?

—Notable, Anastasia, notable —apenas pude hablar, feliz de que recordara mi presencia en el American Bar.

—Venga, siéntese —dijo ella recogiendo las piernas en el sofá—. Prefiero conversar más en confianza. No sea tímido. Me imagino que usted vino con un propósito definido a esta cita.

Me senté junto a ella y aspiré regocijado su perfume. Pasé un brazo sobre sus hombros desnudos sin saber qué hacer ni decir. Sus palabras eran una invitación a que yo tomara la iniciativa, un anuncio de que no se opondría si yo intentaba hacerle el amor. Deslicé la yema de mis dedos por sus hombros y luego por la hendidura de su espalda.

—Don Máximo me contó que usted sufre —dijo Anastasia, ignorando mi exploración—. Me da pena que la gente sufra. Yo vivo para que la gente olvide sus penas, y goce. ¿Quiere que le baile? —me preguntó y apartó mi mano de su cuerpo.

—Sería un placer —tartamudeé yo, sudoroso, y vacié la copa.

De alguna parte llegó el saxofón que introducía «Rosita», esa canción que tanto me gusta, y el subterráneo de la Sombrerería Woronoff se inundó de música como si de una fresca bocanada de aire puro se tratara. Anastasia se puso de pie y comenzó a dar unos pasos de baile que me transportaron a su show del American Bar. De pronto, sin ruido alguno, emergieron grandes espejos que me permitían ver a la mujer desde todos los ángulos imaginables, y que me imposibilitaban saber cuál de aquellas mujeres reproducidas al infinito era la real.

Todas las Anastasias dejaron resbalar el vestido a lo largo de su cuerpo y quedaron en una colaless y un ajustador que apenas contenía sus senos. Luego se pasearon contoneando las caderas y, sin que yo me diese cuenta cómo, la tuve de pronto, sí, solo a ella, la real, a escasos centímetros de mí y completamente desnuda. Allí estaban su rostro de muchacha, sus pechos firmes, su ombligo terso y su triángulo rasurado. Al final de «Rosita» escondió el rostro detrás del sombrero, y se sentó a horcajadas sobre mí.

No debería describir lo que vino después, pero me temo que no puedo callarlo: tomé a Anastasia por las caderas, abrí con torpeza mi pantalón y, cuando navegaba entre la embriagante suavidad de sus muslos, ya próximo a la ansiada meta, la luz y la música se apagaron de golpe, y la mujer se esfumó entre mis manos como si de un sueño se hubiese tratado. Quedé completamente solo en la oscuridad del sótano de la Sombrerería Woronoff.

Permanecí en el sofá, sin saber qué hacer. El silencio hería mis oídos.

—No se preocupe, Clemente Fo, que ahora mismo le bajo la escalera —gritó de súbito Armando Olas desde lo alto, mientras empezaba a accionar la palanca.

49

—Acomódese acá. —El literato me ofreció una silla frente al mostrador de vidrio—. Don Máximo me contó que usted busca a un novelista de Valparaíso. ¿Lo encontró?

—Sí, pero su mujer interrumpió nuestros encuentros.

—Me lo imagino. —Las entradas de Armando Olas resplandecían bajo los tubos fluorescentes—. Es celosa y vela día y noche por su esposo. En todo caso, usted debe insistir. Es importante que el novelista se entere de que Duncan alteró su otrora apacible existencia.

—Es Dupuis quien me la alteró. En rigor, Dupuis y Samanta son los culpables —precisé.

—Pero creo que el escritor ejerce más autoridad sobre Duncan. Releí su serie sobre Estocolmo, y no puede haber perdido su poder sobre él. Usted debe convencerlo. Nadie puede hacerlo por usted.

—¿Convencerlo de qué?

—De que haga algo.

Me senté, lo miré un rato sin entender lo que pretendía decirme, y le pregunté:

—¿Adónde se fue Anastasia?

—¿Cómo?

—¿Adónde se fue Anastasia Yashin, la bailarina del American Bar?

—Discúlpeme, señor Fo —dijo Olas, compungido—, pero entiendo que usted bajó al subterráneo a escoger un sombrero. ¿No pudo asesorarlo la señora Belarmina, nuestra ayudante de toda la vida?

—Permítame entonces otra pregunta —continué, perturbado y molesto, porque no estaba para bromas—: ¿Por qué sabe usted tanto de mi vida?

—Don Máximo de Angelis me contó todo sobre su matrimonio, el francés y el lituano.

Me agarré la cabeza con las dos manos, decepcionado.

—Escúcheme —dijo el cuentista—. Aquí todos, con don Máximo a la cabeza, estamos para ayudarlo. No se preocupe tanto de entender las cosas, sino de resolverlas.

—Estoy a punto de enloquecer.

—Es solo un modesto cambio en su vida. La vida es lo que es, no lo que uno quiere que sea.

—¿Puede repetir esa frase?

Olas estaba empleando las palabras de don Máximo, que eran además las mismas que yo he usado antes.

—¿Quiere que repita lo que dije?

—Por favor.

—No estoy para niñerías.

Alguien dio unos golpes a la vitrina. Me volteé a ver. Dos jóvenes presionaban sus rostros contra el cristal, deformándolos, convirtiéndolos en máscaras de una película de horror. Gritaban algo que no entendí.

—¿Qué pasa? —pregunté acercándome a ellos, pero sin abrir la puerta porque la ciudad hierve de maleantes.

—El maestro te espera con Alicia —escuché decir a uno de los jóvenes. Iban envueltos en túnicas negras y llevaban el rostro cubierto con una pintura blanca que les confería un aspecto fantasmagórico.

—¿Qué maestro y qué Alicia? —grité.

—Las Delicias —respondieron al unísono antes de cruzar corriendo la avenida.

Ya al otro lado, entraron al Congreso Nacional por alguna puerta disimulada bajo la gran escalinata de granito.

Volví a la silla sin entender nada.

Armando Olas había observado todo sin moverse ni conceder importancia a los jóvenes.

—Fumaron demasiado —comentó al volver del ensimismamiento—. Olvídese de ellos. Vayamos mejor a la librería que nunca cierra.

50

Entramos un poco más allá al piso de tablas de Éxtasis, donde Martín Leser tomaba mate examinando facturas. Al fondo, el hombre de la barba blanca y boina de la vez anterior seguía consultando guías turísticas.

—¿Tienes libros de Jan Stirlitz? —preguntó Armando Olas.

—Solo *Dispensario de emergencia* y *Las mujeres que amé* —respondió Leser y cruzó el local para regresar con dos volúmenes de edición rústica, que entregó a Olas, quien me animó a leer algunos poemas.

—¿Es esa la mujer de la cual le habló Stirlitz? —preguntó al rato.

—Sin lugar a dudas —dije, al tiempo que tuve la sensación de haber sostenido esta misma conversación con anterioridad con alguien más.

Me pregunté cómo era posible que ese hombre, que vivía dedicado a escribir cuentos y atender una sombrerería en Valparaíso, estuviera al tanto de mis circunstancias e incluso conociera la poesía de Stirlitz. Una vez más, el mundo se me escapaba de las manos como si obedeciese a un libreto desconocido para mí.

—¿Es la mujer que vio esa noche junto al río? —preguntó Olas.

—Esa es —admití, desconcertado por el rumbo que tomaba la conversación.

—Lo mejor es que llame ahora a Stirlitz —agregó el sombrerero—, y le pregunte si Marietta existió en realidad o solo en su imaginación.

Ya sé qué piensa Stirlitz al respecto, es decir, conozco su tuttifrutti cerebral, pero no me quedó más que obedecer. Armando Olas ejercía esa noche sobre mí una autoridad que me desbordaba. Tecleé en el iPhone que puso a mi disposición, y al cabo de unos segundos tuve a Stirlitz al aparato.

Fui directo al grano. Le hice la pregunta. Stirlitz guardó primero silencio, me temo que confundido y algo molesto, y luego masculló:

—Ya hemos hablado de esto antes, y no puedo entrar en detalles, Clem, un caballero no tiene memoria. Además hay moros en la costa. Ya vieras tú. Un ángel caído del cielo.

De su cuarto provenía un silencio sepulcral.

—Escucha ahora lo siguiente —dije—. Necesito ubicar con urgencia a Marietta. Hay un periodista que desea entrevistarla.

Stirlitz balbuceó algo incomprensible, pero insistí en que el periodista no daría su brazo a torcer ni lo dejaría en paz.

—No entiendes nada de poesía —se lamentó con amargura. Lo acobardaba la idea de enfrentar a un periodista que le acarreara problemas con la academia—. Marietta existió en el poema, no en la vida real, y existe en el poema, no en la vida real.

—¿No es real, entonces?

—Por eso sigue viva y no se calcinó bajo las arenas de Irak, y por eso hablamos de ella ahora, en este minuto, tú allá, yo acá, como si hubiese sido de carne y hueso.

—Entonces, existió.

—A ver, dime, Clem, ¿te afecta acaso que Don Quijote no haya sido de carne y hueso? ¿O te da lo mismo cuando lees su novela? Te digo que da absolutamente lo mismo si existió de verdad o no, pues existe igual gracias a la pluma y al ingenio de Miguel de Cervantes, y a la fantasía de los lectores. ¿O no?

Colgué.

—La mujer no ha existido nunca —le dije al sombrerero cuentista—. Stirlitz es un embustero.

—Y sigue mintiendo. No existió, dice, pero usted la vio, habló con ella, se acariciaron frente al río —recordó Armando Olas, y el tono alto de su voz hizo que el gringo nos mirara con severidad por un instante.

—¿Discuten sobre Stirlitz? —preguntó Leser, acercándose.

El cuentista sombrerero le pidió que le enseñara los textos del novelista porteño. Martín Leser volvió con varios volúmenes, y Leser me hizo leer unos párrafos de ellos.

—¿Es el mismo Duncan que tocó a su puerta? —me preguntó después.

Asentí, azorado por la semejanza entre el detective de la novela y el que me visitó, y por la sensación de que todo eso ya lo había vivido antes. Leser y el hombre de la barba seguían en silencio nuestra conversación.

—Entonces debes ir cuanto antes a convencer a Ampuero —ordenó enfático el cuentista sombrerero—. Si no te deja tranquilo de una vez para siempre, terminarás viviendo debajo de un puente.

Salí de la librería para regresar a la residencial. Cuando esperaba un taxi en Pedro Montt, me rodearon unos encapuchados envueltos en capas negras. Comencé a sudar de miedo. Parecían del Ku Klux Klan. Iniciaron una danza singular: tomados de las manos formaron una rueda que se estrechaba y ampliaba en torno a mí como las olas que van y vuelven en la playa, mientras sus voces imitaban el escalofriante ulular del viento.

—Te esperan en Las Delicias —anunciaron varias veces los bailarines a coro.

Luego echaron a correr y se los tragó la oscuridad fragante a cochayuyos.

51

Me detuve en una esquina a ver qué hacía. Tal vez debía regresar al American Bar, me dije cuando vislumbré a un asiático bajando la cortina metálica de un restaurante chino. La cortina tenía una puerta estrecha. El hombre entró por ella al local, apagó el letrero de neón y volvió a salir. Andaba en jeans y chaqueta de cuero corta.

Cuando me acerqué a él, alzó un brazo esgrimiendo una navaja que despedía destellos escalofriantes. Me miró sin dejar de blandir el arma.

—Solo quería hacerle una pregunta —expliqué, tratando de apaciguarlo.

—Lo que quiera, pero ni un paso más —me advirtió. Tenía un bigote fino y unas pelusas por barba. Desconfiaba. Tenía razón. La ciudad estaba llena de asaltantes—. No tengo fósforos ni cigarrillos ni plata. ¿Qué quiere?

La navaja continuaba haciendo guiños en la altura. Mi pregunta sonó ridícula:

—¿Conoce un local llamado Las Delicias?

El chino, digo chino porque sospecho que lo era, aunque perfectamente podía ser coreano o vietnamita, dijo que conocía un local con ese nombre, y que no quedaba lejos.

—¿Dónde?

—Cerca de la garita de los trolebuses —precisó indicando en la dirección de donde yo venía—. ¡Y ahora hazte humo, evapórate!

Me alejé avergonzado. Abordé un trole y me senté en el primer asiento detrás del chofer. Le pregunté por Las Delicias.

—Quedaba frente a la garita —respondió—. Quebró. Una lástima porque preparaban buenos sándwiches, y en los días de lluvia sopaipillas pasadas de chuparse los bigotes.

Me apeé frente a la garita, ya cerrada y a oscuras, y caminé hacia el local.

Su cortina metálica estaba garabateada con lemas anarquistas, y su letrero de neón apagado. Supe que los bailarines se habían reído de mí, porque a esa hora la avenida Argentina no era nada más que una desolada franja de concreto.

Me puse a esperar un taxi pensando en Nogueira, responsable último de todo esto. Él me había instigado a viajar a Valparaíso para evadir a Duncan y hablar con el novelista. En rigor, mi desgracia no había comenzado con la aparición de Duncan, sino del portugués. Él me indujo a dar este paso. ¿Qué mierda hacía yo ahí, calado de frío, en la invernal madrugada porteña, solo y deprimido, sin poder regresar ni siquiera a la residencial de Los Poetas Inéditos?

Unas siluetas se recortaron de pronto contra el fondo iluminado del Congreso. Decidí ocultarme detrás de la garita. Eran tres encapuchados, vestidos de negro. Encapuchados de nuevo. Se sabía que eran violentos y en las marchas estudiantiles estaban dispuestos a todo, incluso a destruir edificios, saquear supermercados y decapitar esculturas de Cristo en iglesias. Como no había nadie más en la calle, sentí pavor. Aguanté la respiración, sin moverme. El barrio dormía. Nadie escucharía mis gritos de socorro. Cerré los ojos y rogué que pasara un coche policial.

En lugar de un motor o una sirena, escuché un rechinar de goznes, y luego el golpe sordo de un tronco que se desplomaba. Después, susurros y pasos que se multiplicaron en la noche.

Asomé la cabeza y divisé el torso de una mujer de antifaz que descendía por un cauce de la avenida. Lo último que vi fue su cabeza.

Puse los pies en polvorosa.

52

Días más tarde me atreví a volver a la casa del novelista. Esta vez me senté a esperar en la parada de buses, decidido a plantearle el tema. Yo estaba de suerte, porque su mujer no tardó mucho en salir de casa en un Volvo de techo combado y diminutas ventanas traseras. Crucé la avenida y toqué con decisión a la puerta.

—Pase —me dijo el novelista como si hubiese estado aguardándome.

Entramos a la terraza, donde no había trazas de que alguien la estuviese reparando. Por el contrario, el sitio se veía en buen estado y en su centro había una mesa con quitasol amarillo y cuatro sillas metálicas. Ignoro por qué el novelista me dejó entrar, pero con los años la gente se vuelve desmemoriada, imprevisible e ingenua.

Le dije de nuevo que solo él podía hacer algo por mí.

—¿Y qué quiere que haga? —preguntó.

—Que me quite de encima a Oliverio Duncan.

Me invitó a su estudio, en el segundo piso de la casa.

Atravesamos un pasillo y subimos por una escalera. El estudio tenía una gran ventana que se abría de forma espectacular a un acantilado, la ciudad y el Pacífico. Me pregunté cómo el novelista podía concentrarse en su trabajo teniendo aquella vista. Pero lo que también me impresionó fue el caos indescriptible que reinaba:

sobre el escritorio y el piso de tablas había páginas manuscritas, resmas de papel, fotocopias, diccionarios, anteojos, tazas de café, monedas y lápices de colores, todo aquello regado sin ton ni son, como si alguien lo hubiese dejado caer allí desde lo alto.

—Aunque no lo crea, escribo una nueva novela —me confesó Ampuero.

—¿Por qué no voy a creerle? —pregunté disimulando mi turbación.

—Por la edad.

—Un escritor, creo yo, muere cuando deja de escribir.

—Es cierto. Pero tengo varias novelas inconclusas. Perdieron fuerza, se desdibujaron y las abandoné. Deben ser los años. Tal vez con la actual llegue a buen puerto. Nunca se sabe qué suerte correrá un manuscrito.

A juzgar por el caos, esta vez tampoco concluirá su novela. De una página escrita a medias, olvidada sobre una silla, alcancé a leer unas frases, supongo que de la nueva obra. Creo haber visto en ella el nombre del policía sueco que me visitó en Estados Unidos. Digo creo, pues la emoción no me permitió fijar con calma los ojos en la página. No soy impertinente, pero me atreví a preguntar:

—¿Escribe otra novela sobre Oliverio Duncan?

—Así es.

—¿Está por terminarla?

—Uno nunca termina sus manuscritos, es la editorial la que se lo quita a uno de las manos, decía Borges.

Recordé lo que decía Nogueira: si el novelista no termina la novela, comienza a sufrir el asedio de los pobres personajes que quedan a la deriva.

—Entonces debe terminarla —dije—. ¿Lo hará?

El novelista tomó asiento ante el escritorio y examinó una página escrita a medias.

—Escribir ya no es como antes —reconoció alzando los ojos hacia mí—. Ciertas ideas se me confunden, me cuesta seguir el hilo de la trama, y no hallo las palabras para decir lo que tengo que decir. Además —afirmó frotando las yemas del pulgar, el índice y el cordial—, las historias y los personajes se me van enredando y confundiendo como las plantas trepadoras en las rejas.

—Nos pasa a todos. Y con los años todo empeora.

—Para un novelista es el infierno. A veces me quedo en blanco y pierdo la noción de hacia dónde debo encauzar la trama.

—Es cosa de que se aísle para que nadie lo distraiga —me atreví a sugerir.

—Es lo que opina Ana. ¿Se tomaría un café?

—Si no es molestia.

La tarde navegaba estable hacia la noche y del norte llegaban nubes que anunciaban aguacero. Abajo la ciudad comenzaba a regar sombras.

—El otro día salí a comprar pan y, a medio camino, olvidé adónde iba —comentó.

—A mí me sucede algo parecido. A veces entro a una pieza en casa a buscar algo y me doy cuenta de que olvidé lo que buscaba.

—No se lo conté a mi mujer para no preocuparla, pero me costó recordar en qué andaba. Eso mismo, que en la vida es pasajero, en un manuscrito es letal.

—Lo entiendo.

—Si no es escritor, no creo que lo entienda —reclamó el novelista.

—Como saxofonista, lo entiendo. ¿Cree que podrá terminar la novela que escribe ahora?

—No me queda otra.

—Ya verá que puede. No solo Oliverio Duncan me persigue —agregué, envalentonado de pronto—, también lo hace una muchacha de un poema de Jan Stirlitz. Conversé con ella y hasta la acaricié y besé, pero ella no es real.

—¿Cómo que no? —preguntó caminando hacia la escalera. Lamenté que abandonáramos esa vista sobre Valparaíso. Era magnífica aunque me causaba vértigo.

—Bueno, hay personas que no parecen reales.

—¿Cómo se llama? —me preguntó. Al parecer no solo olvidaba sus tramas, sino también sus ofrecimientos de café.

—Marietta.

—Marietta —repitió mientras volvíamos al primer piso, él aferrado a la baranda, yo detrás de él, preocupado de que tropezara y rodara por los peldaños—. ¿Se refiere a la Marietta de Stirlitz?

—Así es.

—Es la musa de *Dispensario de emergencia* y *Las mujeres que amé*. Es, por cierto, también personaje en la novela que escribo.

Quedé atónito.

—¿Usted tomó a ese personaje de Stirlitz, y lo hizo suyo? —pregunté.

—Es el revés. El lituano es personaje mío, y Marietta es un personaje de él, pero originalmente es mío. No sé si me explico. Marietta apareció hace mucho en una novela de la serie Duncan. En el poema de Stirlitz, ella muere en Irak, pero en mi serie del detective sueco-latinoamericano ella aún no muere. Está viva, aún no ha ido como voluntaria a Irak.

—¿Y entonces a qué se dedica?

—Estudia en un college, abusa del alcohol y hace el amor con hombres maduros.

—¿También con el poeta Stirlitz? —pregunté sintiendo que la ficción y la realidad eran dos caras de una misma moneda.

—¡Qué va! Stirlitz dice que tuvo algo con ella, pero miente. Fabula hasta con que fue agente soviético.

—Lo sé.

—Bueno, si leyera la novela mía donde aparece por primera vez, vería que ese poeta es un mitómano, un ególatra que solo habla de sí mismo y sus poemas. Eso empujará a Marietta a buscar amor en un tipo que conoce junto a un río del Medio Oeste norteamericano.

Quedé mudo de la impresión. Lo que el novelista describía era un molino que aturdía con sus aspas de realidad y ficción. Entendí al fin por qué Marietta apareció en mi vida: era un personaje del poeta Stirlitz y de la novela que escribía Ampuero, un viejo que iba perdiendo la memoria en Valparaíso. Por alguna razón, tal vez porque era un eslabón perdido, esa mujer seguía existiendo en la realidad, como alma en pena. Pero, y Stirlitz, ¿de qué estaba hecho el poeta?

—¿Y qué papel juega Duncan en su actual novela? —pregunté mirando hacia las casas encaramadas en los cerros, que exhibían un orden kantiano frente al caos del estudio del novelista.

—Anda en Estados Unidos investigando delitos de sueco-estadounidenses. En rigor, todo esto trata de una tetralogía ambientada en el Medio Oeste. Esta novela que escribo contiene, algo que me alegra y alivia, el epílogo.

—¿Y qué hace Duncan en esta novela?

—No lo tengo del todo claro. Investiga la desaparición de un sueco asesinado por un tipo celoso. Pero no lo sé. Aún estoy trabajando en la trama —dijo con un gesto de hastío—. En fin, debo continuar. Un novelista no debe morir dejando manuscritos inconclusos.

53

Era Oliverio Duncan.

Estaba de pie en la puerta de mi habitación de la residencial del cerro Bellavista. Esto sí que no lo esperaba. Vestía un safari verde olivo y me miraba con esos ojos fieros que amparan las cejas negras. Su cabellera y barba blancas le brindaban un aspecto de dios griego.

—Pase, inspector.

Ingresó al cuarto con las manos enlazadas a la espalda. Supuse que ya había hablado con el novelista.

—¿Qué se le ofrece?

—Vine a continuar nuestra conversación —anunció—. Es sobre el mismo tema: Johansson.

Ancló su mirada en la mía, sin agregar nada más. Un escalofrío recorrió mi espalda. El enigmático Duncan me intimidaba.

—¿Cómo puedo ayudarlo, inspector? —logré mascullar.

—Recordando lo que haya olvidado decirme sobre Johansson.

—Le dije todo, inspector. Solo hablé una vez con él. Nunca más lo vi.

Se devolvió hacia la puerta abierta y la cerró con suavidad, luego apoyó su espalda contra ella. Sentí que le debía una confesión. Abrí de par en par las ventanas para atrapar una bocanada de aire puro.

—Hay una gran diferencia entre su casa junto al río y esta habitación —comentó—. Incluso el refugio donde usted alojaba era más cómodo y digno que esto.

—Así es, inspector.

—Raro que prefiera esto a lo suyo, allá en el norte.

—Ando buscando respuestas a mi vida, inspector.

—Más que buscar respuestas de un novelista, me parece que usted huye de algo. No se lo reprocho. Todos buscamos algo y huimos de algo en la vida, lo malo es que los policías necesitamos saber al menos qué busca y de qué huye una persona de interés para nosotros.

No me irritaba que se las diese de filósofo, pero me preocupó que estuviese al tanto de la causa última de mi viaje a Valparaíso. Solo podía habérselo revelado el novelista o Nogueira, que de pronto se me antojaba un parlanchín incapaz de guardar secretos. Impresionante que el policía viniera a verme por eso al otro extremo del mundo.

—¿Vino a Valparaíso solo por mí? —pregunté.

—Aquí las preguntas las hago yo, señor Fo.

—Disculpe.

—Lo que me intriga es su relación con el amante de su mujer —afirmó acariciándose la barba—. Imagino que insistirá en que apenas lo vio.

—Lo vi una vez. Fue en mi casa, en mi antigua casa, para ser más preciso. La mañana que lo conocí, me llevó desayuno a la cama, y me dijo que podía seguir viviendo allí. Se lo agradecí de corazón, desde luego. Eso fue todo lo que hablé con León o Andreas, inspector.

—¿Seguro?

—Bueno, hubo otra ocasión. Fue una noche en que no me permitió entrar a casa. Pero no hubo contacto físico entre nosotros.

Me gritó desde el segundo nivel, desde la ventana del baño, que me fuera para el carajo.

—Según su ex señora, usted manifestó una vez que deseaba matarlo con sus propias manos.

Me senté en el borde de la cama como un boxeador que espera el conteo de protección con una rodilla en la lona y sabe que su adversario está haciendo maromas en la otra esquina, impaciente por noquearlo en los próximos segundos.

—Son cosas que uno dice sin pensar —expliqué—. Cosas que uno suelta de pura frustración. Nos pasa a todos.

—Las amenazas anteceden a las acciones, señor Fo.

—Es solo un decir, inspector. Son palabras sin consecuencias.

—¿Seguro? —Duncan giró sobre los talones, me calzó con una mirada profunda y luego se acercó a la ventana para ocuparse del Pacífico, que refulgía sereno en la distancia.

—Son simples arranques de mal genio, inspector. Créame. No es para menos. El tipo ese me quitó a mi mujer.

—¿Seguro que no volvió a verlo más? —Se cruzó de brazos. La chaqueta verde olivo, con charreteras, bolsillos grandes, holgada, le sentaba bien e intimidaba.

Recordé que en una novela de su serie se afirmaba que, cuando joven, Duncan había sido «guevarista», es decir, había postulado la vía armada para conquistar el poder. Sin embargo, las caprichosas marejadas de la historia lo hicieron encallar nada más y nada menos que en la central nacional de la policía sueca.

—Tal como se lo digo. Nunca más volví a ver a Dupuis —atiné a decir.

Se volvió hacia mí para hacerme sentir el peso de su mirada inculpatoria.

—Sé que sospecha de mí, pero soy un tipo pacífico —recalqué.

—¿Por qué se marchó sin dar aviso?

—Mi mujer me echó de la casa.

—Me refiero a por qué abandonó el Medio Oeste entre gallos y medianoche.

—No tengo impedimento para viajar. ¿O existe una orden de arraigo en mi contra?

Tragué saliva. El mar era un espejo de plomo detrás de Duncan.

—¿Y hasta cuándo piensa quedarse en Valparaíso? —preguntó.

—Planeo volver pronto a Wartburg City.

—¿Qué es lo que en verdad busca aquí? —Se miró las manos.

—Entrevistar a un autor de novelas policiales.

—¿Con qué propósito?

—Publicar una entrevista con él —mentí.

—Ese escritor policiaco jamás ha sido policía. ¿O me equivoco?

—No se equivoca, inspector.

—¿Y por qué justo ahora, que enfrenta líos en casa, viene usted al sur del mundo como periodista? Usted es saxofonista y suele tocar en las calles de Estados Unidos.

—Esta es mi patria, inspector, nací aquí.

Echó un vistazo a la ropa sucia que yacía en mi maletín, abierto de par en par sobre la banca de madera, y volvió a cruzar el cuarto. Abrió lentamente la puerta.

—¿Me permite preguntarle algo de nuevo, inspector? —dije, poniéndome en pie.

—Desde luego.

—¿Usted vino de Estados Unidos a Valparaíso solo para conversar conmigo?

—Así es —repuso Duncan con desparpajo—. Y de su pregunta infiero que aún no dimensiona lo delicado de su situación, señor Fo.

—Pero ya le dije, inspector. No tengo nada que ver con la desaparición de León Dupuis o como se llame —insistí.

—En ese caso no tiene nada que temer y podremos volver a vernos acá o en otro sitio. Solo voy a pedirle un favor.

—Diga, inspector.

—No siga viajando sin avisarme. Nos complica a ambos —puntualizó, pasándome una tarjeta—. Vuelvo a dejarle mi celular para que anuncie sus zarpes.

54

Varias noches después regresé a la avenida Argentina premunido de un par de guantes de cuero y una linterna que compré en la feria de las pulgas. Uno de los cuentos de Armando Olas, titulado «Sabiduría de la oscuridad», me dio una pista que consideré estimulante seguir: hablaba de que las ciudades, al igual que las personas, no son solo lo que uno ve de ellas, sino en gran medida lo que no vemos, lo que esconden, es decir, su submundo.

No es posible entender a Nueva York sin sus rascacielos, ni a París sin su Torre Eiffel, ni a Londres sin su Tower, ni a Berlín sin su Arco del Triunfo, ni a Valparaíso sin sus cerros, pero tampoco es posible entenderlas sin sus alcantarillas, túneles y canales secretos, apunta el ajedrecista George Suleiman-Gottschalk en el cuento «La reina que sobrevivió al rey».

Pero el relato de Olas agregaba una valiosa e inesperada información adicional: un mapa rosacruz del Valparaíso del siglo XIX, impreso en Zúrich, en el cual aparece el Estero de las Delicias como la vía de acceso secreto al submundo de la ciudad. Examinándolo en detalle, constaté que el estero de entonces corría bajo la avenida Argentina. En otras palabras, la amplia bandeja central que separa las numerosas pistas de la arteria, cubre, y me atrevería a decir que oculta, lo que en su tiempo fue el curso de aguas que arrastraba grandes pepitas de oro, según el ajedrecista.

Esperé a que oscureciera releyendo el libro del sombrerero-escritor o escritor-sombrerero, no sé cómo llamarlo, comiendo merluza frita, que acompañé de un chardonnay, en un restaurante de regular calidad y peor aspecto ubicado cerca del Congreso Nacional. El local estaba atestado de noctámbulos, choferes de camiones y estudiantes cimarrones.

Cuando dejé el Kamikaze 2, que atendía un tipo de aspecto asiático, parecido al secretario de Cayetano Brulé, no había ya nadie en los alrededores, así que me acerqué al sitio donde, días atrás, había desaparecido la mujer del antifaz. Eran las tres de la mañana.

Comprobé que los tablones calzaban con precisión milimétrica en el marco metálico del pavimento, así que me costó un mundo levantarlos. Del subterráneo ascendió de inmediato un vaho fétido. Encendí la linterna. Abajo, el estero fluía sobre un fondo pedregoso, al que llegué descolgándome por una herrumbrosa escalera.

Estoy de suerte, pensé, porque el curso de agua es menos ancho y profundo de lo que parecía. En rigor, el estero corre a oscuras y sin mucha convicción por esa garganta urbana. Avancé hacia el este, peinando con la linterna las paredes de roca, ladrillos y cemento.

¿Qué había bajado a buscar allí la mujer del antifaz? ¿Por qué había descendido al nivel de las cloacas? ¿Y el cuento de Armando Olas, que habla de «la sabiduría de la oscuridad» y «la subterra-mama», se vinculaba acaso con todo esto? ¿Y por qué me dejaba seducir por una ficción literaria y el misterioso desplazamiento de una mujer como si yo no tuviese nada más urgente que hacer en Valparaíso?

Seguí caminando y, de pronto, sentí que alguien me estampaba un beso en el cuello. Me encorvé con escalofríos y me protegí la cabeza con manos y brazos. Solo respiré algo aliviado, pero asqueado, al comprobar que había sido un murciélago. Chapoteé hacia la otra orilla algo descontrolado, confundido aún por el aleteo del ratón volador, y el agua fría no tardó en filtrarse hasta mis pies y los bajos del pantalón. No pude seguir caminando, porque más arriba el estero colmaba el canal de lado a lado.

Fue al volver sobre mis pasos que la luz de mi linterna tropezó con una gran cabeza de chivo. Me quedé paralizado de miedo. Noté que el animal llevaba una argolla colgada de su nariz. Caí en la cuenta de que se trataba de una magnífica y bruñida aldaba de bronce. Me acerqué a ella admirado e intrigado por el realismo de la figura, y no tardé mucho en descubrir los rasgos de una puerta de madera disimulada en el muro de piedras y ladrillos.

Toqué.

55

—Bienvenido —me dijo el hombre apoltronado en un trono de terciopelo rematado con una corona dorada.

Estaba en el centro de un espacioso salón de cielo alto y abovedado, del cual colgaban lámparas de lágrimas de cristal y también cortinajes amarantos, que, al estar ceñidos a media altura por cintas y tirantes, formaban generosas volutas de tela.

El mofletudo que me había abierto la puerta y guiado a ese fastuoso salón se llamaba Cirano Gladbach. Vestía como los cantantes de tunas de Guanajuato. Noté de inmediato que es un sirviente cauto y discreto: se quedó de pronto atrás, en la penumbra, invitándome a avanzar por el piso de granito en el que espejeaban las antorchas adosadas a los muros.

Ignoro qué me impulsó a saludar al hombre con aspecto de monarca haciendo sonar los tacos como un perfecto soldado prusiano, pero lo cierto es que el eco trepó por los muros y se fue atenuando en las alturas. Afiné algo más la vista y noté que el trono —llamémoslo así— ocupaba una plataforma circular, maciza y dorada, que iluminaban potentes focos empotrados en el cielo.

Quedé anonadado al constatar que se trataba ni más ni menos que de don Máximo.

Cuando llegué al primero de los siete peldaños que ascendían a su trono pude verlo aún mejor: arrebujado en una lustrosa capa negra, me observaba con la hipnotizante avidez de una serpiente. Pude distinguir su pálido rostro zorruno, su frente amplia y protuberante, la cuenca profunda de sus ojos, la acicalada barba de chivo que le brinda un aspecto sardónico, y la cabellera azabache que peina hacia atrás, adherida al cráneo.

—¿Y todo esto qué es? —le pregunté sin poder ocultar mi turbación.

—Estos son los predios de Máximo de Angelis —anunció y soltó una carcajada, mientras desplegaba su mano derecha abierta, en cuyo meñique lucía un anillo con un descomunal diamante—. Sabía que le impresionarían.

En verdad, nadie hubiera podido imaginar que bajo la avenida Argentina, y a pasos del Congreso Nacional, se hallaba ese inmenso espacio —palacio, me atrevería a decir— donde habitaba don Máximo de Angelis y en el que resonaban —en ese instante me di cuenta de ello— solemnes cantos gregorianos.

—¿Pero por qué? ¿Por qué todo esto, y aquí? —pregunté.

—Usted quiere saber demasiado, lo que es bueno —comentó De Angelis, poniéndose de pie. Bajó los peldaños rengueando levemente, haciendo resonar sobre la madera sus botines estilo Beatles, hasta situarse a mi lado—. Pero antes dígame mejor: ¿en verdad desea un *rendez vous* con Anastasia?

Le reiteré que sí, aunque a sabiendas de que el espectáculo que presenciaba en ese instante no podía ser cierto. Ni mi descenso a Las Delicias, ni la puerta en el muro de contención del estero, ni el salón palaciego, ni ese hombre de mirada penetrante y edad indefinida podían ser reales. Tuve la certeza de que soñaba; que cosas como esas solo acaecían en novelas fantasiosas, mas no en la vida cotidiana.

—Además, usted anda agobiado por la desaparición de un tal León Dupuis, ¿verdad? —continuó De Angelis y me propinó un empujoncito amable pero firme en la espalda—. Y ahora quiere saber cómo escapar del enredo, ¿o no? —preguntó haciendo aparecer en sus manos un bastón con cuya punta me tocó a la altura del corazón.

—¿Qué quiere que le diga? —respondí—. Usted lo sabe todo.

—Así es —dijo ufano, girando alrededor mío con una mano en alto, enarcando una ceja, observándome como a un esclavo en venta—. Que está loco por Anastasia se nota a la legua y creo que progresa en su conquista, pero el gran riesgo que está corriendo en lo de Dupuis me tiene consternado. Sé mucho más de usted de lo que imagina, pero tampoco lo sé todo. Hay un rinconcito en su cabeza —sonrió burlón mientras se tocaba con el índice la sien izquierda—, que siempre escapa a mi escrutinio. Siempre. Digamos que allí anida su libertad. Y ese es el rincón más apetecible para mí.

—¿Para qué me citó? —pregunté—. Porque está claro que llegué aquí por artilugios suyos. ¿Quién es usted?

—No tema ir despacio, solo tema no avanzar, Clemente Fo —repuso Máximo de Angelis con una sonrisa de oreja a oreja; sus ojos pasaron del café al verde esmeralda, se tiñeron luego de un carmesí encendido y retornaron al color original—. Sé lo que busca, y lo hice venir para brindarle mi ayuda. ¿No le apetecería cenar mientras conversamos? —preguntó acariciando la empuñadura del bastón mientras su capa comenzaba a flamear.

Acepté.

Cruzamos el salón en dirección a las cortinas de color amaranto, que me recordaron las del American Bar. Dos bellísimas mujeres desnudas, de antifaz, melena negra y altas botas de cuero, apartaron las cortinas para nosotros, y el canto gregoriano se apagó de golpe y nos encontramos ante una gran puerta de madera de doble hoja, que se abrió con chirrido de goznes.

Avanzamos por un amplio hall de mármol.

Abordamos después un ascensor, subimos varios pisos y llegamos, en lo que parecía ser el último nivel del edificio, a un restaurante con ventanales que daban, por un lado, a los cerros y, por el otro, a la bahía de Valparaíso. Estaba vacío. No había nadie. Ni comensales ni mozos.

Nos sentamos mirando hacia los cerros, cuya pobreza disimulaba a esa hora la escasa luz de los callejones.

—¿Se sirve lo de siempre, senador? —preguntó a De Angelis un mozo de chaqueta oscura.

—Lo de costumbre, y para mi invitado lo que desee —dijo don Máximo de Angelis, y en ese momento caí en la cuenta de que ya no estaba sentado frente al hombre de barbita de chivo, sino ante un tipo apuesto, de ojos claros, melena rubia y terno con corbata de seda y prendedor de oro.

—Voy a pedir lo mismo —dije, no tanto por imitar a mi anfitrión, como para deshacerme del mozo y preguntarle a De Angelis cómo había logrado cambiar de aspecto en cosa de segundos.

—¿Y el vino de siempre, senador? —preguntó el mozo.

—El de siempre, tenga la amabilidad —repuso mi anfitrión, sacudiendo la servilleta para extenderla sobre sus piernas.

—Tendrá el Perla Negra, esa reserva dorada de la Casa Donoso —dijo el *maître* haciendo un profunda reverencia antes de alejarse.

—Pues «a cada cual lo suyo» —me dijo De Angelis, alisando con los dedos su corbata—. Ese es otro de mis lemas.

—El *Jedem das Seine* lo colocaron los nazis en la puerta de entrada al campo de concentración de Buchenwald —apunté yo—. En el de Auschwitz instalaron *Arbeit macht frei*. El de Buchenwald está en el cerro Ettersberg, entre abedules, cerca de Weimar, la ciudad símbolo de la cultura alemana, la ciudad de Goethe y Schiller. El infierno alemán y el parnaso alemán, uno junto al otro, como bien lo describe Jorge Semprún en sus memorias.

En honor a la verdad debo aclarar aquí mismo que, y ustedes ya se dieron cuenta de ello, esa reflexión no me pertenece, que no es propia, que es ajena a mi cosecha. No sé cómo explicarlo, pero esas palabras y esa información tan sólida me vinieron a la memoria como si alguien, no yo, las hubiese inoculado de golpe en mi cerebro. Nunca he visitado un campo de exterminio, ignoro si crecen abedules en torno a Buchenwald y jamás he leído a Semprún ni he recorrido Alemania, como creo haberlo ya dicho. Alguien estaba pensando por mí, razoné, alarmado. Incluso lo que estaba viviendo en este restaurante, así como ciertos recuerdos que afloraban en mi cabeza, no eran míos, sino de alguien que hablaba a través de mi persona.

—Buena observación —repuso De Angelis—. La cita es de Goethe, según recuerdo de la visita que hice a Buchenwald con una delegación parlamentaria.

—¿Usted viajó a Alemania con parlamentarios de esta casa?

—Así es. Y como corresponde: en primera clase y con todos los gastos pagados, es decir, cobrando doble viático: uno, por estar en el extranjero; otro, por trabajar desde la distancia en la sede del Congreso al mismo tiempo. Aquí mucha gente goza del don de la ubicuidad.

—Y estamos en el restaurante del Congreso Nacional —exclamé con incredulidad, sin poder explicarme cómo habíamos llegado hasta allí desde los desagües y alcantarillas de la ciudad.

—Así es —dijo don Máximo disfrazado de senador, mientras el mozo nos colocaba sendos whisky sour en la mesa—. Aquí se come y bebe a cuenta del erario fiscal. No hay que dejar ni propinas.

—¿Usted es senador, entonces?

—A ratos.

—¿Cómo a ratos? Por favor, don Máximo, apiádese de mí. ¿Cómo logra usted esa metamorfosis instantánea?

—Gajes del oficio, Clemente Fo, pero mejor no nos desviemos del tema —repuso con parsimonia mi anfitrión—. Fíjese: comenzamos con whisky sour y habrá un magnífico tinto, pero aquí siempre pido palta reina de entrada, después sopa de pantrucas, y de fondo unas suculentas prietas de Chillán, acompañadas de papas hervidas. ¿Por qué? Porque aquí guardo las apariencias, no quiero abultar los gastos del senador, que los paga Moya, y porque yo, honestamente, a veces prefiero lo casero y popular, con excepción del alcohol, materia en la cual me muestro intransigente.

—Bueno, lo auténtico es lo que tiene más carácter —opiné yo—. Aunque aquí todos deben comer muy bien.

—No crea que mis colegas entienden de arte culinario. Ignoro si son peores como gourmets, políticos u oradores. Lo mejor es que aquí se come y bebe gratis. Aquí ya vivimos en el comunismo. Don Karl Marx se sentiría realizado, ya alcanzamos su famosa etapa de: «A cada cual según sus necesidades». Los platos, así de irónica y cruel es la vida, los pagan los pobres que viven en los callejones de allá arriba —indicó con displicencia hacia los cerros sumidos en penumbras, mientras sus mancuernas de oro relampagueaban—. Cada vez que compran pan, arroz, fideos o calcetines, ¡paf!, nos hacen un suculento donativo con el impuesto que pagan sin darse cuenta ni chistar.

—Entonces ¿usted es un senador disfrazado de don Máximo o don Máximo disfrazado de senador?

—Tengo la facultad de convertirme temporalmente en cualquier otra persona, estimado. Tengo un límite de tiempo para ello, desde luego, y cuando ese plazo expira, vuelvo a ser quien soy. Es una limitante pero también una garantía. Uno nunca sabe, hay ángeles que sueñan con usurparme el cargo.

—Tiene un plazo como la Cenicienta.

—Bien dicho —me dirigió una sonrisa cargada de cinismo—. Se trata de un arma contundente, porque mi poder no consiste en hacer el mal, como afirman mis enemigos de halo y sotana —ladeó la boca—, sino en cambiar de aspecto para conseguir ciertos propósitos. Por ejemplo, aquí soy senador de la República, como gratis y a la carta, vivo de la caridad pública, si se quiere, disfruto de inmunidad, y pocos estorban mi existencia.

Un escalofrío me bajó por la espalda, erizándome por completo, cuando capté con quien estaba conversando. Su referencia a «los enemigos de halo y sotana» me dio la clave, y sus poderes mágicos y el hecho de que habite en las entrañas de la ciudad hicieron el resto. Me atreví a decirle:

—Siendo franco, don Máximo, su nombre se asocia al mal y a la muerte.

—Un invento de mis enemigos —repuso campante—. Si se toma la molestia de leer la Biblia, verá que no mato a nadie. A nadie, señor Fo. Sin embargo, mi némesis elimina allí a miles de seres humanos, y amenaza con liquidar a millones si no se pliegan a sus propósitos. Yo soy el único redentor transparente, y por ello me convertí en la víctima de la peor campaña de desprestigio que haya conocido la historia universal.

—¿Y a qué se debe entonces su, llamémoslo así, desprestigio?

El senador sonrió y sus ojos se encendieron, no sé si de alegría o ira. Dijo:

—Se debe a la milenaria campaña del terror de mis enemigos de sotana y tonsura, a que son ellos quienes escriben la historia y yo quien la padezco.

Vi que unos señores entrados en carnes, de traje y corbata, ocupaban una mesa próxima. Nos miraron de reojo.

—Ignórelos —ordenó mi anfitrión con total desprecio—. El ser humano en general está muy sobrevalorado. No hay que depositar esperanzas en él.

—¿No teme, don Máximo, que el senador al cual suplanta, aparezca de pronto por aquí?

Máximo de Angelis sonrió con su flamante rostro, que recuerdo haber visto en las portadas de diarios o en las noticias de la televisión y, con absoluta pachorra, afirmó:

—Siempre me ocupo de asumir la identidad de quienes no frecuentan las sesiones. La de los parlamentarios flojos y ganapanes, por hablar con la verdad en la mano. Gracias a ellos tengo una selección de vinos y platos para regodearme y chuparme los bigotes. El que le roba a un ladrón, cien años de perdón. El senador que usted teme pueda llegar aquí no lo hará, pues a esta hora está ocupado recolectando fondos para su campaña, viajando por el mundo o encatrado con un o una amante. Hablemos mejor de Anastasia.

Extrajo de su saco un iPhone de última generación, trasteó unos segundos en él y me mostró escenas de un film porno en el que actuaba la bailarina. Sin embargo, cada vez que se acercaba a la consumación del acto mismo, ya fuese con un hombre o una mujer, o varios actores a la vez, en una terraza con palmeras desde la cual se divisaba el mar, o una habitación de ventanales que daban a una alberca, Máximo de Angelis saltaba cruelmente a otra escena, y mostraba entonces a Anastasia vestida y modosita, conversando con alguien en un Starbucks con el despreocupado aire de una universitaria.

—¿Me puede enviar esa película? —pregunté.

—Desde luego. Pero ya sabe que usted puede acercarse solito a Anastasia.

—Es una mujer esquiva. En la sombrerería se hizo humo.

Máximo de Angelis sonrió y dijo:

—Admitamos que no aporta de buenas a primeras todo lo que uno anhela.

—Y se deshace como una pompa de jabón.

—Eso podemos repararlo.

—Para ser franco, don Máximo, también me desconcierta —hice una pausa mientras nos servían la palta reina— que usted me ofrezca a una mujer estupenda por bolitas de dulce.

En lugar de responderme, me invitó a saborear un blanco de Casa L'Apostolle que pidió para acompañar la entrada.

—Usted tiene razón —comentó tras secarse los labios con la servilleta—. *There is no free lunch*, dicen por ahí, y es cierto. Todo tiene al final su precio, y así será esta vez. Solo los incautos creen en la gratuidad sin reciprocidad. Me regocija conversar con gente pragmática y realista como usted, señor Fo. Su mismo oficio se basa en la convicción profunda de que no debe haber música gratis, ni en las calles. Quien escucha, paga, y solo quien paga, escucha.

—De algo tengo que vivir.

—Sé además que odia a los aprovechadores que se paran cerca de su banda, simulan no escuchar la música y luego, cuando usted comienza a pasar el sombrero, se escabullen y reanudan descaradamente la marcha como si nada. Como lo dije, nada tan sobrevalorado como la especie humana, señor Fo.

—¿Qué me pide entonces a cambio?

—Una colaboración tan modesta como la que usted solicita con el sombrero. —Alzó las cejas y extendió los brazos como el Cristo del cerro Bellavista—. Yo le sirvo a esa beldad ruso-chilena en bandeja de plata si usted me ayuda con el novelista.

—¿Cuál novelista?

—Vamos, no se me haga el de las chacras. Usted sabe a quién me refiero.

—¿El desmemoriado?

—Permítame no mencionar su nombre —dijo entornando los párpados.

Ahora las cosas adquirían un tinte aún más absurdo.

—¿En qué sentido quiere que lo ayude? —pregunté.

—Necesito que lo neutralice.

—¿Cómo?

—Bueno, eso lo dejo a su criterio e imaginación. Me interesan dos cosas —dictaminó con frialdad—: que el susodicho nunca más pueda hablar ni escribir, y que el manuscrito de la novela que garabatea en estos meses termine en mis manos, no en las de un editor.

Antes de seguir con el relato, deseo aclarar que sé que lo que estoy narrando aquí es inverosímil y no puede estar ocurriendo, que debe ser fruto de un estado febril mío y los calmantes diarios que tomo, o de una pesadilla que en algún momento terminará. Lo dejo por escrito para salvar mi reputación. Y, dicho esto, debo continuar contando qué más ocurrió ese día, dejar testimonio claro de que no soy un sicario, y que si don Máximo se lleva mal con el escritor, debe resolverlo él mismo y por sus propios medios.

—Le hago una oferta que usted no puede rechazar —dijo volviendo a extraer su iPhone, y esta vez me enseñó a Anastasia desnuda frente a una tina de baño donde flotaban pétalos de rosas y la esperaba un hombre.

—Claro que rechazo su oferta —dije asestando un puñetazo sobre la mesa—. No soy un asesino a sueldo, don Máximo. Se equivocó medio a medio de persona.

—No se exaspere, señor Fo, y disfrutemos mejor estos platos criollos —sugirió De Angelis, conciliador, preocupado de que nuestra conversación se descarrilara y despertase la curiosidad de los parlamentarios, empresarios y sindicalistas que acababan de llegar—. Si no desea disfrutar los placeres que depara Anastasia, no lo obligaré a ello. Nadie puede ser obligado a ser feliz. Pero es una lástima, porque a usted, de otro modo, no le quedará más que seguir sufriendo por culpa del novelista.

—¿A qué se refiere?

Máximo de Angelis disfrutó con voluptuosidad por unos instantes la pantallita que yo no podía ver, y afirmó con tono grave:

—Me refiero, mi querido Clemente Fo, a que el novelista lo está empujando a usted al marasmo y a que usted aún no sabe cómo reaccionar. Pero no nos enemistemos por algo que, como todo en la vida, tiene solución. Le propongo que en lugar de enojarnos, gocemos ahora de esta cena donada generosamente por el pueblo.

56

Un beso en la frente me arrancó del sueño. Abrí los ojos. Por la ventana entreabierta se colaban la primera luz de la calle y el rechinar de cadenas del puerto. Sentada en el borde de mi cama había una mujer de larga cabellera oscura. Estaba desnuda. Permanecí quieto para continuar en ese estado intermedio entre la vigilia y el sueño que me permitía disfrutar las caricias que sus dedos me prodigaban.

Me pregunté si no se trataba quizás de otro artilugio de don Máximo de Angelis para chantajearme. Tal vez se deleitaba a esa hora en su palacio con aquella escena.

Cuando la mujer alzó los brazos para recoger su cabellera en una cola de caballo, tarea que consumó mediante un movimiento plácido antes de que sus labios se posaran en mi vientre, sus senos y su mentón se recortaron nítidos contra el cielo del amanecer. Tuve la sensación de que la conocía.

—¿Anastasia? —susurré.

No respondió. En la penumbra del cuarto seguía acariciándome y besándome, erizándome de pies a cabeza.

En el silencio fresco de la mañana alcancé un orgasmo que me dejó exangüe entre las sábanas.

Cuando volví a abrir los ojos, el resplandor de la mañana doraba ya las agrietadas paredes de mi cuarto en la residencial de Los Poetas Inéditos.

La mujer de la larga y negra cabellera se había marchado.

57

Volví a los dominios de Máximo de Angelis noches más tarde, cuando la garita de los trolebuses y la avenida Argentina estaban desiertas. Había terminado de leer el volumen de cuentos de Armando Olas y me pareció que su autor conocía bien el submundo del cual hablaba, pero a pesar de que lo busqué, nadie lo conocía en la Sombrerería Woronoff, y tampoco pude dar con la editorial porteña que editó su libro.

Bajé, entonces, sin titubeos al cauce, chapoteé en el agua gélida detrás del foco de mi linterna, y Gladbach me abrió la puerta. Iba determinado a decirle a don Máximo que no contara conmigo y me dejara tranquilo. Lo encontré en el trono aterciopelado, leía. Desde lo alto llegaba música de cuerdas.

—¿Le gusta Beethoven? —me preguntó De Angelis mientras apagaba la tableta—. Mi sonata favorita: la de Kreutzer. Aunque ese Kreutzer fue un cretino que no se dignó a agradecerle al gran sordo por la pieza que le dedicó.

—Ese detalle lo desconocía —repuse.

—No se preocupe. Gladbach, que nació en Bonn como el sordo, tampoco lo sabía. Estos alemanes presumen de cultos, pero no siempre lo son. Pueden crear lo más sublime y desencadenar lo más abyecto. Gladbach gusta al menos de algo tan inofensivo como los valses de Strauss. A lo mejor es de origen vienés y no lo sabe. Pero aquí aprendió a tener en alta estima a The Rolling Stones. ¿No le parece que Mick Jagger es un gran poeta? ¡Pero de qué hablo! ¿Le apetece cenar para conversar a nuestras anchas?

—No es mala idea —repuse, porque mis tripas reclamaban.

—Venga por este lado. —Con el bastón que hizo brotar entre sus manos me indicó que pasara junto a una escultura de bronce—. Esta es mi obra favorita: *Die Rache*, de Barlach. Nada más saludable que la venganza. Vea esa figura: corre con la espada desenvainada. Observe cómo el viento aguza sus facciones, hace flamear su atuendo y peina su cabellera hacia atrás... Pero vamos a cenar mejor, Clemente Fo.

Sobre el pedestal, la escultura lucía espléndida y representaba todo lo que decía don Máximo. Sin duda era un notable escultor ese Barlach. Después de atravesar los cortinajes que apartaron una vez más las mujeres de botas y antifaz, desembocamos en territorio conocido: el hall de mármol del Congreso Nacional. El ascensor nos condujo al restaurante de los parlamentarios.

Nos acomodamos en la mesa favorita de don Máximo, esa que da a los cerros. Cuando llegó el mozo, mi anfitrión ya se había convertido en un joven mofletudo, calvo y moreno, de barriga cervecera y manos regordetas, que vestía chaqueta marengo, corbata de lana y una camisa de popelina naranja.

—Buenas noches, diputado —dijo el mozo, el mismo de la visita anterior, haciendo una leve reverencia—. ¿El aperitivo de siempre?

—Así es. Nada como mi dilecta etiqueta azul —afirmó don Máximo, de buen talante.

—¿Y para el caballero? —preguntó el mozo, sin reconocerme. Pedí lo mismo.

Había varias mesas ocupadas. En una de ellas compartían parlamentarios con el ministro de Hacienda. Máximo de Angelis me nombró uno a uno a los ilustres personajes, tanto de gobierno como de oposición, aquilatando sus respectivas cualidades y talentos:

—El de la peluca es un genio de las finanzas de su partido; el del pañuelo rojo es íntimo de dictadores de izquierda, y el que está a su lado justifica solo las de derecha; el que lleva la corbata con perla contrata como asesores a familiares; y el de la melena llegó al cargo gracias a su discurso antiempresarial, aunque financiado por empresarios.

—¿Hay alguno decente?

—Me imagino que debe haberlo, aunque bien camuflado.

Mientras partía un panecillo caliente, miré de reojo a los parlamentarios: vestían trajes de buen paño y mejor caída, corbatas de seda y camisas Brooks Brothers. Se veían felices y cebados.

—Esta noche comeremos mejor —anunció don Máximo cuando brindábamos con el soberbio etiqueta azul—. El diputado a quien tengo el honor de representar hoy es de origen popular y verbo radical, pero solo para la galería, porque en lo privado goza y disfruta todas las bondades de la decadente existencia burguesa. Así que comeremos como a él le gusta.

—Me alegra.

—Gracias a estos hombres excelsos y a las almas que pululan en esos barrios —indicó hacia los cerros apenas iluminados—, saborearemos esta noche gambas ecuatorianas de entrada, una delicada sopa marinera y de fondo una langosta grille de la isla Juan Fernández acompañada de centolla patagónica, y cerraremos con el postre Alaska, un pastel recubierto de merengue y helado de mango, tocado con estrellitas chinas.

—¿Algún vino en particular? —me atreví a preguntar.

—Los que usted quiera. Aquí tenemos los mejores mostos del país. Podríamos repetirnos el plato con los de la última vez, si le parece. Y paga el soberano.

—¿El soberano?

Volvió a indicar hacia los cerros con un mohín despectivo. Bebimos en silencio el etiqueta azul, y me dije que por estos privilegios hasta los senadores estadounidenses envidiarían a sus colegas chilenos.

58

—¿Por qué vive debajo de este edificio? —aproveché para preguntar.

—Porque es la mejor ubicación para mi sucursal —repuso don Máximo, serio—. De aquí bajan todos derechito a mis predios. No se me escapa nadie, ni sus secretarias ni asesores. No es como en otras instituciones, donde resulta complicado a veces distinguir entre quiénes van para arriba y quiénes para abajo. Yo siempre digo, *el pez muere por la boca*, y aquí abundan los peces grandes y bocones, que resbalan por un terraplén hacia donde usted sabe. Además, nada más fácil que valerse de las actas del Congreso para reclutarlos. A confesión de partes, relevo de pruebas. Aceptan sin chistar. Prefieren un funeral sin escándalo.

—¿Qué escándalo?

—Ya usted sabe. Si alguien con méritos más que suficientes para irse a mis predios pretende ir arriba —dijo alzando las cejas—, no falta quien se encarga de recordarle ciertos detalles del currículum. Además —añadió una vez que el mozo hubo destapado la botella de cabernet sauvignon—, siento genuino afecto por esta gente. En el fondo, todos son buenos chatos que disfrutan la vida y mienten como condenados, aunque desde tribunas y ante cámaras. Son por excelencia los futuros usuarios de mis modestos servicios. Por decirlo de algún modo, aquí me siento en casa.

—Lo entiendo —admití, mientras en la mesa vecina ordenaban bandejas de mariscos y botellas de champán y sauvignon blanc.

—Además, aquí escucho sus maldades mientras se ceban con fruición. Es cosa de verlos en sus canales de televisión de la Cámara de Diputados o el Senado, o de acomodarse en las tribunas a presenciar cómo pontifican y mienten, hasta que un día ¡paf! —asestó un violento puñetazo contra la mesa, que hizo sobresaltar a nuestros vecinos—, pasan a mis predios de por vida.

—Supongo, por lo tanto, que le llega mucha gente.

—Ulalá —exclamó el diputado y el iris café de sus ojos se tornó rojo y luego adquirió un resplandor violeta hasta que recuperó su tinte inicial—. Mis dominios operan como las líneas aéreas durante el verano: a plena capacidad. Tengo abajo incluso al primer usuario, el monje Glaber, quien hace mil años tuvo la pésima ocurrencia de mofarse de mí.

—¿Glaber?

—Raoul Glaber, no olvide ese nombre. Aún no le perdono el modo en que me describió en un pergamino: «rostro emaciado», «orejas puntiagudas y barbita de chivo», «jorobado y peludo» y «envuelto en pilchas inmundas». Lo único cierto, y usted puede comprobarlo, es lo de mi barbita —precisó acariciándose la pera ahora bien afeitada—. ¿Sabe, Clemente Fo? Yo nunca me mofo de nadie, ni amedrento a nadie para que me siga y, por lo mismo, nunca olvido a quien me denigra o intenta desprestigiarme. No es que yo sea rencoroso, pero el que me la hace, me la paga.

—Nunca había escuchado el nombre de ese monje.

—Ni falta que le hace. Un día lo invitaré a los banquetes plenarios que organizamos, y allí lo verá. Nuestros huéspedes, por cierto, alojan en los aposentos de Las Delicias. Está Glaber, pero también Teófilo, un pendejo alemán que en la Edad Media firmó un pacto conmigo, y luego buscó la intercesión de la Virgen, que en los hechos no es tal —agregó cubriéndose la boca con la mano para decirlo—, solo con el propósito de desconocerlo. Es un tipejo de otra época, pero por su reculada de perro flaco lo siento en los banquetes con los políticos contemporáneos.

Para ser sincero, solo conozco a dos tipos llamados Teófilo. A Teófilo Cubillos, gran jugador de fútbol peruano, y a Teófilo Stevenson, gran boxeador cubano de peso completo, ambos negros recios y orgullosos de los años setenta, pero ignoraba que hace más de un milenio un personaje de ese nombre llegó a un pacto con don Máximo de Angelis.

—Y también encontrará en esos banquetes a Peter Schlemihl, que me vendió su sombra a cambio de un saco de dinero mágico que le permitía levitar —continuó don Máximo, mirándome de soslayo, y soltó una carcajada—, pero yo sé que usted no cree en tonteras. En efecto, abajo tenemos una situación dramática por culpa de que arriba se pusieron demasiado exigentes con los requisitos para abrir la puerta, harto estrecha, por lo demás, para nada generosa como la mía.

—Entiendo.

—Se pusieron exigentes para impedir que sigan entrando curas pedófilos, sindicalistas corruptos y empresarios coludidos, que empezaron a controlar la distribución de aposentos y comida allá arriba. Imagínese.

—Entiendo —repuse no muy convencido de cuanto veía y escuchaba, porque todo aquello me resultaba inverosímil.

—Allá abajo tengo hasta papas, rabinos, monjes budistas y brahmanes —añadió tras zamparse media gamba ecuatoriana—. Yo que usted me andaría con cuidado. En el mundo actual no se puede confiar ni en la propia sombra. Por lo mismo, arriba debe reinar la desolación. ¿Quién habitará ese círculo? Teresa de Calcuta, Gandhi, el Padre Hurtado, niños y bebés africanos, uno que otro santurrón, y después pare de contar. Imagínese qué existencia tan aburrida. Hasta a John Kennedy le negaron la entrada. Y supe que tocó a esa puerta solo porque suponía que ahí residía la rubia. Se equivocó medio a medio. Marilyn siempre tuvo un magnífico cuarto reservado acá abajo.

—¿Entonces ni a Kennedy lo dejaron entrar? —pregunté mientras retiraban mi plato lleno, no había probado la delicia ecuatoriana. Fue ese el instante en que noté que don Máximo no proyectaba sombra sobre el piso, como sí lo hacían las sillas, la mesa, el camarero y yo mismo, desde luego.

—Y eso se debe a que todos tenemos un lado que nos impide llegar arriba —continuó Máximo de Angelis—. Además, no lo olvide: yo sí habito en el alma de todos, no tengo que andar diciendo «dejad que los niños vengan a mí», porque todos, en algún momento, vienen a mí solitos y coleando. Que después se arrepientan, eso ya es harina de otro costal. Me da lo mismo, porque igual somos legión.

—Le creo, don Máximo.

—Sin exagerar, he asistido a la fundación de todos los partidos con escaños aquí, sean cristianos, marxistas, agnósticos o ateos, ya que de todos soy miembro fundador.

—Impresionante, don Máximo.

—Lo voy a invitar un día a recorrer los pasillos de nuestra sección VIP. Le va a sorprender quiénes alojan allí.

—Eso me gustaría, don Máximo. Pero dígame, ¿qué hacen entonces arriba con lo desolado que debe estar el patio?

—Es un páramo —comentó con un movimiento de mano que sugería olvidar mejor el tema—. Viven en una amnesia eterna, porque solo sin memoria se puede ser, digamos, mínimamente feliz. La cuna de toda infelicidad es la memoria, el arrepentimiento y la conciencia de que el tiempo es fugaz, mi estimado Clemente Fo. ¿Pero puede imaginar algo más aburrido que vivir reducido eternamente a una llamita de calefón, a un ser etéreo que levita en el universo sin deseos carnales, sin nostalgia por lo vivido ni obsesión que lo excite y atormente, sin recordar ni el goce que causa la venganza?

—Pero se comenta que en sus pagos solo hay tormentos, don Máximo.

—¡Todo lo contrario! Allá se pasa requetebién. Hay lujuria y placeres, y mucha gente, hombres y mujeres, ligeros de ropa y dispuestos a todo. Y se come estupendo, lo que en este país de por sí es ya un privilegio, porque no hay otro donde se coma, sirva, hable y baile peor. Además, ni buscando con vela hallará otro donde la gente se odie tanto.

—Por lo visto, aquí tampoco comen tan mal —reclamé.

—No se confunda: el mayor aporte de la comida chilena al arte culinario es la palta reina, porque los mariscos los engullen como las focas: crudos, tal como salen del mar. Las empanadas, por otro lado, son de origen árabe, el pastel de choclo y las humitas son un aporte azteca e incaico, y ese otro menjurje que llaman charquicán —hizo un gesto de repulsión— no hay quién lo pase.

Recordé que a veces mis padres preparaban charquicán en casa. Hasta los dormitorios olían durante tres días.

—Pero lo más importante —agregó don Máximo—. En mis predios no se despoja a nadie de su memoria, instintos, nostalgias ni debilidades. Cada cual sigue siendo el mismo de antes. El ladrón sigue siendo ladrón, el infiel sigue siendo infiel, el cobarde sigue siendo cobarde, y qué decir de los asesinos, los estafadores o mentirosos. El derecho a ser uno mismo es el derecho humano más importante, Clemente Fo. Yo cultivo la identidad y respeto los derechos de cada cual. En eso radica la libertad. Además, permito salir al mundo.

—Esa ya es la vida eterna, don Máximo. Si uno puede salir al mundo es como seguir vivo.

—Pero hay una limitación —alzó la diestra con el índice erguido—: los vivos no pueden ver al muerto.

—¿No? —exclamé pensando que la ouija es una reverenda estafa.

—Absolutamente no, señor Fo. Lo triste, en verdad, es comprobar que sin uno, el mundo sigue funcionando como siempre y sin que nadie lo extrañe a uno. Clave es lo siguiente: hasta la fecha, nadie se ha marchado de mis predios. Dicen que la gente vota con los pies. Pues bien, mis predios no serán el paraíso, porque ese es una ficción de un escritor que usa el seudónimo de Dios, pero en ellos mal no se pasa.

—¿Puedo visitarlos un día?

—Cuando quiera. Mis huéspedes ocupan cuartos equipados con todas las comodidades de la vida moderna, internet incluida, porque los trato a cuerpo de rey. Usted verá cómo los seres que se odiaban en vida, en mi reino se vuelven compinches. Al final, todos estamos hechos del mismo material y perseguimos lo mismo, señor Fo: la felicidad.

59

La desaparición de mi perfume en la residencial de Los Poetas Inéditos me puso en alerta. Lo busqué hasta debajo de la cama, pero no lo hallé. Y, tendido de bruces en el suelo, con la alfombra de lana chilota pegada a la nariz, reparé en algo más grave: también había desaparecido mi notebook.

Crucé indignado el pasadizo, vi una cucaracha que se ocultaba presurosa bajo la puerta de una habitación y descendí asqueado los peldaños de dos en dos.

Abajo don Jacinto leía una novela gráfica en camiseta y bebía una cerveza. Era un mediodía espléndido para ser invierno, la casa-museo de Neruda parecía un velero con el velamen desplegado, y de la bahía llegó el graznido de gaviotas.

—Me han robado, don Jacinto —reclamé sin mencionarle lo de la cucaracha.

—¿Dónde?

Es un hombrón de ojos negros y bigote, que se afeita solo de vez en cuando.

—En mi pieza. Se llevaron el notebook y un perfume.

—Los tengo yo —afirmó dando vuelta una página, sin inmutarse.

—¿Y eso? A mi pieza no entran ni a hacer el aseo.

—Sus cosas están a buen recaudo, joven. Se las devolveré en cuanto me pague las semanas de alojamiento que me adeuda —agregó cerrando bruscamente la revista. La pulsera de latón tintineó en su muñeca.

Era efectivo, le debía ya unos días. Para ser preciso, desde que llegué que no le había pagado. El cuarto lo cobraba a precio módico, pero el desayuno, que constaba de una taza de té puro y una hallulla con mantequilla y mortadela, lo cargaba como hotel cinco estrellas. Lo peor era que mis tarjetas ya no estaban activas, y Nogueira no daba señales de vida. El cerco seguía estrechándose a mi alrededor.

—¿No confía en mí? —pregunté haciéndome el ofendido.

—Si no confía en usted ni su mujer, ¿por qué he de confiar yo? —dijo poniéndose de pie. Mis ojos llegaban a la altura de sus hombros, que sostenían una espalda ancha y fuerte, ejercitada durante los años en que trabajó como estibador y proxeneta en San Francisco.

—¿Cómo que mi mujer?

—Sí, pues. Samanta.

—¿Llamó por teléfono?

—No, estuvo aquí cuando usted andaba fuera. —Caminó por la tierra cuarteada con la revista y la botella en la mano, dispuesto a dar por terminada la conversación.

—¿Mi mujer está aquí? ¿Y qué dijo?

—Que usted no es de fiar. Que se escapó de su casa dejando una deuda y una investigación policial relativa a la desaparición de un francés.

Recibí sus palabras como una patada en los huevos. No podía concebir que Samanta estuviese en Valparaíso, y tampoco que se diese maña para desprestigiarme con premeditación y alevosía.

—Esa mujer debería irse al infierno —exclamé.

—Eso mismo dijo ella de usted —agregó sarcástico, girando sobre los talones antes de subir los peldaños que conducen del parrón a la casa—. Y por eso guardo sus pertenencias en mi poder: no quiero que se vaya al infierno sin pagarme.

—¿Vino sola? —mi voz resonó trémula. Al frente, una oleada de turistas desembarcaba de un bus climatizado para entrar a la casa-museo de Neruda.

—La acompañaba un tipo que tiene las trazas de ser, disculpe que se lo diga de forma tan grosero, el fijo de ella.

Supuse, con algo de satisfacción, que Samanta andaba con León Dupuis, o como se llame, lo que constituía una excelente noticia. Tal vez don Máximo de Angelis ya me asistía desde Las Delicias.

—¿Cómo es él? —pregunté.

—De cabellera y barba blanca, pero con cejas negras y ojos de moro.

—¿No se presentó?

—Dijo que se llama Oliverio Duncan y que también necesita hablarle.

60

Me inquietó el arribo de Samanta. Su presencia en Valparaíso no auguraba nada bueno. Pero tampoco daba señales de vida.

Continué espiando la casa del novelista. Ciertas noches permanecía a oscuras, como abandonada, en otras había mucha luz en todos los pisos, pero siempre lo acompañaba el cancerbero de su esposa. El tiempo seguía corriendo en mi contra. Me urgía hablar con quien era —según algunos— el causante de todos mis quebrantos.

Una noche, después de tratar de ubicar infructuosamente a Anastasia en el pasaje Pierre Loti, decidí regresar a la residencia de don Máximo. Pasé frente al Congreso Nacional, descendí al cauce de la avenida Argentina premunido de la linterna y chapoteé por el arroyo. Cuando toqué a la puerta, abrió Gladbach y don Máximo me recibió de inmediato en sus aposentos.

—Sé a lo que vino —me dijo.

Había leído mi mente. Bajamos varios pisos por unas escaleras de concreto iluminadas con antorchas y entramos a un pasadizo decorado con fotografías de Berlín Este, Ulan Bator y Pyongyang, al que daban muchas puertas. Algunas estaban entornadas.

—Afinemos el oído —susurró don Máximo—. Creo que el cuarto número trece puede interesarle.

Nos detuvimos unos metros más allá.

—¿Los reconoce? —me preguntó.

Miré al interior por un entresijo de la puerta. Era un cuarto con dos camas y una ventana que abría —cosa extraña— a un patio con tinajas donde florecían orquídeas. En la pared del fondo un fresco realista representaba una playa del Caribe con cocotero y todo. No tardé en identificar a los huéspedes.

—No puede ser —exclamé con incredulidad.

—Baje el tono —ordenó don Máximo.

Era una escena absolutamente irreal.

—La más agria conclusión de toda mi trayectoria, dilecto compañero, es que el pueblo es malagradecido y falso —afirmó el anciano de barba y buzo deportivo, sentado en una cama—. Cuando pierdes el poder, el pueblo hace como que nunca te conoció.

—Así es el populacho —repuso el otro anciano, que llevaba camisa gris y miraba también hacia el falso Caribe.

—Pueblo, dije yo. No populacho —corrigió con voz cascada el de barba—. Soy revolucionario y me debo a mi pueblo, y seguiré siendo revolucionario aunque sea el último que quede en el mundo.

—Desde hace rato que es el último, comandante.

—Chico: soy y seré revolucionario, como tú contrarrevolucionario. Hasta tus antiguos aduladores te abandonaron cuando perdiste el poder.

—Pero yo nunca confié en el populacho, comandante. En eso soy como Lenin: «Buena es la confianza, mejor es el control». Igual me dejaron solo hasta los que se beneficiaron con mis bandos. No es el populacho el único malagradecido, comandante. Lo son todos, de arriba abajo, así es el ser humano por naturaleza.

Me volví hacia don Máximo y le pregunté en voz baja si se trataba de quienes yo suponía.

—Así es —susurró De Angelis.

—Toda traición es inconcebible —reiteró el de la barba agitando sus manos de cardenal—. Los mismos que comieron por décadas de tu mano, hoy te picotean los ojos y reniegan de ti. Nadie más ingrato que el pueblo. En mi próxima vida me quedaré en la finca de mi padre y no moveré ni un dedo para ayudar a nadie. Debí haberme dedicado a cultivar las tierras de mis antepasados gallegos y habría sido rico y feliz.

—Más rico de lo que fue, imposible, comandante.

—Lo que amasé fue con el sudor de mi frente y la entrega consecuente a la causa del pueblo, mi amigo.

—Que el populacho es ingrato, lo intuí desde que era teniente. Por eso nunca obsequié nada al pueblo. Que todo se lo ganaran con sudor y esfuerzo, carajo. Al que quiera celeste, que le cueste.

—A estas alturas coincido contigo: si al pueblo le regalas pan, quiere torta; si ropa, exige frac; si escuela, desea universidad; si igualdad, demanda libertad. Nada agradece. Siempre quiere más. Si lo hubiese sabido en mi juventud, no habría sacrificado mi vida por sacarlos de la miseria e ignorancia, y convertir a esa isla en un territorio respetado hasta por los yanquis.

—Aprovecho de aclararle algo, eso sí, comandante: a diferencia suya, yo no busqué el poder, fueron los políticos quienes rogaron con lágrimas en los ojos que los salvara del comunismo. ¡Y mire cómo me pagaron! Y eso que dejé el poder en cuanto perdí el plebiscito.

—Lo dejaste tras diecisiete años de disfrutar las granjerías del poder que supuestamente despreciabas.

—Diecisiete años no es nada, comandante. Usted se quedó casi medio siglo, y si no es por sus achaques todavía estaría jodiendo a los pobres cubanos.

—Es que no hay nada como ejercer el poder, desplazarse en una caravana rodeada de escoltas, recibir a quien uno quiera, decidir sobre qué se invierte y qué se come, qué ropa se fabrica, y quién asciende o es tronado. Nada como mi cargo vitalicio de máximo líder. En cambio, eso te falló a ti, Augusto, consolidar el carácter vitalicio de tu obra, único puente hacia la eternidad.

—Tampoco se ponga fanfarrón, comandante, porque en su reinado usted fue solo amo y señor de una islita caribeña.

—Cómo me hacen falta los mullidos Mercedes blindados, Augusto, y el maletín con scotch y las botellitas de agua Perrier, que llevaba en el portamaletas.

—Mercedes que te regaló Saddam Hussein, Fidel.

—¿También tú te dedicabas a espiarme? Los chilenos no son de confiar. Uno dice chileno y dice problema, uno dice chileno y dice malagradecido, uno dice chileno y dice traición. Mira a ese Edwards, que ni siquiera fue embajador en Cuba; o a Marambio, que llegó a capitalista gracias al comunismo; o a Ampuero, que es escritor gracias al socialismo.

—Los chilenos solo creen en sí mismos, comandante.

—Al primero lo enviaría una semanita a Villa Marista para que los compañeros de la Seguridad se encarguen de enseñarle algunas reglas de estilo. Al segundo le expropiaría lo que le queda, siguiendo la consigna de Marx: expropiar a los expropiadores. Y al tercero me gustaría que me lo dejaran una mañana en mi despacho para que me diga cuántos pares son tres moscas, que sé muy bien para quién trabaja.

—No me extrañaría que un día nos encontráramos con esos acróbatas en estos predios, comandante.

—No se merecen ni siquiera entrar aquí, Augusto. ¡Cómo los tratamos y acogimos, y cuánto los favorecimos! Les ofrecimos techo, fraternidad, y hasta esforzadas compañeras. Y así y todo, terminaron despotricando contra la isla. Pero, dime: ¿cómo sabes que Sadam me obsequió los Mercedes?

—Me lo confidenciaron los yanquis, comandante.

—Debí haberlo supuesto. También te vendiste a la CIA.

—Como usted al oro de Moscú.

—Te equivocas. Ni oro tenían esos bolos. Puros rublos con el rostro de Lenin, que no servían ni para limpiarse el culo. Soy más pobre que cuando asumí en 1959, Augusto. Como nada tengo, nada temo. Soy dueño solo de mis ideales y mi disposición al sacrificio permanente.

—Pero lo que no entiendo es que a mí me pagaran con la misma moneda, y a la primera se arreglaran con Estados Unidos.

—Pero esto no puede ser —le susurré a don Máximo—. El barbudo no puede estar en estos predios porque sigue vivo. Su hermano es ahora el presidente, aunque él siga siendo el rey.

—Se equivoca, mi amigo —explicó De Angelis con tranquilidad—. Él murió hace años y uno de sus dobles lo suplanta. Pero, sigamos, que en este sector de Las Delicias hay más gente interesante.

61

Esta vez no toqué a la puerta del novelista sino que, tras ver que su mujer salía en el Volvo, escalé el muro de la casa, brinqué al jardín, alcancé la terraza de madera donde conversamos una vez y, por el ventanal abierto, me deslicé hacia el interior de la vivienda. Si don Máximo me hubiese visto, se habría regocijado.

Escuché pasos en el segundo piso, así que subí en puntillas hacia el estudio. Lo hice de forma tan sigilosa como el día en que espié a los dos ancianos en la pensión de Las Delicias.

En el estudio, el novelista buscaba algo entre una ruma de manuscritos, cartas y recortes de diario. Cuando notó mi presencia, volvió hacia su escritorio, donde también reinaba un caos de libretas y libros abiertos, cogió un afilado abrecartas de bronce, y me encaró:

—¡Fuera de aquí, ángel de las tinieblas! ¡Fuera! —gritó.

—¡Por favor, don Roberto, soy yo!

—¡Fuera de aquí! ¡Ya te dije que no quiero verte más!

—Por favor, soy yo —farfullé—. ¿No me reconoce?

Me escrutó a través de sus dioptrías, el arma en la mano trémula.

—¿Quién eres? —me preguntó.

—Clemente Fo, el saxofonista, señor. ¿Me recuerda? Hablamos hace poco.

Bajó lentamente el abrecartas y se llevó el dorso de la mano a la frente, extenuado.

—Lo confundí —masculló—. Discúlpeme. Siéntese.

No había dónde sentarse. Todas las sillas estaban ocupadas con libros, carpetas y páginas sueltas.

—¿Lo envió mi mujer? —preguntó.

—Así es —mentí.

—¿Y qué persigue? Me fastidia que me interrumpan cuando escribo o, mejor dicho, cuando intento escribir. Necesito calma y tranquilidad para concentrarme.

—Entiéndame, por favor, es importante que me escuche.

—Nunca debe interrumpir a un escritor cuando escribe. A mi edad, a uno se le confunden los personajes y las tramas, y mi agente se frustra por lo que tardo en entregar mis textos. ¿Qué quiere?

Le expliqué de nuevo que mi tragedia comenzó el día en que volví a casa desde Nueva Orleans. Le hablé de Dupuis y Susan von Eyck y Marietta, y principalmente de Oliverio Duncan. Y mientras yo hablaba, él hurgaba entre el desorden de papeles, manuscritos y carpetas, ojeando unas páginas, desechando otras, ajeno a mi reclamo. De pronto, se puso a leer con detenimiento en una carpeta roja.

—En las rojas guardo las historias en que aún trabajo —anunció al rato, mostrándome el interior de la carpeta.

Me acerqué a ver. Las páginas estaban pergeñadas con una caligrafía diminuta, apretada y pareja, trazada con tinta negra, y corregida con verde y rojo. Pese a que las barajaba como si fuesen naipes, me di cuenta de que era una historia en la que aparecía Oliverio Duncan, porque alcancé a leer su nombre.

—¿Se refiere a él? —me preguntó indicando sobre la página.

Leí unos párrafos que me estremecieron:

—¿*Clemente Fo?* —*Era un tipo fornido, de cabellera y barba blancas pero de cejas color azabache, que vestía entero de negro. Se despojó con estudiada lentitud de los anteojos de sol y pude advertir (de inmediato) un brillo desafiante en sus pupilas.*

Aguanté la puerta a medio abrir, sin saber (bien) qué hacer. Desde el living llegaba como (un) oleaje espaciado «Moment of forever», cantado por Willie Nelson.

—It is me —*respondí.*

—*Oliverio Duncan, podemos hablar en español* —*dijo él y exhibió un carnet que no alcancé a descifrar, pero que por su diseño supe que era policial. Intuí que la policía ya estaba al tanto de mi vínculo con Susan*—. *Vengo por alguien que nos concierne a ambos.*

Enmudecí, petrificado. El efecto comadreja: enmudezco y me paralizo, dudando de que sea cierto lo que ocurre. Otras personas, en cambio, reaccionan esgrimiendo una excusa, insinuando una justificación o planteando una pregunta. No es mi caso.

El novelista hojeaba de nuevo, tenso e impaciente. Avanzaba y retrocedía con el ceño fruncido, inmerso en su búsqueda. Al rato volvió a posar el índice sobre unas líneas.

—Lea esto —me dijo.

Me encontré con lo siguiente:

Lo hice pasar. Era el segundo policía que venía a visitarme en Valparaíso. ¿Qué habría ocurrido con Oliverio Duncan? Vestía (una) guayabera blanca, usual en Florida, mas no en el Medio Oeste, pantalón oscuro y mocasines negros, y hablaba en español con acento caribeño. Tomó asiento y aceptó una taza de café. «Siempre que sea fuerte y dulce», (dijo) advirtió, y siguió fumando el habano afuera, en el jardín, junto al río.

—Todo este párrafo está eliminado —aclaró el escritor, destacando los paréntesis que encerraban algunas palabras—. Así era en un comienzo el manuscrito, pero ya no actúa aquí el detective Cayetano Brulé. Lo derivé a otra pega, a otra novela. Ahora es Oliverio Duncan quien se encarga de investigar todo del comienzo al final.

—¿Por qué lo eliminó? —pregunté.

—Porque dos detectives son demasiado para una sola novela.

Diciendo esto cerró la carpeta y la arrojó a la mesa, donde languidecían otras carpetas de igual color. Comenzó a hurgar en ellas.

—Mejor lea esto, que es la versión más reciente de un capítulo que considero crucial —me dijo al rato.

Tomé la carpeta entre las manos y comencé a leer:

Oscurecía. Clemente Fo esperaba en la entrada a la reserva de agua de la ciudad. Las sombras inundaban ya el bosque. Vio que el amante de su mujer estacionaba el auto junto al suyo. Eran los dos únicos autos en la hora del crepúsculo. Dupuis se acercó a Clemente Fo, lo saludó amable, sin sospechar el peligro que corría, y caminó con el músico hacia el lago Macbride. No tardaron en alcanzar la orilla. No había nadie más en todo el lago. En el cielo despejado Venus era el foco de una locomotora, y de la autopista a Chicago llegaba el rumor de motores.

Fue entonces cuando Clemente Fo extrajo con disimulo la llave francesa que llevaba oculta en el saco.

—¿Pero qué es esto, señor? —reclamé temblando de ira e impotencia—. Usted no puede convertirme en un asesino. Puedo imaginarme qué va a ocurrir después de esa frase.

—¿De qué se queja, señor Fo? —preguntó el escritor con una calma tan repentina como cínica—. Usted no ha matado a nadie.

—¡Pero en esa página está a punto de convertirme en un asesino! Déjeme seguir leyendo, por favor.

—No se altere tanto. Esta página requiere aún mucha edición, mucho cambio y corrección. Estos párrafos que lo asustan cambiarán en mi corrección final —su índice mostraba palabras modificadas y frases rayadas—. Para serle franco, esta página está también descartada del manuscrito.

—Démela, entonces —le supliqué.

—Es suya. Llévese la página, si quiere.

—No quiero solo la página, sino el manuscrito completo.

—La versión más reciente se me extravió —explicó el escritor, seguro mentía—. Tal vez está en el sótano o el dormitorio, o en mi refugio de Olmué, a los pies de La Campana, o en el hotel donde me hospedé hace poco en Buenos Aires. En ese texto, Duncan aparece más claro y definido.

—En todo caso, es el Duncan que yo conozco —afirmé plegando y guardando la hoja en mi pantalón—. Es el policía al que me refiero.

—Complicado —masculló el novelista—. Es un inquisidor temerario, un ex guerrillero arrepentido. Le fascina entrometerse en la vida de los demás y enreda hasta al más pintado. No hay forma de deshacerse de él.

—Vine hasta aquí precisamente por eso.

—Hable claro. ¿Qué quiere?

—Que ese señor me deje tranquilo. Que me permita vivir en paz y no me responsabilice de la desaparición de nadie.

—¿Quiere que el caso Dupuis quede sin esclarecer?

—Así es.

—Pero eso es imposible. La investigación ya se inició. ¿Qué poder tengo para obstruirla o encontrar a Dupuis?

—¿De qué estamos hablando? —grité—. ¿Acaso no se trata de una historia de ficción, de un manuscrito que usted escribe o borra, según le venga en gana?¿No estamos hablando acaso de un mundo en el cual usted es amo y señor?

—León Dupuis desapareció, señor Fo —repuso grave el novelista—. De-sa-pa-re-ció. Eso constituye un hecho delicado e irreversible, al menos para mi visión del ser humano y sus derechos. Cambiar a gusto ese destino escapa de mis atribuciones. Soy un escritor, señor Fo, no Dios. Precisamente por eso alguien contrató los servicios de Oliverio Duncan.

—Está usted loco.

—¿Cómo que loco?

—Duncan es un personaje de una de sus novelas, ¿no se da cuenta? Y si usted aún no termina esa novela, puede modificarla a su gusto, cambiar el destino de los personajes, la dirección de la trama, redefinir a los culpables e inocentes, en fin. Todo eso puede hacerlo del mismo modo en que acaba de eliminar la página que me convertía en asesino.

—Usted no entiende nada —alegó el escritor cogiendo otra carpeta roja—. Las cosas son como son, no como uno quisiera que fueran. Si fuesen como desea, usted no estaría aquí y su vida sería tan monótona como siempre, allá en Wartburg City. Ya quisiera yo poder cambiar cosas que me amargan, como la creciente fragilidad de mi memoria y la disminución de mi creatividad, pero no puedo hacerlo porque simplemente no dependen de mi voluntad o pluma. ¿Ha leído a Epicteto?

—No, ni me interesa —dije, eludiendo un probable debate filosófico que solo me apartaría de mis objetivos.

—Una lástima, porque aprendería a no preocuparse por las cosas que no dependen de usted. Ignorar eso y compararse siempre con los demás, es la mayor fuente de infelicidad entre las personas.

Caminó entre los manuscritos regados por el suelo, se despojó de los espejuelos y me miró con unos ojos transidos de desesperación y, por qué no decirlo, de demencia.

—Soy un hombre enfermo —declaró—. He escrito muchas historias, demasiadas tal vez, que han sido traducidas a numerosos idiomas, y a estas alturas, debo reconocerlo hidalgamente, todas ellas y sus personajes se me confunden en la cabeza. A veces no sé si estoy hablando de seres de carne y hueso o de ficción, si estoy engarzando tramas nuevas o que ya publiqué, o si estoy narrando capítulos de mi vida o mi fantasía. Como ve —añadió melancólico, con la vista baja—, nada de esto es fácil, todo se mezcla en un magma de imágenes y palabras que no conocen deslindes.

No supe qué responder.

—Porque voy a decirle que hay personajes que de pronto comienzan a vivir por sí mismos —agregó llevándose una palma a la frente—. Esos son los imprescindibles, como decía Bertolt Brecht. Los imprescindibles son los que adquieren autonomía y se dejan arrastrar por sus sueños y obsesiones, que se independizan de lo que uno escriba o esté por escribir y lo mandan a uno a la mismísima mierda. ¿Entiende lo jodido que es esto de andar escribiendo historias?

—Más o menos, señor.

—No le reprocharía no entender ni una pizca de todo esto —agregó introduciendo las manos en los bolsillos del pantalón, resignado—. En mi caso, todo eso comenzó hace mucho en una feria del libro en un pueblo de la Toscana. Hasta la mesa donde yo firmaba mi primera novela en italiano llegó un hombre que me habló del protagonista principal de una historia que yo estaba escribiendo. ¿Se da cuenta de lo que digo? Pues bien, ese hombre lo sabía todo, todo, sobre el protagonista.

—¿Y usted aún no la había publicado, señor?

—No, para nada. Y de pronto ese hombre, que quería le firmara un ejemplar de *El caso Neruda*, me comentaba mi nuevo manuscrito, ese que yo aún escribía a mano, y ocultaba por las noches en una gaveta de esta casa, a kilómetros de cualquier editor e imprenta.

—De no creerlo, señor.

El escritor dejó caer la carpeta y las páginas se desparramaron por el suelo.

—¿Puede imaginarlo? ¡Me hablaba con desparpajo sobre un manuscrito que nadie más había leído, y que yo no había comentado con nadie ni prestado a nadie, y que ni Ana había leído!

—Tremendo.

—Pero ¿sabe usted qué fue lo peor? —preguntó al rato, rasgando el tenso silencio que se había instalado entre ambos.

—No, señor.

—Comprobar que ese lector italiano era idéntico en cuerpo y alma al protagonista del manuscrito inédito que yo ocultaba en esta casa frente al Pacífico. Y cuando digo idéntico a Bruno Garza, un latinoamericano que vive en Estados Unidos, a quien abandonó su mujer, llamada Fabiana, estoy diciendo simplemente eso: que era idéntico.

—¿Fabiana se llamaba ella?

—Así es, Fabiana se marchó un día de casa.

—¿Dejó al marido y se mandó a cambiar?

—Exacto. Y solo desde el lugar donde se refugia, le envía un e-mail a Bruno Garza, anunciándole que no volverá, que no es una decisión tomada en contra de él, sino a favor de ella. Así comienza mi novela *Pasiones griegas* o *Los amantes de Estocolmo*, en fin, ya no lo recuerdo.

—Tremenda casualidad, en todo caso —atiné a decir porque en verdad no sabía qué otra cosa decir. ¿Era esa Fabiana la misma Fabiana que me escribía por mail?

—Esa misma noche decidí dejar de ser escritor, señor Fo.

—¿Pero por qué?

—Porque la aparición de Bruno Garza en ese pueblo toscano de calles retorcidas y casas de piedra aferradas a un cerro empinado me confirmó lo que sospecho desde hace tiempo: que todas las novelas que leemos ya están escritas en un *urtext*, en alguna parte. Aunque no lo crea, las historias son anteriores al escritor. Lo que hace el escritor es captarlas mediante una antena que lleva en el alma y transcribirlas.

La teoría del novelista terminó decepcionándome. Me apartaba de la razón por la cual crucé el mundo y acababa de brincar el muro de su casa. Recordé las proféticas palabras de Nogueira en The Club Car, y la ilimitada capacidad camaleónica de don Máximo de Angelis en su espléndida guarida subterránea.

—Mi asistencia a la feria del libro de la Toscana, donde bebimos un chianti maravilloso con Omero Ciai, un periodista italiano amigo —continuó el novelista—, me reveló algo que nunca olvidé y que usted, hoy, con su presencia aquí, prueba que es cierto.

—¿Que las historias ya están escritas?

—Que no las inventa el escritor, que son como el canto de los pájaros, que baila en el aire y cualquier persona con buen oído y silbido puede imitar. ¿Entiende?

—Trato.

—Entonces ahora comprende por qué no tengo nada que ver con lo que hacen los personajes fuera de mis escritos —aclaró—. Solo en el estrecho reino de las resmas de papel y la tinta soy el soberano supremo y último responsable de sus actos. Fuera de él —dijo extendiendo los brazos—, no soy nadie.

—Pero usted se está lavando las manos como Pilatos —reclamé.

Noté dos cosas: que le fastidió lo que dije y que sus manos buscaban algo bajo las carpetas. Un miedo atroz se apoderó de mí.

—Solo trato de hacerlo entender que no tengo responsabilidad alguna en todo esto —continuó—. Lo que a usted le ocurre es asunto suyo. No quiero sonar cruel, pero no puedo cambiar su vida. Y es hasta bueno que así sea, pues allí anida, palpita y respira precisamente su libertad. Para bien o para mal, señor Fo, usted es libre. Alégrese al menos por eso. No tengo nada que hacer en su caso.

—¡Claro que puede hacer algo! —grité, indignado—. Usted es el autor de todas estas faramallas. Por eso mismo debe intervenir.

—Me asombra su insistencia. ¿No se da cuenta de que gracias a la creciente fragilidad de mi memoria usted es libre para hacer lo que quiera? Nada más gratificante que, tras resignarse a representar el papel que le impusieron, ahora pueda actuar por cuenta propia. Esa es la libertad, señor Fo.

—Es una libertad de mierda porque nace de las malditas circunstancias que usted impone solo para deleitar a sus lectores y lucrar con la venta de libros. Esa libertad daña mi dignidad, señor. En la verdadera realidad, mi mujer jamás se acostaría con otro hombre ni me echaría de casa.

—¡Qué patético es hablar de la *verdadera realidad*! La realidad es lo que es, no lo que uno quiere que sea.

Esa frase me restalló en los oídos como un latigazo. Creo que ya son muchos, demasiados, los que la pronuncian. Don Máximo, el escritor y yo, por mencionar a unos cuantos.

—Mi amada mujer jamás me habría sacado a patadas de casa como lo hizo —insistí.

—Pues lo hizo —afirmó el novelista con algo que solo podía ser maldad.

—Lo hizo porque usted se lo impuso con su pluma, no porque ella lo quisiera. Conozco bien a Samanta y jamás haría algo semejante. Es una mujer seria, tiene un hijo, llevamos años juntos.

—Usted no conoce a Samanta. Yo sí —afirmó desafiante—. Y no me pida detalles. Ella es lo que es, no lo que usted cree que ella es. Y sepa que en el matrimonio lo mejor es ignorar muchas cosas. Además, no se puede exigir libertad e imponerle a ella condiciones cuando llega, chúcara como un potrillo.

—Dígame una sola cosa, don Roberto.

—A ver.

—¿Qué gana usted con iniciar una novela colocando a su personaje en un trance tan vergonzoso y truculento como el mío?

Era una pregunta retórica. Sé que eso le significa conquistar más lectores y obtener más ingresos por el concepto de derechos de autor, sé que así atrae a más seres perversos, voyeristas y sádicos que disfrutan siguiendo el tormento de alguien que no conocen ni conocerán jamás, y a quien olvidan en cuanto cierran el libro.

—Me ofende su ignorancia, señor Fo. Usted desconoce la libertad de que usted goza para cambiar su propia vida, y al mismo tiempo aspira a restringir la mía al desconocer mi sagrado derecho a escribir lo que quiera.

—Usted hace todo eso buscando lucro y fama, dólares y portadas, riqueza y figuración.

—Si supiera lo poco que se gana con esto, señor Fo —lamentó el novelista cruzándose de brazos—. Además, detesto que me ofendan. No le conviene ofenderme. Y usted me ha ofendido. Mis represalias pueden ser espantosas.

Sus amenazas me infundieron temor. Era evidente que el escritor podía amargarme aún más la vida, que podía joderme más de lo que ya me había jodido. Con tal de vender más libros, es capaz de salarle la vida a cualquiera.

—Le quiero pedir entonces un favor —dije, conciliador—. Traslade a Oliverio Duncan a otro país, o a otro caso, pero por favor no permita que vuelva a tocar a mi puerta para involucrarme con la desaparición de nadie. ¿Qué le cuesta?

En lugar de responder, el novelista se arrodilló con esfuerzo en el piso y empezó a buscar entre los papeles. Tal vez mi súplica le había ablandado el corazón, pero, dado el desorden, era improbable que encontrase algo.

Un bocinazo subió de la calle.

Me asomé a la ventana. Era el Volvo de Ana. Había vuelto. La vi comenzar a descargar bolsas de supermercado del carro. No le gustaría nada verme de nuevo en su casa.

—Mejor me hago humo —le anuncié al novelista, que seguía gateando en el piso—, pero le imploro que saque a Duncan de mi vida, y que Dupuis regrese a Suecia. Es todo cuanto requiero para volver a ser feliz junto a Samanta.

62

Crucé chapoteando el estero Las Delicias. Gladbach me anunció que don Máximo me esperaba con impaciencia.

—Quiero mostrarle algo que va a llamar su atención —anunció De Angelis mientras atravesaba la sala de recepción con los brazos extendidos, dejando atrás su trono y la escultura de Ernst Barlach.

—¿De qué se trata? —pregunté.

—No me va a negar que sus problemas han ido en aumento y que el novelista se muestra poco propenso a ayudarlo.

—Es cierto.

—El novelista dejará que usted se cueza en su propia salsa —continuó don Máximo—. Y no lo hará por maldad, sino porque está viejo y olvidadizo. —Hizo aparecer el bastón entre sus manos, y lo alargó como si se tratara de un catalejo—. Será incapaz de ayudarlo, pero tengo una idea. Venga.

Lo seguí hacia el cortinaje, donde las beldades de antifaz nos abrieron paso a un césped que se extendía hasta un riachuelo de aguas cristalinas, donde saltaban las truchas y resonaba una alegre melodía de Schubert.

Caminamos hasta una cabaña de troncos. Más allá había una gradería a la que estaban encadenados un hombre mayor y otro joven, vestidos con sacos paperos a modo de túnicas. De cuando en cuando entraban hombres a la cabaña, que los encadenados insultaban a grito pelado. Cada vez que alguien abría la puerta, llegaban del interior risotadas y afuera los prisioneros trataban infructuosamente de librarse de las cadenas.

—¿Ve aquello? —preguntó don Máximo indicando a la distancia.

Divisé una cabaña y, frente a ella, una gradería atestada de mujeres, también encadenadas, que insultaban a otras mujeres que entraban a la construcción.

—Allá pasa lo mismo que acá —dije.

—Se trata de una penitencia —aclaró don Máximo—. Los hombres encadenados son cónyuges infieles y los que ingresan a la cabaña son los amantes que sus mujeres tuvieron supuestamente en vida. El infiel es celoso, y sus celos crean amantes que sus parejas no siempre tuvieron. Son víctimas de su propia infidelidad. Vivirán eternamente en la incertidumbre, las dudas les devorarán las entrañas, no sabrán si aquellos hombres fueron amantes de sus mujeres o solo son fruto de sus celos.

—¿Y en la otra cabaña? —pregunté.

—Ocurre algo parecido: las mujeres de la gradería son cónyuges infieles y las que entran son las amantes que supuestamente tuvieron sus hombres.

—Entonces aquí son todos infieles.

—En cierta forma, usted tiene razón. La infidelidad con celos se paga.

—¿Y esto es un tormento eterno? —pregunté.

—Solo tiene lugar un par de veces al año, pero en mis predios, nada se olvida. No hay peor castigo que los celos para quien fue infiel.

—Recordar...

—Es no poder olvidar, es sentir la memoria como un hierro candente.

Varios hombres entraron a la cabaña cercana, que estaba en penumbras. Antes de que la puerta volviera a cerrarse, alcancé a escuchar los gemidos de placer de una mujer, que me recordaron los de Samanta haciendo el amor con Dupuis en la escalera de la casa.

—¿Puedo acercarme a la cabaña? —pregunté cuando descubrí que uno de los que estaba sentado en la gradería se parecía a mí y otro a Dupuis.

—No, no conviene intervenir en eso, Clemente Fo. No intente cambiar el curso de la historia. Fíjese mejor en el hombre de la derecha, el que carga con la cadena más gruesa.

—¿El barrigón calvo y de anteojos redondos, con una cruz tatuada en el antebrazo?

—Exacto. El hijo de puta se hizo tatuar la cruz cuando estaba por morir, pero fue infiel. Vea cómo se retuerce tratando de desprenderse de la argolla que le oprime el cuello. Está loco por rescatar a su esposa, pero más por averiguar quién es el que fornica con ella.

—¿Y usted no va a hacer nada? Ese pobre tipo está sufriendo a mares —reclamé.

—No quiero ni debo hacer nada —repuso don Máximo con parsimonia.

Volví a escuchar los gemidos de placer que venían de la cabaña. Hubiese jurado que eran de Samanta. El doble de León Dupuis parecía tan consternado como yo.

—Déjeme entrar, por favor —imploré.

Dos ancianos deformados por la gula y falta de ejercicio llegaron hasta la puerta de la cabaña, y entraron. Entre las penumbras me pareció distinguir a Samanta. Yacía sobre una mesa circular que giraba lentamente sobre un eje. Alrededor suyo unos enmascarados se despojaban de la ropa. Alguien cerró la puerta con violencia.

—Permítame ir, por favor —insistí.

Don Máximo me retuvo firme por el brazo, y me dijo:

—Se lo permitiré solo si antes acepta hacer lo que debe hacer.

—No entiendo.

—Me refiero al escritor.

—¿Qué desea que haga?

—Que lo elimine.

—¿Que lo mate?

—Que lo elimine —repitió cerciorándose con aire despreocupado de que sus mancuernas estuviesen bien puestas.

—¿Está loco? Ni aunque me chantajee con sus trucos me convertiré en un sicario. Nunca me hará cambiar de opinión. ¡No estoy a la venta!

—Entonces ya sabe qué final les espera a Samanta y a usted, señor Fo. Si no pudieron convencerlo Fernando Nogueira, Armando Olas ni Anastasia Yashin, y lo que ha presenciado tampoco le remueve la conciencia, no se lamente después.

Nos quedamos en silencio. De la cabaña ahora solo llegaban risotadas. En las graderías, ahora atestadas, el público coordinaba una «ola» de forma magistral, mientras un grupo azotaba con látigos al tipo parecido a Dupuis, lo que me alegró.

—Un momento —dije al rato, sin poder creer que cuanto ocurría fuese realidad—. ¿Ahora me está diciendo que usted puso a Nogueira, Olas y Anastasia en mi camino para que me convencieran de asesinar al novelista?

—¡Qué palabra más abyecta e inmunda emplea usted, Clemente Fo!

—Eso es lo que es: ¡a-se-si-nar!, don Máximo —repetí.

—Todos ellos intervinieron desinteresadamente para hacerle un bien, para salvarlo del espantoso destino que le tiene reservado el novelista —afirmó De Angelis y soltó una risa hueca y seca que me puso los pelos de punta—. ¿Es que no se da cuenta de que el viejo perdió la chaveta, que no terminará la novela y dejará a muchos personajes navegando a la deriva?

—¿Y por qué tengo que preocuparme de seres que no existen más que como palabras escritas, como signos inscritos en una hoja de papel?

—¿Es usted huevón o se hace el que no entiende nada? —preguntó don Máximo, furioso—. Si Oliverio Duncan, que es un náufrago de la pluma de Ampuero, sospecha de usted y ya cargó contra usted, significa que usted está más que jodido, que terminará condenado a perpetua o a recibir la inyección letal.

Pensé con un estremecimiento en la pobre maestra presa por abusar sexualmente de un alumno de Wartburg City.

—¿Susan van Eyck también es un personaje en la novela inconclusa? —pregunté.

—No la conozco, pero es posible. Mucha gente anda por el mundo pagando cuentas por delitos que no cometió.

—¿Por qué odia usted tanto al novelista?

—Ya se lo expliqué: en el manuscrito que escribe se está burlando de mí, y yo no tolero que se burlen de mí. Acepto cualquier insulto, menos que se rían de mí. Tengo un prestigio milenario por el que velar *urbi et orbi*. —Por un instante sus ojos pardos pasaron a escarlata y luego recuperaron su color original—. Pero no quiero obligarlo a nada, señor Fo, porque quien se acerca a mí lo hace por su propia voluntad, haciendo uso de su libertad y buscando la felicidad, tal como usted. Ahora, observe mejor lo que está por ocurrir: dos adorables *dominas* se están acercando a la cabaña donde retoza su amada.

63

Desperté temprano, saliendo de un sueño en que recordaba otro sueño: yo estaba en medio de una multitud que cantaba himnos y agitaba banderas al viento. No tardé en constatar que estaba frente a la Puerta de Brandemburgo, en Berlín, que era el 9 de noviembre de 1989, más exactamente la noche en que el gobierno comunista de Alemania del Este se vio obligado a abrir los pasos fronterizos y dejar salir a sus ciudadanos hacia Occidente. En fin, pude dejar mi cuarto con la desconcertante sensación de haber estado en efecto en Berlín.

En el pasillo divisé una cucaracha debajo de la puerta de Franz, un estudiante de Praga que a esa hora, a juzgar por los golpes del teclado de su máquina, escribía su tesis doctoral. Había llegado a Valparaíso de polizón en un barco griego, huyendo del maltrato de su padre, que al final se había convertido en su benefactor.

Descendí la escalera, empujé la puerta de la pensión y me recibió la luminosidad metálica de la mañana de invierno en la calle Ferrari.

—No olvide lo que me debe —dijo alguien a mis espaldas.

Era don Jacinto. Vestía un jeans desteñido y la sempiterna camiseta sin mangas, y portaba una botella de cerveza en la diestra.

—Voy a buscar plata, precisamente —le anuncié y salí a Ferrari sintiendo el peso de la mirada del tipo. Pasé frente al portón de la casa-museo de Neruda y alcancé la avenida Alemania.

Un bus me dejó en los adoquines de la plaza San Luis, luego bajé por la Almirante Montt hasta cerca de la iglesia anglicana, donde me interné por el pasaje Pierre Loti.

No había nadie en el jardincito de la residencial, por lo que franqueé la mampara entornada, crucé el pasillo, y subí por una empinada escalera al segundo piso, donde olía a humedad y encierro. Toqué a la puerta siete, donde solía alojar Anastasia Yashin, según don Máximo de Angelis.

Nadie abrió. De una pieza llegaba la voz de un hombre que recitaba en forma monótona.

Necesitaba ver a la bailarina del American Bar para consultarle sobre don Máximo de Angelis. Sospecho que entre ambos hubo o hay un lío amoroso porque, a pesar de sus años, el monarca de la noche parece insaciable a juzgar por la compañía femenina de que goza en Las Delicias. ¿Por qué vivía debajo del Congreso Nacional y qué poderes reales tenía? ¿O era un fanfarrón criminal digno de manicomio? Tal vez Anastasia podría darme unas pistas.

Como nadie me abrió, hice girar el pomo y la puerta cedió sin ruido. El cuarto era amplio: un camastro en desorden, un velador con lamparita y un ropero vacío con las puertas abiertas. En el piso vi una caja vacía de la Sombrerería Woronoff.

Volví al pasillo y caminé hacia la habitación de la cual emanaba una voz.

Mis toques a la puerta interrumpieron el flujo de palabras. Abrió una mujer de mediana edad con un bolígrafo en la mano. Detrás de ella, junto a la ventana, sentado en una silla, con las manos enlazadas en torno al mango de un bastón, había un ciego. Me lo revelaron sus ojos celestes sin vida.

—Disculpe, busco al huésped de la habitación siete —expliqué.

—A la artista… —dijo el ciego y su quijada ofreció una sonrisa amable—. Se despidió anoche como una dama, por cierto.

—¿Sabe adónde fue?

—A uno de esos aletargados pueblos del Medio Oeste que inmortalizaron Sherwood Anderson y Edward Hopper —repuso el ciego con acento rioplatense, sin soltar el bastón.

—Entonces ya no vuelve.

—No creo. Yo tampoco volveré. Este es un país demasiado estrecho como para que prospere la plática ingeniosa y la buena prosa. Por cierto, ¿usted conoce la poesía de esa mujer?

—No, señor. No tenía idea de que fuese poeta.

—Pues debiera conocerla. No es una poeta excelsa, pero cada uno es como es.

—La leeré —prometí sin poder salir de mi estupor.

—¿Es usted por casualidad el amigo al cual ella le sugirió que hablara con el diablo? —preguntó el ciego.

Tragué saliva, desconcertado y avergonzado, porque si bien intuyo quién es en verdad don Máximo de Angelis, prefiero analizar este asunto de modo oblicuo.

—Entiendo que usted habla metafóricamente —dije yo.

—Todo el universo es una metáfora de algo que ignoramos —respondió, elevando sus ojos muertos al cielo de la habitación—. Por eso, en una situación como la suya, yo seguiría el consejo de la dama. Su rito de desnudarse a diario no solo es expresión de una humildad profunda, sino también una invitación a vernos como somos desde la prehistoria hasta hoy.

La mujer del bolígrafo continuaba de pie junto a la puerta, sin moverse ni decir esta boca es mía.

—¿Anastasia no me habrá dejado algún recado? —pregunté al ciego.

—Creo que el mensaje se lo dejó ya hace tiempo —dijo el hombre volviendo su rostro hacia mí—. Ahora es cosa suya saber interpretarlo de forma adecuada.

64

—¿Clemente? —preguntó la voz en mi celular.

Yo estaba bebiendo un espresso en la terracita del Café con Cuento con el último dinero que me quedaba. Sonaba «Sultans of Swing», de Dire Straits, y por Almirante Montt los colectivos tomaban la curva haciendo rechinar los neumáticos y luego metían segunda para continuar cerro arriba. En la esquina, el dueño de Le Filou de Montpellier fumaba frente a su restaurante, y desde la puerta de una galería de arte, otro francés, de barba y chaqueta, contemplaba el cielo nublado soñando con clientes.

—Te habla Jan Stirlitz.

—¡Qué sorpresa! —exclamé—. ¿Cómo marchan las cosas?

Imaginar a mi apacible ciudad a orillas del río al otro lado del teléfono hacía más llevadero el tormento de estar en Valparaíso.

—Te llamo para avisarte que me va bien. O más que bien: acompañado, como siempre, de una beldad que te quitaría el sueño de solo verla.

—Me lo imagino.

—Es una preciosura con rostro de niña y pechos ubérrimos. Bate las caderas como caribeña cuando se pasea por mi residencia, y es una fierecilla en el lecho. Tú ya lo sabes, la fama de un poeta es el gran afrodisíaco para las mujeres. Y eso por una razón sencilla.

—¿Cuál, Jan?

—Porque todas sueñan con ser inmortalizadas en un soneto.

—¿Cómo se llama la agraciada?

—Tracy. Tracy Baron.

—Suena a estrella porno —comenté, y mi frase arrancó una mueca de disgusto a una muchacha que paseaba un perro por la vereda.

—Bueno, no es por Cindy que te llamaba.

—¿Qué Cindy? ¿No dijiste que se llamaba Tracy?

—Disculpa, ando distraído. No es para menos después de la noche que pasamos. La iniciamos bañándonos desnudos en el río, imagínate, con lo que cuesta que a uno se le ponga duro en el agua fría. Pero ahí estaba su amigo el poeta, firme como hito de frontera, recio como manguera de caucho, cumpliendo ejemplarmente la labor que corresponde hasta que aparecieron unos mexicanos que deben ser de los Zetas y querían participar del jueguito.

—Ahí es mejor arriar bandera.

—Y desmontar el mástil. Fue lo que hice. Los mandé a la mierda.

—Bien hecho.

—En fin —carraspeó—. Te llamo por otra cosa. Ayer pasé frente a tu refugio y me detuve porque un tipo aguardaba en la puerta.

El sol ascendía sobre la iglesia anglicana y el antiguo colegio alemán cuando tres monjas tocaron a la mampara de una casa tirolesa engalanada con maceteros colgantes, frente al café.

—¿Qué quería el tipo? –pregunté.

—Por eso te llamo —repuso el poeta dándose importancia—. Te anda buscando.

El corazón me dio un vuelco y sentí un cosquilleo en el estómago.

—¿Te dejó su nombre? —pregunté.

—Algo así como Aschaffenburg. Claramente un alemán. Tendrá cuarenta años, no sé, no soy bueno para describir a la gente, pero te lo digo con franqueza, y que nadie me acuse después de discriminar: el tipo de marras tiene un tonito amariconado para hablar.

—¿Aschaffenburg?

Una anciana vestida de negro abrió la mampara de enfrente y dejó entrar a las monjas. Cerró no sin antes dirigirme una mirada de desconfianza. Yo fingí estar concentrado en el espresso, que despedía buen aroma.

—Aschaffenburg o Aschaffenberg, algo así —aclaró el espía soviético devenido poeta.

—¿No será Aschenbach?

—¿Aschenbach? También puede ser. Me dijo que habían ido juntos a un partido de béisbol hace un tiempo.

—¿No habrá dicho de fútbol?

—Tienes razón. Dijo fútbol.

—Eso es diferente.

—Ignoraba que te reunías con ese tipo de gente —apuntó irónico Stirlitz mientras me sobrevenía una ansiedad de solo recordar al personaje—. No estaba en mis archivos.

—¿Para qué me quería?

—No me dijo.

—No lo conozco mucho.

—Lo sentí inquieto.

—¿Dejó un mensaje?

—Que si te veía, te encargara que lo ubiques con urgencia. Me dio su dirección electrónica, aunque está seguro de que tú sabes cómo ubicarlo. Apunta, y dime ahora dónde estás y si tienes tiempo para que te lea mi creación más reciente.

—¿Una que se titula «Tracy»?

—¿Cómo lo supiste, cabrón? ¿Tienes pacto con el diablo?

65

Volví al estero de Las Delicias noches más tarde, después de haber conversado con Aschenbach. Sus novedades eran tremendas: enfrentaba un juicio por acoso sexual, pero lo peor era que el juez le había preguntado por mí y si yo había tenido una relación con Susan van Eyck. ¡Me estaban involucrando cada vez más en un enredo del cual iba a ser difícil salir sin magulladuras! Le pedí a Aschenbach que me mantuviera informado.

Crucé las aguas del estero. No había podido bajar antes, porque los martes y viernes por la noche los comerciantes suelen armar sus puestos para la feria del día siguiente, y varios se instalan sobre las tapas de los cauces.

Gladbach me escudriñó a través de la mirilla antes de retirar el pestillo de la puerta. Esta vez don Máximo retozaba en un lecho tamaño king, de sábanas color amaranto, con las beldades de antifaz. Junto al lecho había maletines negros.

—¿Se va de viaje? —pregunté.

—De ninguna manera —respondió e hizo sonar las palmas.

Las mujeres se esfumaron detrás de los cortinajes que disimulan, según recuerdo, la puerta de acceso al Congreso Nacional.

—Como usted tardaba, aproveché el tiempo con las ménades —explicó mi anfitrión con aire sardónico, y se incorporó. Estaba desnudo. Su miembro le colgaba casi hasta las rodillas y su pierna izquierda desembocaba en un pie que se adelgazaba como pezuña—. Sé a lo que viene —dijo envolviéndose en una bata con cuello de armiño—. Ayúdeme a ordenar por bancadas parlamentarias estos maletines.

Eran cuarenta y nueve. De cuero y manilla dorada. En rigor, eran maletines *attaché* de los años setenta. Terminé cargándolos yo, porque don Máximo se dedicó más bien a dirigir mis esfuerzos: ese va a la izquierda, ese otro a la derecha y esos dos al centro.

—¿Los parlamentarios salen de viaje? —pregunté tras terminar el acarreo. Había formado tres pilas con igual número de maletines.

—Clemente: se trata de mis donaciones a los honorables. Los dejo así como olvidados en los pasillos, sin remitente. Ellos los retiran con discreción. Saben de dónde vienen.

—¿Todos reciben algo de su parte? —pregunté atónito.

—No todos, desde luego. Hay algunos que se financian de otra manera.

—¿Y los parlamentarios cargan esos maletines a vista y paciencia de sus colegas?

—Me conmueve su ingenuidad ciudadana —entornó los párpados, mientras se ajustaba el lazo de la bata—. Estos maletines tienen una particularidad envidiable, Clemente: fuera de mis predios se vuelven invisibles, de modo que los honorables pueden pasear tranquilos con ellos.

—¿Y en el Congreso? ¿No los ven los otros parlamentarios?

—Solo los que reciben maletines ven los de sus colegas. Los que están al margen del juego solo ven a colegas transitando con las manos libres, y, eso sí, algo agitados y sudorosos. Dejaremos esta noche los maletines ante ciertas oficinas de los honorables.

Eso se llama ser discreto, pensé, aunque sabía que todo lo que estaba ocurriendo no podía ser cierto. Insisto: soy una persona sensata, cuerda y realista, y aunque todo esto lo vea, dudo de que en verdad sea así.

—¿Contienen mucho dinero? —pregunté, estimulado por la codicia.

—Diez por ciento menos de lo que solicitaron. Así cultivo su adicción a los fondos para las campañas. —Se tocó las mancuernas—. Pero volvamos mejor a lo suyo, que es crucial, Clemente Fo. Como veo que su panorama empeora a diario, le repito: la solución depende solo de usted. *La pelota está ahora en sus manos*, como reza el dicho que a usted tanto gusta.

Tiene razón. Es otro de mis dichos favoritos, de mis auténticos dichos favoritos.

—¿Se está refiriendo al novelista? —consulto.

—Así es. Haga el favor de seguirme.

Avanzamos por el piso de mármol y cruzamos el cortinaje amaranto.

—Pase por aquí —dijo mi anfitrión empujando una puerta.

Desembocamos, no en el hall de mármol y lámparas de lágrimas del Congreso Nacional, como imaginé, sino en un prado que en la distancia limitaba el follaje espeso de unos peumos. Soplaba una brisa húmeda y caliente, salpicada por el graznido de cacatúas. Me despojé de la chaqueta, y también de los zapatos y los calcetines, empapados por cruzar Las Delicias.

Más allá vi un cubo de piedra negra, alto como la pirámide de cristal del Museo del Louvre, rodeado de una pileta circular, donde fulguraba el agua.

—¿Y eso? —pregunté mientras nos instalábamos en una gradería, cerca del cubo.

—Esa es la Gran Cámara Oscura —explicó don Máximo—. Tome asiento.

No había nadie más en las graderías. Al rato apareció una joven de cabellera castaña, minifalda, blusa escotada y contundentes pechos. Pasó sin vernos. Tenía la piel aceitunada, labios gruesos y pómulos altos. Era preciosa y su cuerpo despedía una fragancia embriagadora. Entró presurosa al cubo.

—A la Gran Cámara Oscura ingresan las mujeres y los hombres que usted ha deseado en algún momento —anunció don Máximo—. Todos. Depende de sus aficiones, usted entiende. La que acaba de entrar es Raquel Welch, la que, si no me equivoco, fue su primera fantasía sexual cuando niño.

—Una de las primeras —precisé sonrojándome, azorado de que don Máximo estuviese al tanto hasta de mis recuerdos. Se trataba de plano de mi admirada Raquel: los hombros ligeramente marcados, la cintura estrecha y el generoso culo de origen mexicano, una belleza que en mi adolescencia me deparó noches gozosas.

—Y mire a esa otra —anunció mi anfitrión con una sonrisa ladeada—: Brigitte Bardot.

Venía envuelta en una sábana blanca que no lograba disimular sus perturbadoras curvas. Era ella: sus dientes grandes y labios gruesos, su rubia melena despeinada por la brisa, su mirada lánguida y sus pantorrillas delgadas. Pasó a mi lado: descalza, la frente erguida, sin verme, bella y altiva como una diosa.

—Se me quedó sin palabras —comentó insidioso don Máximo, sin perder detalle del desplazamiento de Brigitte, que introdujo con delicadeza primero un pie, luego el otro en la pileta, y entró a la Gran Cámara Oscura.

—¿Cuál es el sentido de todo esto? —pregunté, con una excitación que comenzaba a acalorarme hasta el alma.

—Estamos viendo la secuencia de sus deseos insatisfechos —resumió don Máximo invitándome con un gesto a bajar la voz—. Podrá ver a todas las mujeres que usted ha deseado pero jamás conquistó.

—¡No puede ser!

—Por favor, se me volvió incrédulo de golpe. ¿Desconfía acaso de sus sentidos?

—Esto no puede ser real.

—¡Cómo que no! Observe bien: quien viene ahí es nada menos que la Kim Novak de los años sesenta. Ignoraba que le gustase esa mujer, mi amigo. No está mal. Vamos a ver si también aparece Marlon Brando, lo que cambiaría de forma radical mi visión de su persona, desde luego —agregó burlón.

—¿Y qué quiere decirme con todo esto? —pregunté enardecido por la posibilidad de acostarme con esas mujeres que poblaron mi fantasía adolescente.

—Y ahí viene Julia Roberts del brazo de la cubana Daisy Granados, que actúa en *Memorias del subdesarrollo*, un clásico del cine castrista —continuó don Máximo, extasiado—. Y más atrás, si la vista no me falla, diviso a Rita Pavone con su pelo corto y aspecto de efebo. Vamos, usted no deja de impresionarme, Clemente. Y más allá diviso a Jane Fonda en el legendario traje plateado de *Barbarella* y, ¡vaya!, ahora veo a la colombiana Shakira, que sacude con descaro su estupendo culo al ritmo de una canción árabe. Imagino que eso constituye en rigor una fantasía reciente, ¿verdad?

Me quedé boquiabierto. Era cierto cuanto decía don Máximo. Por el césped se aproximaba ahora una hilera de mujeres que he deseado, o al menos de dobles perfectos de ellas, que, al igual que las anteriores, pasarían junto a mí, pero sin percatarse de mi presencia. Eran estudiantes, profesionales, amas de casa, divorciadas, casadas, bibliotecarias, meseras, en fin, un desfile interminable de fantasías insatisfechas pasaba hacia la Gran Cámara Oscura.

—Son sus propios deseos pendientes —precisó don Máximo—. Imagínese: hacer realidad a estas alturas los deseos acumulados durante toda una vida. ¿Habrá mayor placer carnal en este mundo? Recuerde que uno pasa por la Tierra para ser feliz. —Enarcó las cejas mientras sus ojos se volvían fosforescentes—. Todas esas hembras podrían ser suyas.

—¿Mías?

—Es la gracia de la Gran Cámara Oscura, Clemente Fo.

—¿Incluso Kim Basinger, Penélope Cruz, Beyoncé y hasta Sofía Loren? —pregunté ansioso.

—Así es, mi amigo. La Gran Cámara Oscura tiene la facultad de albergar a todos los cuerpos que fueron objeto de su deseo, sin importar edad ni sexo, procedencia ni religión, sitio ni época, y de presentarlas ante usted en la condición física en que usted las deseó, no en lo que muchas están convertidas hoy: cenizas, momias o viejas intragables, dedicadas a proteger a animales o enarbolar causas perdidas del Tercer Mundo. ¿Me cree?

—Las que vi lucen como cuando me gustaban —admití, trémulo de emoción—. Pero no creo que esto sea verdad. No sé si me entiende.

—Ver para creer, dijo un converso. Usted, sin embargo, ve pero no cree.

De pronto eché a correr hacia el cubo, crucé chapoteando la pileta y le propiné una patada a la puerta de la Gran Cámara Oscura que, para mi sorpresa, constaba de puro humo negro, y me sumergí en una oscuridad pasmosa.

Podía escuchar el tintineo de pulseras, collares y pendientes de las mujeres, escuchar sus voces en distintos idiomas, y aspirar sus perfumes y sentir el calor de sus cuerpos, y hasta pude darme el gusto de acariciar sus redondeces, besar sus labios y explorar sus sinuosidades húmedas, aunque sin verlas, porque la oscuridad era completa.

—*Mehr Licht, mehr Licht!* —grité, pero sin saber qué significaban esas palabras.

—Está como Goethe en sus últimos estertores —comentó don Máximo, a mi lado.

—Por favor, más luz, más luz.

—No se puede tener todo lo que se desea, canta Mick Jagger en una bellísima canción —susurró don Máximo con su aliento gélido en mi oreja—. Pero todas esas mujeres están aquí dentro, junto a usted, dispuestas a satisfacer sus más mínimos deseos en la oscuridad. No podrá verlas, pero sí acariciarlas, besarlas y poseerlas, saber que no morirá sin haber hecho suyas a todas las que deseó. Es un deleite espléndido e infinito, ni siquiera al alcance de «El Chapo» Guzmán. Decenios de deseos frustrados los puede satisfacer en las jornadas y los plazos que usted establezca, Clemente.

—¿Realmente puedo poseer a estas mujeres para siempre? —pregunté sintiendo las caricias de manos suaves y bocas ávidas que me prodigaban placeres indescriptibles.

—Son suyas por el tiempo que quiera —dijo la voz de don Máximo.

—¿De por vida?

—De por vida, Clemente Fo.

Aparté mis labios de la boca de quien creo era Angelica Domröse, interrumpí el masaje a la nuca que me obsequiaba Claudia Schiffer, giré la cabeza en la negrura, aparté con suavidad los pechos recios de quien no me cupo duda era Sofía Loren, y me encontré con la mirada electrizante de don Máximo brillando en la oscuridad.

—¿Y qué pide a cambio? —pregunté.

—Que alcancemos un pacto sobre el novelista de marras. Pero conmigo hay que respetar la palabra empeñada, Clemente Fo. No quiero reculadas como las de San Teófilo.

66

Invité al estudiante de Praga a la barra del Hamburg. En rigor, yo solo lo conocía de escucharlo teclear detrás de su puerta en la residencial de Los Poetas Inéditos. Lo invité con el ánimo de pedirle prestado para pagar a don Jacinto, pues en la pensión corría la voz de que Franz era hijo de un acaudalado empresario de Praga que le transfería una abultada provisión de euros cada mes a Chile.

Había sido estudiante de derecho y vivió en una casa de la Malá Strana, a orillas del río que divide Praga, según me contó después de que Wolfgang, el propietario del Hamburg, nos entregara sendas jarras de cerveza de Baviera.

Sabía deliciosa mi Hefebier. Franz, que llevaba traje oscuro y camisa desabrochada, y lucía pálido y demacrado, pidió una Pilsener para sentirse en casa, según me explicó. A juicio de su padre, Franz era un fracasado y un putero, un mediocre artista bohemio y punto. Afectado por el rechazo paternal, se había marchado de casa e interpuesto a la vez una distancia insalvable entre él y Milena, su novia, a la que le describía en cartas su estadía en Valparaíso.

—En lo de putero tiene razón el viejo —reconoció Franz mientras salíamos del Hamburg—. Pero ¿qué es la vida si no la gozas?

Pasamos frente al Moneda de Oro y algunos bares aún cerrados y comenzamos a subir por Cumming.

—Me gusta esta calle —dijo Franz contemplando los imponentes muros que la demarcan—: Por un lado el de ladrillo de la cárcel pública y por otro el de piedra del Cementerio de los Disidentes. En esta calle se encuentran los principales enemigos de toda existencia: el cautiverio y la muerte. Aquí una prisión y un cementerio se miran cara a cara, como dos boxeadores antes del combate.

—Y con el Cerro de la Sagrada Concepción como telón de fondo —apunté yo.

No lucía bien Franz: ojeras abultadas, delgadez propia de esqueleto, hombros filudos, espalda encorvada. Su mirada era melancólica pero no carente de brillo, y su partidura dividía en dos hemisferios exactos su negra cabellera. En la muñeca izquierda llevaba una pulsera de hilo rojo que, según explicó, era un saludo al socialismo. Cuando joven había sido anarquista, seguidor de Kropotkin, pero con los años se hizo socialista.

—Al menos son menos utópicos —añadió cuando regresamos a la plaza Aníbal Pinto.

Lo invité a beber otra cerveza a La Vie en Verte, donde nos atendió un hombre disfrazado de loro.

Cuando le pedí dinero, Franz me respondió con una pregunta:

—¿Cuánto necesitas?

—Algo que me alcance para pagar el alojamiento a don Jacinto.

—No hay problema. Te lo pasaré en cuanto me llegue la próxima mesada.

—Te lo pagaré en cuanto pueda —aseveré.

—No te preocupes, el cambio a pesos me favorece. Y, otra cosa, te agradezco que no hayas pisado a Max.

—¿Max?

—Sí, la cucaracha que aloja conmigo en el cuarto —explicó Franz tras sorber de la garza que nos sirvió el pajarraco—. Duerme en una caja de fósforos, se alimenta del pan con mortadela que nos ponen al desayuno y le gusta chapotear en el té que le vierto en un platillo. Me está dando la idea para escribir un buen cuento.

Sé que Franz está junto a mí y se convirtió en mi tabla de salvación al prestarme dinero, pero sé también que lo que me cuenta no puede ser cierto. Nadie puede aguachar a una cucaracha.

—Usted la ha visto asomarse al pasillo —dijo Franz con un relumbre de agradecimiento en los ojos—, y no la ha pisado. Ella vuelve tranquila a mi escritorio en cuanto usted pasa. Usted nunca ha intentado pisotearla, como otros. Eso lo valoro mucho.

—Respeto a todo ser viviente —dije.

—Así debe ser, sin excepciones —afirmó Franz—. Son los únicos habitantes de la Tierra que sobrevivirán a una conflagración nuclear.

Alcé mi garza y lo invité a brindar justo cuando comenzaba «In the air tonight», de Phil Collins. Fue entonces cuando sentí que una mano se posaba sobre mi hombro izquierdo.

Me viré a ver.

Ante mí, de pie, Oliverio Duncan esbozaba una sonrisa.

67

Me tuve que despedir de Franz y salir con Oliverio Duncan de La Vie en Vert. La plaza Aníbal Pinto era un avispero de gente que escuchaba a una banda tropical que interpretaba «Santa Isabel de las Lajas» delante de la fuente de Neptuno.

—Ya que le gusta la cerveza, lo invito a tomar una aquí, en el barrio —dijo el investigador.

En la calle Blanco entramos a la sala de puntal alto y muro de ladrillos de la Cervecería Puerto. Duncan pidió dos shops y nos sentamos en la barra mirando hacia la calle.

—Lo he esperado un par de veces en la pensión, pero usted no siempre vuelve —me dijo con una mirada gélida.

No podía decirle en lo que andaba, porque no me hubiese creído. ¿Cómo explicarle mis relaciones con don Máximo o Franz, para no hablar de Ampuero?

—He tenido mucho que hacer, inspector —expresé.

—¿Puedo saber por fin qué busca en Chile?

—Es un asunto privado. Ningún juez me ha prohibido salir de Estados Unidos.

—Correcto, pero pensé que tal vez quería sincerarse conmigo.

—¿Sincerarme? ¿Sobre qué?

—Sobre Johansson.

Bebimos al unísono brindándonos una tregua.

—Lo que hago en esta ciudad no tiene nada que ver con él —afirmé.

—¿Y entonces por qué es tan reacio a contarme qué lo trajo acá? —se esforzó por sonar amable.

—No tengo por qué hacerlo.

—Esa actitud no le ayuda.

—No entiendo.

—No le permite granjearse mi confianza. —Movió un índice varias veces entre nosotros.

Preferí arrancarle otro sorbo a mi vaso. No tenía por qué achicarme ante Duncan.

—¿Dónde está alojado? —le pregunté mientras seguíamos con la vista el paso de un trole.

—En el Casa Higueras, del Cerro Alegre. Un sitio con buena vista y excelente comida. ¿Lo conoce?

—De nombre.

—Por cierto —añadió Duncan mirándome de lado—. Allí también se hospedó su mujer. Su ex mujer, más bien. Volvió de Estados Unidos.

Lo dijo lentamente como para medir mi reacción. Aquello me sorprendió e hirió mi dignidad, si es que algo de ella me queda a estas alturas.

—A rey muerto, rey puesto —aseveré.

—¿A qué se refiere? —preguntó Duncan alzando la barbilla, agitando el vaso en su mano.

—Es un decir. Olvídelo.

—Ya que lo veo reanimado, quiero plantearle algo.

—Usted dirá —reprimí un eructo.

—No es nada bueno.

Tomé un sorbo para tranquilizarme.

—¿De qué se trata?

—Ahora hay otra persona en Valparaíso que habla, y mal, de usted —dijo mirándome de reojo.

Solo atiné a sonreír.

—No tiene que ver directamente con Johansson —añadió—, pero a usted lo debilita.

—¿De quién habla?

—De una maestra secundaria de Wartburg City, condenada por abuso sexual: Susan van Eyck.

Aquello me dejó helado.

—¿Está libre? —pregunté, sorprendido.

—Así es. Hubo un grave error técnico al recolectar las evidencias y el tribunal de apelación que revisó la causa la dejó en libertad. Como en el caso de O. J. Simpson. ¿Sabe a qué mujer me refiero?

—Sí. ¿Pero qué tiene que ver conmigo?

—Ella dice que fue amante suya.

Acodado en la mesa, Duncan estudió mi reacción simulando contemplar los muros rayados de enfrente.

—La conocí apenas —admití—. Fue una aventura de una noche.

—Ella afirma que usted sabía de su amorío con el escolar —dijo Duncan. Afuera se instalaba la noche difuminando los perfiles de una baranda metálica—. Dice que usted la aconsejó cómo actuar al respecto.

—Solo le recomendé que terminara esa relación.

—Pero usted no denunció el delito, y por ello se convirtió en cómplice de la maestra. ¿Me sigue, verdad?

Sentí ganas de vomitar. Duncan me chantajeaba.

—Le sugerí que terminara esa relación —repetí—. Eso me correspondía hacer.

—Como ciudadano su deber era estampar una denuncia contra Van Eyck, que abusaba de un menor. ¿Le queda claro, o no? ¿Y también le quedan claras las consecuencias que esa omisión puede acarrearle, verdad?

Tal vez solo la distancia que media entre Wartburg City y Valparaíso era lo que me estaba librando de ir a dar con mis huesos a la prisión.

—Puede que sea así —admití—, pero solo hablé una vez con ella. Fue la noche que pasamos juntos. Estábamos borrachos como cubas.

Oliverio Duncan depositó el vaso sobre la mesa, y dijo:

—Usted sabe que eso no suena bien a los oídos de un juez. Le propongo lo siguiente, señor Fo, y ojalá lo consulte esta noche con su almohada: usted me cuenta qué hizo con el amante de su mujer y yo me olvido de su lamentable omisión en el caso Van Eyck.

68

Oliverio Duncan era un chantajista. Desconfiaba de mí. Creía que yo había asesinado al amante de mi mujer y por ello jamás me dejaría tranquilo. Ignoraba que el novelista ya había eliminado el capítulo en que yo me deshacía de León Dupuis. No, yo no era un asesino. El escritor no insistiría en esa trama. Pero Duncan parecía obsesionado conmigo. Lo demostró en la Cervecería Puerto. Era imposible demostrar que no hice lo que no hice. Él invirtió la lógica de la prueba. Era un tipo de ideas fijas.

Estaba por creer que tenía razón don Máximo de Angelis, y que la culpa de todo cuanto me ocurría o, lo que era peor, de lo que sentía que me ocurría, era de responsabilidad del novelista.

Tal vez convenía admitir que Oliverio Duncan podía ser un personaje de Ampuero, así como Marietta podía ser un personaje abandonado por Jan Stirlitz, y cooptado —digámoslo así— por el novelista en algunas de sus novelas policiales.

Si aceptaba que Duncan había escapado de una novela inconclusa o del delirio del autor que perdía la memoria, la propuesta del príncipe de Las Delicias se volvía consistente. No había duda de que el Duncan que me infligía pavor era un personaje de los libros del novelista, al menos de los que había hojeado en la librería Éxtasis, de Martín Leser.

¿Por qué don Máximo, con todo su poder y lo mucho que odiaba al novelista, no lo eliminaba él mismo? ¿Sería cierto que no lo hacía porque no deseaba manchar su beatífico historial? ¿Era verdad que no hay versículo en la Biblia que lo inculpe de asesinato alguno?

Debía tomarme más a pecho las circunstancias que enfrentaba: la desaparición de León Dupuis, el asedio de Oliverio Duncan, la breve aparición de mi ex mujer, la reaparición de Aschenbach —con quien no tenía relación alguna— y ahora de Susan, sin querer detenerme en don Máximo y los inverosímiles espacios de Las Delicias. Todo lo que se gatilló desde que regresé a mi ex hogar de una gira a Nueva Orleans era una pesadilla sin fin. Lo que me estaba ocurriendo no ocurría en la realidad, y yo era un hombre demasiado sensato como para creer en esa locura.

Pero urgía que me tomara todo en serio, pues nada beneficioso para mí saldría del caótico desorden que imperaba en el estudio del novelista. Lo cierto es que había atisbado páginas —ignoro si constituían un simple esbozo o la versión definitiva del próximo libro—, que hablaban de un Duncan que llegaba a la casa donde me refugié tras mi separación de Samanta.

Sobre esto reflexioné una y otra vez mientras viajaba en taxi hacia Las Delicias para conversar con don Máximo y ver de qué modo podíamos llegar a un acuerdo en el que ambos hiciéramos concesiones, puesto que él sería quien es, pero yo también era quien era.

Recién frente al Congreso Nacional me di cuenta que mi causa se complicaba: era imposible bajar al estero en día de feria. No me quedó más que resignarme: no podría ver a don Máximo.

Tomé un trole hasta la biblioteca Santiago Severín y pedí todos los libros de Ampuero. Necesitaba examinarlos con calma, ver si algo en ellos me permitía entender mejor mis circunstancias.

—Sin carnet, no puedo prestarle libros —me explicó en el mesón una bibliotecaria.

Imposible convencerla de que me prestara al menos un libro. Me recomendó ir al Registro Civil a solicitar una cédula de identidad.

—¿Y el trámite cuánto tarda? —pregunté, contrariado.

—Un par de días, pero si viaja a la capital será más rápido —repuso y volvió a su escritorio, donde clasificaba tarjetas.

Bajé frustrado las escaleras que llevan al sótano. No había nadie allí tampoco. Crucé un pasillo y abrí la primera puerta que encontré.

Adentro, un negro espigado cantaba sobre una tarima «Cachito mío», acompañado de dos guitarristas y un tipo que agitaba las maracas. Frente a ellos había una hilera de sillas vacías.

—¿Quiere escuchar? —me preguntó el cantante. Tenía grandes ojos expresivos, algo rasgados, como si entre sus antepasados hubiese asiáticos.

Salí y cerré la puerta con suavidad.

Abrí otra puerta y me encontré con dos cuarentones que cantaban con guitarra un tema dedicado a Valparaíso. No había nadie más allí, a excepción de un maestro que pintaba la puerta y cuyo tarro de pintura estuve a punto de volcar.

—Pase —dijo el maestro en voz baja—. Nunca imaginé que iba a pintar mientras el Gitano Rodríguez y Toño Suzarte cantaban para mí.

—¿Vienes a escuchar? —me preguntó uno de los cantantes.

—Necesito unos libros, pero no me los prestan porque no tengo carnet.

Le mencioné los títulos. El de la barriga, que sudaba copiosamente, había leído algunos.

—Puedes usar mi carnet —dijo extrayendo uno de la billetera—. Léelos en el tercer piso —agregó guiñándome un ojo—. Cuando termines, me devuelves el carnet. Si no nos encuentras, tocaremos esta noche en el teatro Mauri, después de Los Blue Splendor; déjalo con el administrador.

Subí feliz al primer nivel, presenté el carnet a la bibliotecaria y al rato tuve entre las manos las novelas. Volví a bajar con el ánimo de agradecer a Toño y al Gitano, pero cuando abrí la puerta ya no estaban, y en su lugar cantaba rock una banda que vestía chaqueta de candilejas. El cantante, seguido por un saxofón que repetía su melodía, entonaba «voy caminando hacia ti y tú no pareces notarlo», letra que por cierto interpreté como un presagio.

Salí de la sala en busca de un rincón tranquilo y abrí otra puerta: me hallé ante una escalinata esculpida en la roca que descendía hacia un túnel. Cuando llegué abajo, me detuve a mirar. En el otro extremo había una playa donde golpeaban olas coronadas de espuma.

69

Llegué a una playa atestada de gente mayor. Un letrero anunciaba su nombre: Las Torpederas.

Me senté en la arena para contemplar a los bañistas: muchos conversaban en la orilla, otros chapoteaban en el agua y algunos se paseaban con las manos a la espalda. Todos eran viejos.

Caminé tratando de no tropezar con los que tomaban baños de sol. Más allá otros ancianos desnudos corrían a duras penas tras una pelota. Me senté en la arena y coloqué los libros entre mis piernas.

—¿Te sirves algo, muchacho?

Alcé la vista: era enjuto, de barba blanca y nariz griega, y tenía un ligero aire a Don Quijote. Se le marcaban el esternón y las costillas, y su miembro, flácido, apuntaba triste hacia la arena.

—Una pilsen heladita —dije, y me puse de pie, animado.

—No hay —respondió.

—Entonces una Coca-Cola Zero.

—Chico, tampoco tenemos refrescos.

Parpadeé sin poder explicarme entonces el sentido del ofrecimiento, y preguntándome si aquel hombre solícito era el que yo creía que era o solo un doble.

—Entonces deme un vaso de agua fría —dije sin perder la calma.

—Agua tenemos, pero de la llave y no está fría, socio. No llegó el hielo esta mañana.

Le dije que no se preocupara, que mejor disfrutáramos la playa. Me quedó mirando con simpatía.

—Me gustan los hombres que no se dan por vencidos. Esos son los imprescindibles —afirmó mientras apartaba con los pies los libros para leer los títulos.

Fue entonces que caí en la cuenta de quién se trataba. Hice como si no lo hubiese reconocido.

—Yo solo quería ayudarte —dijo al rato—. Hace calor y todos los compañeros de la tercera edad aquí deben tener sed, y por ello deberíamos disponer de bebidas frías. También deberían brindarnos sándwiches con jamón y queso, y sombrillas para prevenir el cáncer a la piel. Habría que organizarse para exigir lo que nos corresponde.

—La vida es como es, no como uno quiere que sea —dije yo.

El viejo se acarició la barba, pensativo.

—Tal vez lo mejor sería salir de aquí —sugirió—. Deberíamos dar una vuelta por la ciudad de Salvador Allende y Pablo Neruda. De porfiado e ingenuo murió el primero, siempre se lo advertí. De burguesón y oportunista murió el segundo, nunca le perdoné que le escribiera un poema a Fulgencio Batista. Pero todo eso es historia, tan historia como el año 1971, cuando pronuncié un discurso en la Plaza de la Intendencia de Valparaíso. Coño, la plaza estaba llena de compañeros del MIR y el Partido Socialista, porque a los comunistas no les vi ni la sombra. No creían en mi vía armada. Sintonizaban con el geriátrico de Moscú. Con Corvalán, que solo era bueno para recitar refranes, y Teitelboim, que fue agente del KGB; querían construir el socialismo con la burguesía y los militares vivitos y coleando. Se creían del Primer Mundo hasta que

Pinochet les recordó a rocketazos el peldaño donde estaban. En fin. Esa vez no vi nada de Valparaíso, y me han dicho que la ciudad ha prosperado.

—Vale la pena verla —dije yo—. Mucho restaurancito y cafés. Podemos dar una vuelta, como dice usted. ¿Tiene algo para ponerse?

70

Mientras el hombre de la barba se vestía en la cabina, apareció su compañero de cuarto en Las Delicias. Llevaba anteojos de sol, pantalón caqui y polera azul, y se ayudaba de un bastón para caminar. Le expliqué que esperaba al comandante para salir de paseo.

—Me sumo —anunció con repentino vigor.

—Me alegra que nos acompañe el capitán general —dijo el anciano de la barba cuando volvió. Vestía gorrita de beisbolero y un flamante buzo Adidas.

Y fue así como subimos las escaleras a la avenida Altamirano y nos embarcamos en un bus. Recién en ese instante reparé en que había olvidado los libros de Ampuero en la arena. Ya no había nada que hacer. Viajamos en la última fila hasta que un inmenso retrato del Che Guevara que asomaba en la Facultad de Letras emocionó al comandante en jefe.

—Me recuerda La Habana —comentó con voz trémula.

Más allá, una multitud de encapuchados armados de palos y linchacos se enfrentaba a la policía antidisturbios en medio de la densa humareda que despedían neumáticos en llamas. El espectáculo asustaba a cualquiera: volaban piedras, palos y bombas lacrimógenas, y los carros lanzaagua dirigían los chorros contra los revoltosos y las hogueras.

—Bajémonos a solidarizar con esta acción popular —sugirió el comandante en jefe, entusiasmado.

Bajamos presurosos del bus y, para nuestra mala suerte, quedamos justo entre encapuchados y policías de casco y escudo. El anciano del bastón rezongó contra el caos, mientras el de la barba se encaramaba sobre un escritorio que reforzaba una barricada y lanzó una proclama.

Al cabo de unos minutos el comandante cayó en la cuenta de aquello que don Máximo me había advertido: los vivos no pueden ver ni escuchar a los muertos. La perorata del barbudo caía, por lo tanto, en el vacío, o mejor dicho se diluía en el fragor de la batalla. Defraudado, volvió con un ataque de tos y con los ojos enrojecidos a causa de las bombas lacrimógenas, y propuso que continuáramos el periplo.

—Por esto jamás triunfará la revolución en Chile —concluyó cuando bajábamos a pie por Carvallo. El Pacífico restallaba espléndido más allá de las balaustradas de concreto—. Los anarquistas no entienden de qué se trata la historia.

—Ya está bueno que se deje de repetir boludeces del pasado, mi estimado —lo interrumpió el del bastón, que contemplaba todo en silencio, como si no acertara a explicárselo.

Seguimos caminando, ahora junto al océano. Valparaíso, Viña del Mar y Reñaca se refocilaban en reflejos en la distancia. Abordamos un taxi colectivo y nos apeamos en la plaza Sotomayor, porque el comandante en jefe quería tomar un espresso.

—¡Qué grato volver a ver el edificio de Correos! —exclamó—. Lo recuerdo con gusto porque yo pronuncié en 1971 un importante discurso en esta plaza.

—Ya no pertenece a Correos —intervine yo—. Ahora es la sede del Consejo Nacional de la Cultura y las Artes.

—¿Qué significa eso? —preguntó el del bastón.

—¿Es que acaso no se da cuenta? —rugió el de la barba—. Es la trinchera desde la cual se construye el alma del país, un centro neurálgico para la formación de la sensibilidad y los valores de las nuevas generaciones. Debemos visitarlo para que nos informen sobre el avance del plan quinquenal en cultura.

—Yo prefiero quedarme viendo esta exposición —dijo el del bastón y luego lo vimos entrar a una muestra sobre Neruda.

—¿Señor, adónde se dirige? —me preguntó un portero cuando me aproximaba con el de barba al ascensor del Ministerio.

71

—El señor quiere hablar con el ministro —expliqué.

—¿Quién?

—El señor aquí —indiqué hacia el barbudo.

El portero me miró sorprendido porque no veía a nadie a mi lado, desde luego. La puerta del ascensor se abrió en ese instante y dejó salir a varias personas. Una de ellas, sin darse cuenta, estuvo a punto de derribar al comandante en jefe.

—Dígale que solo me interesa transmitir unas palabras a los intelectuales —me explicó el hombre de la barba—. Seré breve.

—Además, para ver al ministro necesita audiencia —añadió amable el portero.

—Comprendido —respondí—. Pediré entonces audiencia.

Seguidos de cerca por el portero, pasamos a buscar al hombre del bastón a la exposición. Leía unas páginas manuscritas de Neruda expuestas en una vitrina. Salimos a Prat y abordamos un trolebús.

—Así que el famoso poeta rojo escribía con tinta verde y tenía todas sus cuentas bancarias en azul —comentó el del bastón, sacudiendo la cabeza.

—¿Y todos estos muros garabateados? —preguntó el comandante en jefe al ver los edificios rayados.

—Les dicen grafitis.

—¿Y quién autoriza estas barbaridades que afean tanto? La Habana no lució así ni durante el «período especial».

—Nadie autoriza estos grafitis —dije yo.

—¿Cómo que nadie? —reclamó enfurecido el de la barba.

—Nadie.

—¿Y los contrarrevolucionarios ensucian aquí cuando les viene en gana? ¿Es que esta ciudad marcha a la buena de Dios, sin alcalde, policía, autoridades ni compañeros del G2 que se encarguen de los secuaces que pintarrajean esto? ¿Nadie pone mano dura aquí?

—Nadie —repuse yo.

—Se lo advertí a Salvador en 1971: con gente que anda por la libre no se puede instaurar el socialismo. A Manuel Piñeiro le di desde el primer día una orden clara: Escúchame, Barbarroja, le dije, arma aquí a la brevedad un aparato de espionaje kantiano. Así mismo: kantiano. Y fue lo único que funcionó en la isla, al menos en mi tiempo.

—Tiene razón el comandante en jefe —opinó el del bastón, aferrado a la barra del asiento—. Barbarroja creó un aparato de primera. Debí haberlo contratado para hacer algo por el estilo en Chile. Con Barbarroja, Ramiro Valdés, Raúl y paredón, otro gallo me habría cantado.

—Usted, en cambio, le dio chipe libre el Mamo. Cosas tan delicadas como esas hay que encargárselas a un cirujano, no a un carnicero, capitán general, porque ni Amnesty International ni Human Rights Watch perdonan. Y el peorcito de esos es un tal Vivanco, chileno, para más remate, que anda lloriqueando por el planeta porque uno le manda a quebrar la cadera a una de esas viejas de blanco, que de damas tienen lo que yo de demócrata.

El trole enfiló a toda velocidad por la avenida Pedro Montt. Su vieja carrocería japonesa zumbaba y trepidaba como un cohete de los relatos de Ray Bradbury.

—¿Y ese horrendo mamotreto? —preguntó al rato el comandante en jefe.

Era el Congreso Nacional. Al frente estaban la librería Éxtasis y la Sombrerería Woronoff.

—Más respeto, que esa obra fue iniciativa mía —advirtió mosqueado el capitán general—. Así que aquí nos quedamos para admirar esta muestra de arquitectura moderna.

Nos bajamos y caminamos hasta la escalinata de mármol que conduce al gran salón que acoge al Congreso pleno.

—¿Usted mandó a construir esto? —preguntó el barbudo—. ¿De verdad?

—Así es.

—¿El mismo que controlan sus enemigos y que lo expulsó a usted del hemiciclo?

—Así es.

—Me va a disculpar, pero entonces usted es un comegofio de marca mayor.

—¿Cómo así?

—Por la sencilla razón de que ningún dictador con tres dedos de frente construye un Congreso para que lo faenen. Coño, Augusto, en esta parada de trole he perdido hasta el último grano de respeto que sentía por ti.

—Ya hablamos de la ingratitud de la gente, comandante. A usted le pasó lo mismo.

—Tomen asiento —dijo el del buzo deportivo, y nos sentamos en la escalinata—. Ahora escúchame: todo lo que en un país dura menos de tres decenios deviene nota al pie de página en su historia.

Se olvida enseguida. Los pueblos no tienen gratitud ni memoria. Lo demás es gofio, chico. Terminarás en una nota borroneada debajo del último reglón de una página. ¿Cuántos años me dijiste que estuviste en palacio?

—Diecisiete.

—Diecisiete —el comandante en jefe repitió la palabra y escupió al piso—. Es como si yo me hubiese retirado en 1976. Debiste haber aprendido algo de mí: por lo bajo debiste haberte mantenido cincuenta años en el poder.

—¿Hasta el 2023?

—Hasta el 2023. El ser humano es un animal de costumbres. Se adapta a todo. Incluso a un viejo de mierda pero con los huevos bien puestos que mete cárcel y bala a sus opositores. ¿Te imaginas que yo me hubiese retirado en 1976? —soltó una carcajada esperpéntica, los ojos se le iluminaron—. A la gusanería y a Washington les hubiese regalado decenios para cocinarme a fuego lento en la Plaza de la Revolución, para inventarme negocios con Pablo Escobar y el Chapo Guzmán, para acusarme de violar los derechos humanos y de haberme enriquecido ilícitamente, y se las habrían arreglado para encerrarme a perpetuidad en una cárcel subterránea de la Florida, a noventa millas de Cuba. Ni siquiera me habrían enviado a Guantánamo, chico.

—Chile es diferente —reclamó el del bastón, y le echó una mirada escrutadora a la torre que alberga las oficinas de los parlamentarios—. En fin —dijo el capitán general—, veo que desde lo alto de la escalinata alguien nos hace señas.

Era Gladbach.

Subimos a su encuentro.

—Tomemos este atajo mejor para regresar a Las Delicias —les anunció a los ancianos y, dirigiéndose a mí, me dijo—: Don Máximo lo espera a medianoche en el ascensor Polanco.

72

Entré al túnel del ascensor, que se incrusta en la penumbra fría y húmeda del cerro Polanco. Faltaba poco para la medianoche. Junto al molinete de pago, que atendía una vieja, estaba Gladbach con su atuendo de cantante de tunas.

—Don Máximo pide que lo disculpe —explicó—, pero no puede recibirlo en el salón oficial porque está en curso la selección de nuevos huéspedes. Hay aglomeraciones, ataques al corazón y gente que se hace en los pantalones, usted entiende. —Sonrió malévolo—. Espérelo en el centro del túnel, por favor.

Y allí estaba yo ahora, en el corazón del cerro, entre el susurro de vertientes que resbalan por la pared de roca. En un extremo del túnel se veía el molinete y en el otro la ventana de luz del carro que asciende vertical a la cumbre. ¿Por dónde llegaría don Máximo?

Cuando la cobradora del molinete bajaba la cortina metálica para cerrar el túnel, escuché a mi espalda el rumor de una trituradora de piedras. Giré sobre mis talones. Varias grietas comenzaron a aparecer en el cerro hasta dar forma a una puerta.

Para mi sorpresa, Gladbach me recibió ahora en el umbral.

—Sígame —ordenó.

Bajamos por una escalera de caracol iluminada por antorchas y llegamos a una caverna inmensa, en la que tenía lugar un banquete. Conté centenares de mesas circulares de mantel blanco, cada una con trece comensales. Sobre un escenario enmarcado por cortinas amaranto, un cuarteto de huasos interpretaba una tonada pletórica de paisajes. De guitarra y pandereta, faja a la cintura y sombrero, cantaban mientras una banda de melenudos de barba y poncho, y premunidos de charango, quena y bombo, esperaba su turno a un costado.

—Pase por acá —me dijo don Máximo indicando hacia una mesa apartada, dispuesta para dos con copas de cristal y mantel burdeos—. Estamos ofreciendo una cena de bienvenida a quienes ingresan en esta época del año.

Tomé asiento en una silla que me acercó un mozo de guantes blancos, mientras otro ofrecía a mi anfitrión una silla de respaldo alto, tocada por una corona dorada. Con movimientos untuosos, los sirvientes desplegaron las servilletas sobre nuestras piernas y nos pasaron la carta.

—Para el resto —agregó don Máximo señalando hacia las mesas— hay menú fijo: palta reina de entrada, sopa de pantrucas y de fondo guatitas a la italiana, y cerramos con un postre caribeño: cascos de guayaba con queso crema. En promociones anteriores tuvimos tanto un *all you can eat* pantagruélico, sugerido por un cebado escritor cubano, como un bar abierto que atendía un poeta irlandés, pero se formó demasiado cahuín y nadie respetó las filas, como puede imaginar. Así que ahora hay lo que hay y un miserable vino servido en cajas tetrapak.

—Pero veo a todos animados —comenté en medio de la agitación de avispero de la sala.

—Y espere a que comience la parte bailable. Ahora estamos en la sección que animan Los Quincheros, que no necesitan presentación, después viene Quilapayún, legendario grupo folklórico adorado por los revolucionarios incorregibles. Y algo más: no se preocupe por el menú, comeremos a la carta.

—Me alegra.

—Para esta noche contraté para nosotros dos a los chefs de La Concepción, Espíritu Santo y Palacio Astoreca, olvídese de los comensales. No pueden vernos.

—¿No nos ven?

—Exacto. Así evito la envidia y el resentimiento, los pilares sobre los que se construyó Chile —repuso don Máximo de buen talante—. Nuestra mesa está protegida por un espejo falso como los que usa el FBI para espiar interrogatorios. Nadie nos ve. Nosotros, en cambio, los vemos a ellos.

—Increíble.

—Además, puedo circular entre la gente sin que se percaten de mi presencia. De lo contrario, viviría como un político: acosado por peticiones, cartas, exigencias y recomendaciones. Y hasta recibiría escupitajos de los cobardes que siempre se mezclan entre los zalameros, porque este es un país hipócrita.

Los Huasos Quincheros bajaron del escenario agradeciendo los aplausos, que se volvieron una ovación cuando se anunció la llegada de Quilapayún. Me impresionó verlos, había escuchado mucho de ellos: que representaban una época ida, el *Zeitgeist* del siglo xx, al gobierno de Salvador Allende. En fin, ahora eran unos viejos de cabellera y barba blanca, que seguían cultivando su aspecto revolucionario del siglo pasado: largos ponchos negros, cadenas de plata, quenas, charangos y tambores. Saludaron a la concurrencia con el puño izquierdo en alto, como dispuestos a librar nuevos combates.

—Estos son mis mejores aliados, porque son refractarios a la historia al igual que los que tocaron antes. No han aprendido nada ni olvidado nada, mi amigo.

En ese instante concitó mi atención el grupo de hombres sentado a una mesa en cuyo centro una pelota de fútbol descansaba sobre una torta de merengue de varios pisos. Pregunté quiénes eran.

—Es la selección nacional de fútbol de 1962 de este país —explicó don Máximo sin dejar de examinar la carta, escrita con una caligrafía gótica de tinta azul sobre fondo rosado—. Mire lo que son las cosas: hasta hace unos cuantos decenios, cuando Chile era pobre y tercermundista, esa mesa se ubicaba «arriba», usted entiende —indicó hacia el cielo—, pero desde que este país se convirtió en un jaguar próspero, egoísta y exigente, los mandaron a Las Delicias por no haberse coronado campeones en el torneo celebrado en casa en 1962.

—Se pusieron ambiciosos los chilenos.

—Y más exigentes hasta con el pasado. Son todos revisionistas. Bueno, a los pobres los mandaron para acá. Mejor para mí, los amo. Los recuerdos son como el vino: con los años mejoran.

Mientras los comensales cantaban a coro *La batea* y enlazaban los brazos para llevar el ritmo con un vaivén que derribó a más de alguno de la silla, don Máximo me propuso un blanco de la bodega del Congreso para acompañar los mariscos. Acepté, y el capitán, vestido de negro riguroso, bajó los peldaños de la tarima y cruzó hacia la cocina.

—Y allá, en esa mesa a su derecha, algo apartada —continuó mi anfitrión—, tal vez puede divisar la barbita de Vladimir Ulianov, que siempre quiso parecerse a mí con su rostro de zorro, y a su lado quizá divisa los bigotazos de Stalin, que no deja de comerse con disimulo el pan de los demás. Junto a él está Cherchinsky, que no se ríe ni cuando le cuentan un chiste sobre Gorbachov, quien también caerá en mis predios si a la hora de votar solo lo hacen sus ex camaradas.

—Es cierto, ahí están —respondí azorado de ver a tanto personaje de la historia rusa, aunque sabía que soñaba.

—Y siga mirando bien porque ahora Lenin, que no se quita la gorrita de mierda ni para acostarse con su amante, y que murió de sífilis como Nietzsche, le está hablando a su compinche McCarthy, sentado en la mesa contigua. Y vea, ambos hacen chocar sus vasos de cristal para empinarse otro vodka, esta vez de una destilería moscovita privada.

—¿Y hablan entre ellos?

—¿Cómo no? La política es lo que no se ve ni se dice, señor Clemente Fo. La política es conseguir lo inconfesable bajo cuerda de modo que los incautos ni se enteren.

—Pero esta gente se odiaba.

—Que no se entendiesen en el otro mundo no significa que deban seguir peleándose en este. Es precisamente la arbitrariedad y los crímenes lo que los une.

—¿Hablan el mismo idioma?

El sommelier descorchó un Clos Apalta 2001 y vertió el vino en la copa de mi anfitrión, que lo cató y aprobó. Luego el mozo escanció en mi copa.

—Traiga la bandeja de centollas de aperitivo —ordenó don Máximo, y dirigiéndose a mí, dijo—: En la mesa de al lado conversan Erich Honecker, antiguo líder de la Alemania amurallada, con Franz Josef Strauss, su némesis germano-occidental, un ultraconservador de marca mayor, y frente a ellos, aunque ahora están con la boca llena, atorados con infames tiras de guatita, dialogan Somoza, Duvalier y Pablo Escobar, que es el único que anda sin frac.

—¿El gordo de camisa roja?

—Es una camisa blanca manchada de sangre, la llevaba cuando lo zurcieron a tiros en los techos de su barrio natal en Medellín.

—Lo veo y no lo creo —comenté.

—Más allá puede ver a Francisco Franco conversando con Antonio Gramsci, ese pequeñito, deforme, sentado a la izquierda de Benito Mussolini, quien, por culpa de su gesticulación tan aparatosa, acaba de voltear una copa sobre el uniforme verde olivo del barbudo que tiene a su lado.

—¿Fidel Castro? ¿O me equivoco? —Lo recuerdo más bien vistiendo buzo deportivo.

—Ese no es Castro, sino un doble de él, que fue asesinado por la CIA en Matanzas, en 1987, y de lo cual nunca nadie se enteró.

—Pero nosotros vimos el otro día a un barbudo conversando con el capitán general en un cuarto de su residencial.

—Hotel, no residencial.

—Disculpe. ¿Ese era Castro o un doble?

—Era el verdadero, que debe ocupar una de las mesas del fondo, aunque es probable que se haya quedado en su cuarto. No se ha sentido bien últimamente. El acercamiento de su hermano a Obama lo tiene por las cuerdas.

Respiré aliviado porque eso probaba que yo había pasado un par de horas con el verdadero. Es decir, yo no estaba tan loco como temía.

—Esto se le puede llenar de dobles del comandante en jefe, don Máximo.

—Y no es broma. Ya tengo a varios.

—A propósito, ¿dónde está Hitler? —pregunté con una curiosidad malsana.

—En aquella mesa del fondo, en la penumbra. Comparte con Pol Pot y Osama Bin Laden y Beria. ¿Lo alcanza a ver?

—Tiene razón. Es una mesa de solo seis comensales. ¿Con quién habla?

—Con Walter Ulbricht.

—¿Quién es él?

—El tipo que dio la orden de construir el Muro de Berlín, el 13 de agosto de 1961.

—No me diga que son amigos.

—No sabría decirle —repuso don Máximo tras vaciar su copa—. Pero lo cierto es que discuten mucho.

—De política, seguramente.

—No. Solo de piedras, cabillas y cemento.

—¿Y eso?

—Se pelean por el escuálido suministro de materiales que llega a Las Delicias. Uno quiere seguir construyendo un Muro, *die Mauer*, en Las Delicias, el otro una autopista, una *Autobahn*, que conecte mis predios con el reino de arriba.

—¿Y esas disputas no pasan a mayores?

—No, porque Stalin vuelve por las noches al cuarto que comparte con Hitler, y Ulbricht aloja con Erich Mielke, el jefe de la Stasi, y con el rumano Nicolae Ceaucescu, quien, al igual que el conde Drácula, no fue comprendido por su pueblo, lamentablemente.

—¿Y se llevan bien Hitler y Stalin?

—Donde fuego hubo, brasas quedan, mi amigo. Los veo conversar de vez en cuando. Mirando bien las cosas, Hitler y Stalin deben admirarse mutuamente: nadie mató a más comunistas que Stalin, ni Hitler. Un logro auténtico, mire que comunistas y nacionalsocialistas no se fijan mucho en eso de echarle agua a alguien. Comparten cuarto desde 1953, pero hasta 1968 no se hablaron.

—El año en que los tanques rusos invadieron Checoslovaquia.

—Exactamente. La mañana de la invasión, Hitler le dijo buenos días a Stalin y le preguntó si ahora comprendía por qué él le había encargado a Heydrich pacificar Praga.

—¿Heydrich, el carnicero?

—Si usted prefiere llamarlo así, allá usted. Lo cierto es que ninguno podía acusar de nada al otro, y desde entonces son compinches. Stalin no le perdona a Hitler que no haya honrado el pacto. Algo parecido a lo que ocurre entre Hitler y Ulbricht, ambos alemanes totalitarios. A menudo los veo pasear por el estero buscando piedras y arena. Es que, en el fondo, se dedican a lo mismo.

—¿Cómo que a lo mismo?

—Bien vistas las cosas —dijo don Máximo soltando un eructo disimulado y echándose después un suculento trozo de centolla a la boca—, una *Mauer* y una *Autobahn* se parecen: el muro es una autopista vertical; la *Autobahn,* un muro horizontal.

—Una *Mauer* es igual a una *Autobahn* —repetí, pensativo.

—Pero, fíjese mejor en esa otra mesa, la que está en el otro extremo.

—¿Se refiere a la mesa junto a los candelabros?

—No, esa es una de pelafustanes. Allí comparten críticos literarios como Marduqueo Vial y Tania Espinosa, y son atendidos por una selección de los mozos cascarrabias que amargan a los comensales en este país y meten el dedo en la sopa. Están juntos porque se parecen. Son modestos puentes entre creadores y lectores, pero se dan tales ínfulas que se consideran más importantes que los creadores y lectores. Allí la penitencia es tremenda: los críticos literarios están condenados a leerse *ad infinitum* entre ellos, y con los mozos ocurre algo parecido: unos sirven a otros hasta el día del juicio final.

—¿Entonces usted se refería a la mesa que están atendiendo ahora?

—No, allí están los principales ladrones de este país, condenados también a compartir mesa y habitación. Viven preocupados de que sus colegas no les hagan lo que ellos aspiran a hacerles a sus colegas.

—Entonces, ¿me está hablando de la mesa de esos señores militares?

—Exactamente. Bueno, ahí está el capitán general con su uniforme de gala y capa, flanqueado por Fulgencio Batista, con su uniforme de ejército de opereta, y el general Jaruzelski, el Pinochet comunista polaco. Y también Salvador Allende, que viste chaqueta de gamulán.

—¿Allende? ¿El presidente mártir? —exclamé sorprendido mirando hacia donde me indicaba don Máximo. Allí estaba en efecto el político muerto en La Moneda en 1973, hecho que gatilló el exilio de mis padres y que determinó que yo creciera en Estados Unidos.

—Sí, es Allende. ¿Qué le sorprende?

—Entiendo que fue un hombre equivocado, pero honesto. Murió por sus ideales. No debería estar aquí, si no lo ofendo.

—Mire, mi amigo, no es que el hombre de los anteojos de baquelita negra merezca estar acá por crímenes políticos, como sus contertulios. Él está aquí simplemente por haber sido infiel a su esposa y a sus sucesivas amantes, y porque no practicaba lo que predicaba. Me refiero a esa cantinela de estar con los pobres y explotados del mundo.

—Si es por eso, estaría casi toda la humanidad aquí —reclamé, airado.

—¿Y quién cree usted que repleta mis predios sino prácticamente toda la humanidad? —repuso don Máximo extendiendo los brazos hacia las mesas—. Los buenos en la Tierra son una minoría. Pero Allende está aquí no solo por ser un picaflor, sino también porque se suicidó, lo que allá arriba no perdonan jamás. Allá creen que hay uno solo que puede dar y quitar la vida.

—¿Y cómo se lleva Allende con Castro y Lenin?

—Yo diría que se lleva mejor con Pinochet, con el cual tiene cuentas pendientes, y lo mismo le pasa a Fidel. El barbudo no deja tampoco de conversar con el general. Desde que escribió *Materialismo y Empirio-criticismo*, Lenin es una patada en los huevos, si me perdona la expresión. Nada peor que un dictador metido a filósofo.

—Esto que veo, no lo creo, desde luego —dije yo.

—Y eso que está viendo solo una mínima sección de nuestras cavernas para banquetes, que siempre están llenas. Tenemos de todo: carteristas, mentirosos, maestros chasquillas, vendedores de locos en veda, jueces garantistas, empresarios coludidos, terroristas, timadores, políticos corruptos, pirómanos, corruptores de menores, bencineros estafadores, árbitros parciales, infieles, predicadores religiosos, entrevistadores.

—Pero aquí está entonces todo el mundo —exclamé yo—. Nunca hay vacantes.

—En verdad, la ocupación en mis predios es del ciento por ciento, ni siquiera la Hilton logra estos niveles con la niña Paris haciendo de recepcionista. Por eso amo el libre albedrío y defiendo la libertad humana, mi amigo. Yo creo que —se llevó una mano al corazón— el ser humano nace libre para hacer lo que desea. Nace libre de dogmas y normas, independiente de la represión que ejercen las leyes y la conciencia. Creo, además, que el ser humano tiende por naturaleza hacia mí y cuanto yo represento, no hacia quien cree ilusamente que un día aplastará el principio último que gobierna el alma humana.

—¿Escogió el próximo plato, señor? —preguntó el mozo inclinándose hacia don Máximo.

—¿Le parece acompañarme ahora con una delicada muestra de tortolitas al grill? —me preguntó el anfitrión, a lo que asentí—. ¿Y mantenemos el vino o pedimos algo con más cuerpo?

—Lo que usted sugiera —respondí echándome a la boca un espléndido trozo de centolla con una pizca de mayonesa.

—Por mí, el político de los anteojos no debería estar aquí —continuó mi anfitrión—. La gente debe ser libre, amar y odiar a quien quiera, hacer lo que le satisfaga. Si solo se vive una vez, ¿cómo uno no se va a dejar llevar de vez en cuando por el instinto y el placer?

—¿No se supone que los seres humanos están aquí para sufrir? Veo que acá todos se dan la gran vida. Mire, esa mesa bien iluminada: jóvenes de traje y corbata que beben, ríen y charlan felices.

—A esa mesa se sientan los periodistas que dan noticias sensacionalistas en la televisión, una fauna que los canales envían a las escenas de accidentes y asesinatos. Son los que le preguntan a la madre proletaria que acaba de perder al hijo en el mar cómo fue verlo ahogarse entre las olas; o los que se acercan al desconsolado poblador, que acaba de ver morir a su hijita atropellada, a preguntarle cómo siente esa pérdida y si va a lograr superarla un día. En fin, allí reúno a esos gallinazos que picotean carroña y que jamás se atreverían a preguntar lo mismo a padres ricos o influyentes.

—Por eso mismo —reclamé—. ¿No es acaso darse la gran vida aquí después de haber sido un miserable en la Tierra?

—¿Esto lo considera usted una gran vida? —Don Máximo hizo una mueca despectiva—. Esto es una vidita, es simplemente existir, pero no es la vida, señor Fo. La vida es otra cosa y está en otra parte. Está donde usted aún reside. No nos engañemos. Que esto sea más placentero que el cielo no significa que sea superior a la vida en el mundo del cual usted viene.

—Entiendo.

—En algún momento llegará usted acá como huésped —vaticinó don Máximo mirándome a los ojos—. ¿O no le apetece mudarse a mis predios?

73

Las tortolitas venían servidas en platos de borde azul con las siglas doradas de don Máximo de Angelis. Despedían un aroma embriagador y, clavada en el pecho, llevaban una pluma tornasolada.

—¿Quién financia este banquete? —pregunté.

Don Máximo dejó escapar una carcajada y se restregó las manos antes de estirar las mangas de la chaqueta de lino para cubrir sus mancuernas de oro. El sommellier descorchó un cabernet sauvignon Perla Negra de Casa Donoso y nos llenó las copas de cristal.

—Eso es lo mejor —se jactó—. Lo financia el gran fantoche. Los recursos provienen de los gastos reservados del que gobierna arriba y cree ilusamente que terminará por imponer su voluntad a todo el universo. Es patético y utópico como el Che Guevara, que anda por ahí, viendo dónde deja su nueva moto, que aquí se la roban en un abrir y cerrar de ojos.

—Dígame una cosa —apunté yo, mientras don Máximo aspiraba el aroma de las tórtolas—. ¿Por qué odia al novelista?

—No lo odio.

—¿Cómo que no?

—No odio a nadie.

—Pero sí quiere matarlo.

—No, yo no voy a matarlo. Nunca he matado a nadie. Usted es quien debe hacerlo —afirmó con una frialdad que me erizó.

—¿Pero por qué yo? —repuse tartamudeando.

Don Máximo de Angelis resopló, mientras sus ojos iridiscentes cambiaban de color. Se pasó la servilleta por los labios, la dejó sobre la mesa, y dijo:

—Mire, amigo, soy en extremo tolerante y respetuoso de la voluntad ajena. Tengo por norma no inmiscuirme en la vida de los demás. No ando imponiendo códigos morales ni afligiendo a la gente con mandamientos. No dicto biblias ni coranes ni torahs, ni trato de convencer a nadie de que me siga. Lo mío es aceptar escrupulosamente el libre albedrío. Respeto las opciones y preferencias de cada uno, pues sé que al final todos fluirán hacia mí y se volverán mis hijos.

—No entiendo.

—No entiende, porque no le conviene.

—No entiendo, porque no entiendo. Estoy jodido, ya no tengo ni mujer ni casa ni perro que me ladre, y por si fuera poco me persigue un policía loco. Pero me sobran cojones para decirle que no, aunque me prometa el oro y el moro, y los demás no puedan vernos.

Don Máximo alzó lentamente la mano derecha con el índice erguido, y dijo:

—No desacredito a nadie. Nunca lo he hecho ni lo haré. Pero soy sensible cuando alguien ofende mi honra o, peor aún, se burla de mí. Como imaginará, no sería ético recurrir a tribunales, donde tengo muchos aliados. Tampoco intervengo en la vida de la gente. Solo espero pacientemente a que las personas se acerquen a mí, y he de decirle que soy como la miel para las moscas.

—¿Y eso qué tiene que ver con el escritor desmemoriado?

—Mucho. Por de pronto estoy al tanto de que en estos días escribe una novela, *Sonata del olvido*, en la cual, según mis fuentes, seré el hazmerreír de todos. ¿Puede imaginarse tamaña osadía?

—¿Es la misma novela en que involucra a Oliverio Duncan, y este a mí?

—La misma. Ese personaje no debe publicar eso, y la única forma de lograrlo es apartándolo del camino y apoderándose del manuscrito. Si él muere y quedan sus páginas por ahí, su mujer, cuando ponga orden en el estudio, hallará el texto y lo publicará. De eso no tengo la más mínima duda. Todas las viudas de escritores son cortadas por la misma tijera.

—Eso está por verse —dijo yo, envalentonado probablemente por el vino—. No creo que nadie pueda armar una novela de un manuscrito tan caótico e incompleto.

—Usted no tiene idea de lo que son capaces las mujeres. Una vendió un paraíso a cambio de una manzana.

Atribuí la conversación y cuanto ocurría al alcohol y las pastillas que he estado consumiendo estas semanas, y al bullicio de los comensales, que ahora apartaban mesas para formar una pista de baile. Al escenario subió la orquesta de Fausto Papetti.

—No me gusta que me vean los huevos, mi amigo —advirtió mi anfitrión en tono grave.

—A nadie le gusta, don Máximo.

—Escuche entonces: el talentoso Marlowe, uno de los primeros que en la tradición occidental me ridiculizó narrando la historia del pendejo Doctor Johannes Faustus, murió de mala forma, en Londres en 1593. Murió estúpidamente: discutiendo en una oscura cantina por una cuenta mal cuadrada. ¿Lo sabía?

—Leí el libro, pero nada sabía sobre la muerte de Marlowe.

—Y Johann Wolfgang von Goethe, que cultivó el mismo género al escribir una tragedia titulada *Faust*, murió, como usted sabe, exclamando: «*Mehr Licht, mehr Licht!*». Y Thomas Mann, que también intentó ridiculizarme con una novela que lleva el mismo título que la del mamón de Londres, se jodió en su exilio de Santa Mónica, para que sepa.

—Entiendo, señor.

—Y recuerde el terrible fin del brasileño Machado de Assis, un insolente que quiso agarrarme para el fideo con una historia que más vale ni traer a colación.

—No lo he leído —admití avergonzado.

—Ni falta que le hace. Recuerde que no soy yo quien a lo largo de la historia ha censurado o quemado libros, sino los sultanes del fantoche y los acólitos de sotana negra. Pero para ser franco: tampoco tolero que se burlen de mí. Cuando me encabrono, me torno vengativo e implacable, señor Fo. —Se encorvó sobre la mesa, acercando a mí su rostro pálido y sin arrugas, despidiendo chispas por los ojos—. Quien se burla de mí queda sumergido en la oscuridad eterna, una experiencia que no le deseo a nadie como epílogo de vida. Por algo las últimas palabras de Goethe en su lecho de muerte fueron una imploración infructuosa dirigida a mi persona: «*Mehr Licht, mehr Licht!*».

74

Tras salir del banquete, que devino un baile amenizado por Crimson King, ingresamos con don Máximo de Angelis a un pasaje de puntal alto, ornamentado con frescos, que se estrechó hasta desembocar en unas penumbras que olían a aserrín. Tardé en darme cuenta de que eran las bambalinas de un teatro vacío.

—Es el *Festsaal* del antiguo Colegio Alemán de Valparaíso —susurró don Máximo, mientras bajábamos unos peldaños hacia el reluciente parquet de la platea dominado por un gigantesco espejo biselado y de marco dorado, en el cual, para mi asombro y consternación, vi el reflejo mío, mas no el de mi guía—. Le abriré la puerta que da a la calle Pilcomayo para que coja taxi frente al Café con Cuento, que tanto le gusta —agregó antes de despedirse.

Recién cerca de las tres de la mañana, cuando yo dormitaba sentado contra la cortina metálica de Le Filou de Montpellier, pasó un taxi. Tras una carrera vertiginosa, el chofer, que fumaba un pito de marihuana, detuvo de un frenazo el coche ante la residencial de Los Poetas Inéditos. Bajé, cerré la portezuela y entré a la casa con los zapatos en la mano.

En el segundo piso me esperaba el tableteo de la máquina de Franz.

—¿Todo bien? —le pregunté empujando unos centímetros la puerta.

—Estoy escribiendo una carta a Milena —explicó Franz desde su mesa. Junto a la máquina, sobre una rodaja de mortadela, había una caja de fósforos abierta. Vi que por el intersticio asomaban las antenas de su cucaracha—. ¿Vienes por el dinero?

—Si fuera posible... Disculpa la hora.

—Mil euros. ¿Está bien? —me preguntó extrayendo un sobre de un cajón.

Le agradecí efusivamente y fui a mi cuarto, y me recosté en el camastro.

Dormí hasta que escuché un rumor de motores. Miré el reloj. Eran las ocho de la mañana. Había soñado que le hacía el amor a Marietta en el ascensor del paseo 21 de Mayo. Marietta iba desnuda bajo una túnica. En cuanto el maquinista cerró la puerta del vagón y quedamos solos, ella se arrodilló en la banqueta junto a las ventanas, se levantó la saya para brindarme su perfecto trasero de luna llena, se aferró a los barrotes de la ventana, y dijo:

—Vamos, que tenemos minuto y medio para echarnos una inolvidable cacha porteña. —Su postura me trajo a la memoria la noche en que León le hizo el amor a Samanta en la escalera de casa.

No me quedó más que obedecer, mientras el carro traqueteaba envuelto en la diáfana luminosidad de la bahía.

Y ahora que aprisionaba firmemente a Marietta por sus caderas y me beneficiaba del alegre zangoloteo del ascensor, sí, ahora que ella y yo nos deslizábamos extasiados por el cerro y nos decíamos cosas lindas y gemíamos y nos acercábamos por fin al orgasmo postergado, me despertó el portazo de un vehículo.

Me levanté devastado porque todo no había sido nada más que un vil sueño. Eché una mirada por la ventana abierta y vi a Oliverio Duncan, que cuchicheaba con unos hombres de chaleco azul con las siglas de la PDI.

Entendí lo que ocurría.

Saqué mi pasaporte de debajo del colchón y salí del cuarto a la carrera, ingresé a la habitación de Franz, que seguía escribiendo, y alcancé la ventana por detrás suyo. Por fortuna, su cuarto daba al jardín de la pensión, que mira a la casa-museo de Neruda.

—No digas que me viste. Pronto te devolveré la plata —le prometí mientras me descolgaba por la ventana para caer de pie, como un gato, en la terraza.

Eché a correr por una ladera, tropecé con una alambrada y rodé entre arbustos hasta estrellarme con un muro. Me incorporé y salté la pandereta, corrí otro trecho, me encaramé luego por el muro del museo y aterricé en un jardín junto a una palmera. Me detuve a recuperar el aliento.

Nadie me seguía.

Al rato llegué al teatro Mauri, donde los perros callejeros dormitaban a pata suelta.

Cogí el primer taxi colectivo que pasó.

75

Me planté cerca de la casa del novelista para ver si lo divisaba. La camanchaca apretaba su mano sobre la ciudad. Poco después vi salir el Volvo del garaje. Lo conducía la mujer. Iba sola. Él debía estar en su estudio, lo cual facilitaría las cosas.

Me interné por el pasaje que corre a un costado de la casa y muere en el acantilado, trepé por el muro y me descolgué hacia la terraza. Como el ventanal del living-comedor que da a la bahía estaba abierto, poco me costó ingresar a la vivienda.

Tenía un solo objetivo: apropiarme del manuscrito donde Oliverio Duncan me involucra en la desaparición de León Dupuis. Tal vez así cambiaría mi suerte. A sus años y sumido en su senilidad, el novelista sería incapaz de reescribir aquello. Yo no tenía necesidad de ensuciar mis manos, como lo exigía don Máximo, me bastaba simplemente con apropiarme del texto.

Crucé en puntillas frente a unos óleos y un anaquel con libros, atravesé el pasillo y comencé a subir los peldaños hacia estudio.

Fue en el primer descanso donde una foto colgada en la pared llamó mi atención. Mostraba al novelista y su mujer cuando jóvenes. Volvían la espalda hacia una caleta, donde botes de pescadores se secaban volteados en la arena. Más allá se divisaban casas blancas a lo largo de la playa, y entre ellas resaltaba una grande y antigua con una terraza con toldo en el segundo piso. Café Océano. Me pareció conocerlo aunque nunca he estado allí. Miré una vez más al escritor y su mujer: ella era una muchacha, él aún no pintaba canas. Sonreían felices a la cámara.

De pronto me sorprendió algo adicional: en el hombro derecho de la mujer de grandes ojos y cejas arqueadas, vi el tatuaje de una mariposa. Era el mismo tatuaje que llevaba la mujer con que he soñado algunas veces que hacía el amor en una playa parecida. ¿O estoy volviéndome loco? ¿Cómo podía haber soñado en forma reiterada con una mujer que no conocía? Leí las palabras escritas con tinta verde bajo la foto: *Albufeira, 1980*. Me sentí confundido. Tenía un recuerdo de Albufeira, a pesar de que nunca estuve en el Algarve.

Observé la foto siguiente, también enmarcada en madera. Volví a reconocer allí a la mujer del escritor cuando joven. Yacía de costado y en bikini junto a un pequeño castillo de piedras, en una playa desierta. Sonreía a la cámara que probablemente cargaba el novelista. Bajo la leyenda, escrita a mano con tinta verde, decía *Samos, 1981*.

Esa playa también me resultaba familiar, aunque nunca he estado en las islas griegas. Sin embargo, creo conocer el lugar —o al menos haber soñado con él— y siento que alguna vez estuve locamente enamorado de una mujer como la del escritor. De pronto vi algo que me dejó helado: la mujer llevaba tatuada una mariposa en su hombro, pero había algo más: de su ombligo pendía una argolla dorada.

Busqué apoyo en la baranda. ¿No era acaso esa la argolla de Marietta y la misma que le sustraje a Jan Stirlitz del velador? ¿Era posible? Lo que ocurría no podía ser cierto. Por un lado, los sueños me trasladaban a sitios que no conocía, en los que nunca había estado, pero que —ahora lo comprobaba— el novelista sí había visitado en compañía de su mujer. Como si fuera poco: en uno de los sueños que recuerdo, yo amaba a una joven que tenía una mariposa tatuada en su piel y una argolla en el ombligo, y que me resultaba demasiado parecida a la muchacha de esas fotos tomadas hace decenios. ¿Cómo era posible?, me pregunté. ¿Cómo pude haber soñado los recuerdos de Roberto Ampuero?

No me quedó más que seguir subiendo las escaleras. Había otras fotos enmarcadas en la pared. En una de ellas aparecían el escritor y su mujer paseando con unos amigos ante la Puerta de Brandemburgo. Los reconocí de inmediato. Eran los amigos que vi en un sueño, donde ellos bebían y hablaban sobre mi destino en un departamento berlinés. Inspiré profundo y continué el ascenso, temiendo que el novelista me sorprendiera. ¿Era posible que yo soñara los sueños del novelista?

En el estudio hallé solo el desorden que conocía. Sentí alivio al ver que Ampuero dormía en su *chaise longue* con un diario sobre el pecho. Respiraba en forma acompasada, la boca abierta, los espejuelos corridos, una tenue sonrisa en el rostro.

Aproveché de echar una mirada a los borradores amontonados en el escritorio. En el centro, como si fuese una isla solitaria en un océano de documentos, había una hoja huérfana, escrita, corregida, tarjada y reescrita con tinta verde.

Lo que leí, me azoró:

De la cabaña volví a escuchar unos gemidos de placer, los que, hubiese jurado, correspondían a Samanta.

—Déjeme entrar, por favor —imploré—. No me vaya a hacer sufrir como a ese hombre encadenado a la galería. Se lo suplico.

Dos hombres ya mayores se acercaron a la construcción. En la penumbra interior divisé a Samanta, o a alguien parecido a ella, que hacía el amor con un hombre sobre una cama circular de sábanas negras.

—*Déjeme ir, por favor* —*insistí, dispuesto a correr a la cabaña.*

—*Se lo permitiré solo si se atreve a hacer lo único que puede hacer a estas alturas* —*repuso don Máximo, reteniéndome con sus manazas de acero.*

—*¿A qué se refiere?*

—*Al escritor.*

—*¿Qué pasa con él?*

—*Debe eliminarlo.*

—*¿Está usted loco? No soy un sicario. Usted se equivoca conmigo. Ni con estos trucos* —*indiqué hacia la cabaña donde continuaba la orgía*— *me hará cambiar de convicciones. ¡No soy un criminal!* —*grité.*

¡Era justo lo que sospechaba don Máximo de Angelis! Ampuero estaba escribiendo una novela en que no solo se mofaba del maestro de Las Delicias, sino también de mí y, no contento con eso, me involucraba en una historia que destruía mi tranquila existencia en Wartburg City.

76

Empecé a buscar las páginas anteriores, las páginas donde todo comenzaba. Necesitaba hallarlas y llevármelas para dejar sin efecto esa trama en la que un escritor sin memoria me arrastraba indefectiblemente a la perdición. Examiné a la rápida las hojas que había sobre el escritorio, algunas con correcciones, otras borroneadas, otras en blanco, otras que correspondían, al parecer, a columnas que escribía para diarios, e hice todo eso tratando de no despertarlo. De pronto, otra página atrajo mi atención:

—¿*Clemente?*

Cuando abrí los ojos me encontré con un joven de melena negra, rematada en cola de caballo, anteojos de marcos oscuros y piyama. En una bandeja traía una taza de café y tostadas de centeno con mantequilla.

—*Aquí tiene. Es para usted* —*me dijo con acento afrancesado*—. *Soy León.*

Me senté en la cama para recibir la bandeja, cubierto apenas por la sábana. Hacía calor en el cuarto situado detrás de la cocina, donde no llega a plenitud el aire acondicionado.

—*Gracias* —*fue todo cuanto pude decir.*

Era una escena anterior a la de la página que acababa de leer. Describía el único encuentro a solas que tuve con el amante de

Samanta. Eso sugería que el manuscrito estaba desperdigado en el estudio. Tal vez Ampuero ya lo había terminado, y yo tenía una copia que no era la versión definitiva. Con mayor razón debía encontrar el manuscrito más avanzado mientras su autor dormía. Costara lo que costara, debía llevármelo para leerlo en la residencial.

¿La residencial?, me pregunté, y me di cuenta de que ya no podía regresar allá, porque don Jacinto avisaría a la PDI en cuanto me asomara. Me urgía por ello encontrar todas las páginas del texto final y entregarlas a don Máximo para que me librara de las circunstancias por las que atravesaba debido a la irresponsabilidad del novelista. Así salvaríamos al menos su prestigio y mi vida.

Seguí buscando entre las páginas que había en el suelo y dentro del canasto de mimbre, y de pronto, junto a la pata del escritorio, hallé una página corregida con la misma letra gurruñada:

—*Me gusta esta calle* —*comentó Franz contemplando los imponentes muros que la demarcan*—: *Por un lado el de ladrillo de la cárcel pública y por otro el de piedra del Cementerio de los Disidentes. En esta calle se encuentran los principales enemigos de toda existencia: la falta de libertad y la muerte. Aquí una prisión y un cementerio se miden cara a cara.*

—*Y con el Cerro de la Sagrada Concepción como telón de fondo* —*apunté yo.*

No lucía bien Franz: ojeras abultadas, delgadez propia de esqueleto, hombros filudos, espalda encorvada. Su mirada era melancólica pero no carente de brillo, y su partidura dividía en dos hemisferios exactos su negra cabellera. En la muñeca izquierda llevaba una pulsera de hilo rojo que, según explicó, era un saludo al socialismo. Cuando joven había sido anarquista, seguidor de Kropotkin, pero con los años se hizo socialista.

Sentí alivio, después de todo. El asunto era una cuestión de tiempo. A lo mejor tenía suerte y encontraba el resto de la novela.

Seguí hurgando. Por las ventanas se colaba la camanchaca, ocultando la costa y los cerros, envolviendo el rumor de los motores. En verdad, capítulos del texto había en todas partes: en las sillas, bajo los anaqueles, sobre el equipo de radio, e incluso en el trayecto hacia el baño. No me quedó más que sonreír. Las hojas con nuevos capítulos o columnas, o con simples esquemas y apuntes, sitiaban incluso al castillo de porcelana de la taza del baño.

Sobre un piso encontré otro burujón de hojas. Comencé a leer:

Al regresar a casa una mañana descubrí que mi mujer dormía en nuestro lecho con un desconocido.

Soy músico, por eso suelo viajar una parte del año tocando el saxofón en The Shades, una banda ambulante, que me brindaba libertad y un pasar bastante digno. En verano recorremos el norte y en invierno, el sur del país. Esa vez llegué desde Nueva Orleans a la terminal de autobuses Greyhound. Tomé un taxi y me dirigí a mi casa junto al río: techo asfáltico, dos pisos pintados de blanco, postigos verde botella. Hacía calor y estaba húmedo, y de un roble gorjeaba un cardenal.

Volver a casa me inundó de la misma dicha de siempre. Abrí la puerta, caminé en puntillas hasta la cocina y al cabo de unos minutos tenía sobre la bandeja un latte con el café con aroma a chicorea y unas beignets *espolvoreadas con azúcar flor que compré en el legendario Café du Monde, a orillas del Misisipi. Seleccioné en el iPad «You belong to me», de Patsy Cline, y subí al segundo piso.*

El corazón me dio un vuelco y mis sienes amenazaron con estallar. Una mezcla de ira, alegría e impotencia encendió mis mejillas. ¡Eso era el comienzo de la novela que escribía el miserable! Es decir, vivía de contar historias ajenas o de involucrar a inocentes en tramas diabólicas. Ahora yo poseía las primeras cincuenta páginas de esa novela y la convicción de que en algún sitio de esa casa se hallaba el resto. Pero, ¿dónde? ¿Y dónde estaba el final? ¿O aún no lo había escrito?

¿Y si al final terminaba yo preso o recibiendo la inyección letal, acusado de asesinar y hacer desaparecer a León Dupuis? Me aterró esa perspectiva.

—¿Qué mierda hace usted aquí? —preguntó de pronto alguien a mi espalda.

Me volví.

Era Roberto Ampuero.

77

—Busco su novela —respondí fingiendo seguridad.

—¿Qué novela?

—La que está escribiendo.

—¿Por qué? —reclamó. Llevaba un diario plegado en la diestra y su barbilla temblaba de ira—. ¿Quién lo dejó entrar?

—Su mujer.

—No mienta —sacudió fiero la cabeza—. Devuélvame esas hojas. Vamos, devuélvame esas hojas y salga de esta casa ahora mismo.

Se las entregué y lo seguí con la vista fija en la tonsura que refulgía en su nuca, el punto más frágil de todo ser humano, pensé. Se ubicó delante del escritorio, con el ventanal abierto frente a él, y arrojó las hojas sobre el caos del mueble.

—¿Qué busca en este manuscrito? —me increpó con el ceño adusto—. ¿Quién lo envía?

Quedé al otro lado del escritorio, con el Pacífico a mi espalda, sintiendo en el cuello el lengüetazo fresco de la camanchaca.

—Quiero esas páginas porque hablan de mí —expliqué.

—¿Cómo que hablan de usted?

—Hablan de mí. Acabo de verlo.

—Usted está loco.

—No solo hablan de mí, lo que es ilegal. También me involucran en la desaparición de un hombre que únicamente he visto un par de veces en mi vida.

—¿A quién se refiere?

Iba a tener que repetirle de nuevo toda la historia.

—Usted no puede jugar con las personas de carne y hueso —afirmé—. Usted ha tenido incluso la osadía de inocularme sus propios sueños y nostalgias.

—¿Pero qué mierda le pasa a usted, señor?

—Usted estuvo hace años en Albufeira y en la isla de Samos con su esposa, ¿verdad?

—¿Y eso qué tiene que ver con usted?

—¿Estuvo o no en el Algarve y Samos?

—Pasé allí temporadas con mi mujer. Hace decenios. Buscaba escenarios para mis novelas.

—¿Su mujer tiene una mariposa tatuada en el hombro derecho?

—Así es.

—¿Y una argolla en el ombligo?

—La tuvo cuando joven, pero ¿a qué vienen todas estas estupideces?

—¿Y usted no estuvo presente en la noche de la caída del Muro de Berlín?

—Oiga, pero usted está loco de atar.

—No eluda mis preguntas.

—Bueno, si eso lo hace feliz, le diré que sí. Sí, tuve el inmenso privilegio de presenciar el fin del comunismo. ¿Por qué?

Sentí un odio incontenible hacia ese hombre que era capaz de contaminarme con sus recuerdos y sentimientos, y también de torcer por completo mi vida. No tenía sentido explicarle lo que revelaban sus fotos de la escalera ni sus hojas manuscritas.

—Da lo mismo —exclamé—. Me importa un pepino dónde ha pasado sus últimos años, pero en la novela que está escribiendo ahora, usted me involucra en situaciones abominables.

—Usted no aparece en ninguna de mis novelas, señor, menos en esa que planeaba sustraerme. No es la primera vez que un trastornado alega que es personaje de una de mis novelas.

—¡¿Con que no aparezco?! —grité—. Échele una mirada a su manuscrito y hallará de protagonista a un hombre con mi apellido y mis señas.

—Eso no prueba nada. Hay miles de personas en el mundo con su apellido y fenotipo.

—Digo con mi nombre y apellido.

—No prueba nada. Además, el alcance de nombre en una novela o una película no tiene efecto alguno en la persona que lleva ese nombre. No sea paranoico, usted lo que en verdad necesita es un siquiatra.

—No se atreva a seguir burlándose de mí ni de otras personas —le advertí alzando la voz—. Ese que está en su novela soy yo, y usted es un parásito que vive a expensas mías. Eso no lo aceptaré. Primero tendrá que pasar sobre mi cadáver.

—Usted está enfermo, completamente enfermo —respondió con un brillo maligno en los ojos.

—Y usted es un sinvergüenza que se aprovecha de inocentes para escribir sobre ellos, desprestigiarlos y hacer dinero. Usted es un mercanchifle, un mercenario de la literatura, un ganapán, un parásito. Hasta don Máximo de Angelis está indignado.

—¿Máximo de Angelis, dice usted? —repitió Ampuero, sacudiendo la cabeza, fingiendo estar confundido.

—Así es. Usted es capaz de pasar sobre cadáveres con tal de escribir y vender novelas.

—No me insulte que lo voy a sacar a patadas de mi casa.

Lo miré de arriba abajo.

—No se atreva a ponerme una mano encima que le parto la nariz —le advertí—. ¡Sáqueme mejor de su porquería de novela y yo me iré encantado de su casa! Insisto: yo era un tipo feliz. Vivía tranquilo con mi mujer hasta que usted infiltró al gigoló de León Dupuis en la cama de ella y me envió a un investigador sueco que me responsabiliza de la desaparición de ese pelmazo.

El escritor soltó una risa nerviosa y caminó hacia un estante, de donde extrajo una novela. Me mostró unas páginas.

—¿León Dupuis? —repitió burlón y alzó la barbilla para mirarme con lástima—. Ese es un personaje de esta novela, *Madame Bovary*, de Gustave Flaubert, mi estimado. Siempre creí que ese personaje merecía algo mejor que desaparecer sin pena ni gloria del texto francés. Usted es un perfecto idiota, señor Fo, porque León es solo un personaje de ficción, hecho de palabras escritas en resmas de papel, que simplemente busca un mejor destino, como todos nosotros.

—Será lo que usted dice —respondí, golpeado por la explicación—, pero la aparición y posterior desaparición de ese tipo me acarreó un drama familiar.

—Pues él no existe más que en la fantasía y la memoria de los lectores.

Solté un puñetazo contra la mesa.

—No existirá para usted, cabrón, pero a mí, en cambio, me jodió la existencia —grité—. Y eso usted lo va a pagar caro como autor de esos mojones de palabras que caga cada mañana, sentado al escritorio. Se me acabó la paciencia, señor Ampuero, así que entrégueme todas las páginas de ese maldito manuscrito, todas, porque aquí mismo voy a hacer una gran hoguera con ellas.

—Atrévete, cornudo mediocre, pendejo impotente, y llamo a Carabineros.

—Solo soy cornudo y pendejo en su novela.

—Ahora verás. Llamaré a Carabineros.

Recogí unas páginas del escritorio, las hice tiras en un arranque incontenible de rabia y se las arrojé a Ampuero a la cara.

—Hijo de puta —exclamó enardecido. La yugular se le marcó en su cuello de pavo—. ¡Me alegra que al final de la novela te vayas al infierno, cornudo, aunque ese sitio es demasiado premio para un pendejo como tú!

—¡Si supieras lo bien que se pasa en el infierno, comemierda! Don Máximo te tiene en la mira y te espera en el ultramundo cuando mueras.

—Don Máximo, don Máximo. ¡Es que estás loco! ¡Loco de remate!

—Dame el manuscrito completo, carajo —exigí apretando los dientes, alargando mi mano para que me lo entregara.

—Aquí lo tienes —repuso él y alzó de pronto una mano empuñando el abrecartas de bronce, y dio la vuelta alrededor del escritorio para amenazarme de cerca—. Me devuelves los papeles y te vas ahora mismo, o te clavo esto en el corazón.

Me abalancé sobre él con el fin de arrebatarle el arma, pero resultó más ágil de lo que pensaba. Dio un paso atrás, dibujó con el cuchillo un arabesco en el aire y me lanzó un corte que rasgó mi camisa y me causó ardor a la altura del hígado. Me llevé la palma de la mano al costado y la retiré teñida de rojo.

Abracé al novelista para neutralizarlo. Comenzamos a forcejear, a avanzar y retroceder, a girar y movernos en una y otra dirección sobre el piso alfombrado de papeles, y chocamos contra el escritorio, luego contra un anaquel y por último contra el alféizar del ventanal abierto y, de pronto, logré zafarme del escritor y coger de la *chaise longue* un cojín como escudo.

En ese instante intuí que Ampuero iba a lanzarme otro corte, esta vez de arriba abajo. Alcancé a retroceder medio paso, justo antes de que la punta pasara sibilante a un centímetro de mi pecho. No titubeé en aprovechar su desconcierto para golpearlo con el cojín en el rostro y propinarle un feroz empellón que lo hizo trastabillar, retroceder unos pasos, escupir un insulto y perder el equilibrio.

No pude hacer nada más.

Vi con horror e impotencia cómo Roberto Ampuero se precipitaba al vacío.

78

Un sucio y destartalado colectivo me llevó de vuelta al plano de Valparaíso.

Me bajé en la Plaza de la Intendencia, agobiado por el sentimiento de culpa y la sensación de que me seguían, y pedí un cuarto en el hotel Reina Victoria. La recepcionista me lo adjudicó casi sin mirarme y al rato entré a la buhardilla del último piso, desde donde se ve el monumento a Arturo Prat y la estación Puerto.

Hice de inmediato un cambio de pasajes por teléfono. En lugar de volar a Chicago vía Miami, como lo tenía previsto, reservé vuelo a Nueva Orleans vía Dallas Fort Worth, convencido de que debía escapar de Chile y deslizarme a través de una costura de la vida hacia mi realidad anterior, cuando era feliz junto a Samanta en la casa frente al río.

Lo intentaría ahora que el novelista estaba muerto y el manuscrito, o al menos buena parte de él, en mi poder. En cuanto llegara a Nueva Orleans, volvería a la terminal de la Greyhound a tomar el mismo bus del mismo recorrido para regresar a mi antigua casa un lunes por la mañana. Abriría la puerta y encontraría a Samanta durmiendo sola en nuestra cama matrimonial. Le llevaría un tazón de café con *beignets* y la despertaría con un beso en los labios, y todo volvería a ser como antes.

De eso estaba seguro.

Tomé un espresso en el Melbourne y luego abordé un trole hacia la avenida Argentina. Llevaba el manuscrito bajo el brazo. Más valía ni recordar lo ocurrido en la casa del escritor, aquella feroz disputa y forcejeo, y su escalofriante caída al abismo, porque eso no había ocurrido en la realidad, sino en la novela.

Lo venía suponiendo desde hace cierto tiempo, en realidad. Ya Nogueira me lo había sugerido y en la misma dirección iban las divagaciones sobre las mujeres de los poemas de Stirlitz. Don Máximo, por su parte, tenía una visión más nítida al respecto. Además, como lo había aseverado el novelista en su estudio, León Dupuis era de tinta y papel, lo había inventado un autor francés del siglo XIX y solo existía en la memoria de sus lectores y en ensayos académicos. Debía convencerme de una cosa: lo que me ocurría era una pesadilla, un sueño, una película que en algún momento forzosamente había de terminar.

La feria de las pulgas de la avenida Argentina estaba en ebullición. A un tipo que vendía a todas luces herramientas robadas compré una linterna y un diablo para alzar la tapa del cauce. La muchedumbre fluía buscando ofertas y regateando precios, y muchos trataban de reconocer en las mercancías que vendían en las veredas lo que les habían robado de la casa o el auto.

Andaba de mala suerte, porque sobre la tapa de cauce por el que se baja a la residencia de don Máximo estaba la mesa de un librero especializado en novelas gráficas. El hombre leía sentado sobre un cajón, envuelto en una manta, chupando un mate.

Le ofrecí veinte euros para que me ayudara a apartar los tablones. Accedió de buen talante para que yo bajara al estero. Mientras bajaba yo al estero, lo escuché comentar algo así como *hay cada huevón en este mundo*.

Posé mis suelas en la parte seca del acueducto. Un poco más allá, el agua fluía rumorosa y una corriente de aire soplaba trayendo olor a raíces, pero desde la costa, que se vislumbraba al final como un círculo de luz centelleante, llegaban el graznido de gaviotas y el rugido de olas que rompían contra los roquedales. Caminé hacia la puerta de don Máximo con el manuscrito firmemente enrollado en una mano.

Al vadear el estero, me mojé hasta los tobillos.

Al otro lado no pude hallar la puerta. No me extrañó, porque no es fácil detectarla y en verdad nadie me esperaba ahora allí. Don Máximo no podía imaginar lo que yo quería mostrarle. Caminé lentamente, barriendo el muro con el haz de luz de la linterna, pero fue en vano. Tuve que devolverme. Hice el recorrido varias veces, pero igual sin resultado.

Encontré en cambio dos ventanillas de ventilación que supuse daban a la recepción de Las Delicias. Me empiné para mirar hacia adentro, pero solo alcancé a distinguir unos barrotes oxidados delante de unas persianas.

—Hey, caballero —me gritó alguien.

Hubiese jurado que era Gladbach, por lo que me volví esperanzado.

El grito venía, sin embargo, del otro extremo, de un carabinero que estaba al pie de la escalera por la cual yo había descendido. A través de la boca del cauce la claridad se derramaba como una llovizna dorada. Otro carabinero comenzaba a bajar.

—Oiga, está prohibido andar por acá —me gritó uno de ellos.

Antes de apagarse, su voz arrancó ecos al acueducto.

Seguí buscando en el muro con la linterna. La puerta tenía que estar allí, frente a mí, y cerca de las dos ventanillas escuché un canto gregoriano.

—Oiga, devuélvase.

Peiné una vez más con la luz el muro de ladrillos.

—Ya, señor, ya está bueno de circo. Se va a buscar un problema si no vuelve —gritó alguien más que descendía por la escalera.

Era el librero al que le pagué para que apartase la mesa. El cabrón no solo había aceptado feliz la coima, sino que había tenido el descaro de denunciarme a la policía. Ya no se puede confiar en nadie en este país.

—O viene, o lo vamos a buscar. Y si lo vamos a buscar, se va a ir derechito al calabozo —gritó un carabinero.

Ahora los uniformados caminaban hacia mí. Varios curiosos se descolgaron por la escalera. No me quedó más que empinarme sobre la punta de los pies e introducir el tubo del manuscrito por una de las ventanillas. Tuve suerte, calzó a la perfección entre los barrotes y quedó bien disimulado en la oscuridad. Hasta me atrevería a jurar que una mano —tal vez la de Gladbach o la del mismo don Máximo— lo retiró del otro lado en el acto.

—Devuélvase —insistió un carabinero.

Chapoteé de vuelta hacia la autoridad.

Unos instantes después estábamos arriba, rodeados por un enjambre de curiosos que hacían uso de sus celulares para tomar fotos y selfies de cuanto ocurría. Y todos tenían algo que opinar. Unas verduleras exigían a los carabineros que me dejaran en paz, otros comerciantes afirmaban que estaban violando mis derechos humanos, y unos jóvenes denunciaban que yo vivía allá abajo por necesidad.

—Miren a este pobre, mojado y muerto de frío —comentó—. ¡No se lo pueden llevar preso! ¡No es delito ser pobre!

—¿No se dan cuenta de que es un desequilibrado? —preguntó otra, irritada por lo que consideraba un abuso—. ¿Qué puede andar haciendo allá abajo alguien normal?

El librero, que se apuró en clausurar la boca del cauce para re-instalar su mesa, aseguró a los cuatro vientos que él se encargaría de que yo no volviera a bajar.

—Pues, ya sabe —me advirtió un carabinero—. Si usted re-incide, me lo llevo preso. Así que haga el favor de despejar la vía pública. Circulando, por favor.

Me alejé humillado por la policía y además decepcionado por no haber visto a don Máximo, pero no me di por vencido y me dirigí al ascensor del cerro Polanco. Supuse que ahí hallaría el acceso a Las Delicias.

En la penumbra del túnel solo vi la roca desnuda por la que fluyen las vertientes hacia las acequias laterales. Ni rastros de puer-ta. Salí por el molinete y pasé por la biblioteca Severín a darle una explicación a Toño Suzarte. Al perder los libros, no había podido recuperar su carnet. Se lo debía. Pero tampoco tuve suerte. La sala donde lo vi ensayar con El Gitano era ahora una bodega atestada de muebles dados de baja, al igual que las salas donde escuché a Nat King Cole.

No me quedó más que retornar al Reina Victoria.

Pedí a la recepcionista que me reservara un taxi al aeropuerto para la mañana siguiente y subí al cerro Concepción para servir-me algo en Le Filou de Montpellier. Después de deleitarme con un conejo escabechado y un cabernet Gé de la viña Emiliana, regresé a la buhardilla.

Me acosté y caí en un sueño profundo.

Un rechinar de cadenas de un barco me despertó a la mañana siguiente. A través de la ventana vi un cielo esperanzador, alto y sin nubarrones. Salí a comprar los diarios, entré al Melbourne por un espresso y huevos revueltos, y hojeé los periódicos.

No tardé en hallar lo que imaginaba.

Encontraron el cadáver del novelista en el acantilado, a los pies de su casa. La policía no descarta ninguna tesis. Todo es posible, afirma un inspector de la PDI, desde un accidente hasta un suicidio o un asesinato. De su mujer no dicen nada.

Regresé al cuarto temblando de miedo. Supongo que también temblaba de dicha: ¡por fin era libre! ¡Por fin podría volver donde Samanta y continuar mi modesta pero grata existencia! Me tendí en la cama a esperar a que el taxi pasara por mí. Solo un avión podía alejarme de una vez y para siempre de aquel infierno sudamericano.

Cerré los ojos y preferí no pensar en nada más.

79

Unos golpes suaves a la puerta me arrancaron del sueño.

Salté de la cama, cogí mi pasaporte, los últimos euros y el maletín empacado. Me esperaban Dallas, Nueva Orleans, el desplazamiento en el bus de la Greyhound hasta Chicago y el ingreso por el intersticio que me devolvería a mi rutina de antes junto a Samanta.

Abrí.

—Buenos días —me dijo el hombre de bigotazos y gruesas gafas de marco negro, que ocupaba el umbral. Llevaba una elegante guayabera blanca de mangas largas y un habano apagado en una mano—. ¿Don Clemente Fo?

—El mismo —dije yo.

—Necesito aclarar un asuntico con usted, señor. Mi nombre es Cayetano Brulé.